Christian Linker

Dschihad Calling

Christian Linker, geboren 1975, lebt mit seiner Familie in Leverkusen. Er studierte Theologie und machte Jugendpolitik, bevor er sich ganz dem Schreiben widmete. Seine bei dtv erschienenen Romane wurden vielfach ausgezeichnet, u.a. war ›RaumZeit‹ für den Deutschen Jugendliteraturpreis nominiert.

Mehr Informationen finden sich unter www.christianlinker.de

CHRISTIAN LINKER

DSCHIHAD CALLING

ROMAN

dtv

Ausführliche Informationen über
unsere Autoren und Bücher
www.dtv.de

Zu diesem Band gibt es ein Unterrichtsmodell unter
www.dtv.de/lehrer zum kostenlosen Download.

Von Christian Linker sind bei dtv junior außerdem lieferbar:
Das Heldenprojekt
Doppelpoker
RaumZeit
Blitzlichtgewitter
Absolut am Limit
Stadt der Wölfe

Die im vorliegenden Roman erzählte Geschichte ist fiktiv.
Etwaige Ähnlichkeiten mit real existierenden Personen oder Ereignissen
sind unbeabsichtigt.

MIX
Papier aus verantwortungsvollen Quellen
FSC® C019821
FSC www.fsc.org

Ungekürzte Ausgabe
2. Auflage 2017
2017 dtv Verlagsgesellschaft mbH & Co. KG, München

Umschlagbild und -gestaltung: Lisa Höfner
Lektorat: Beate Schäfer
Gesetzt aus der Aldus und Bradley Hand
Gesamtherstellung: Druckerei C.H.Beck, Nördlingen
Gedruckt auf säurefreiem, chlorfrei gebleichtem Papier
Printed in Germany · ISBN 978-3-423-71723-6

TEIL 1

Bullshit. Einmal habe ich tatsächlich sein Leben in meinen Händen gehalten.

Ich atme durch. Lege den Anwaltsbrief zur Seite. Greife in die Hosentasche. Mein letzter Kaugummi. Ich nehme ihn aus dem Silberpapier, schiebe ihn in meinen Mund. Kaue vorsichtig, als könnte er zerplatzen. Öffne Samiras Brief.

Jakob, Liebster.
Ich habe ein Päckchen erhalten. Es ist für dich.
Natürlich musste der Staatsanwalt vorher alles lesen,
deshalb habe ich erst gezögert, es dir ins Gefängnis
zu schicken. Aber was spielt das noch für eine
Rolle?
Liebster – Adil ist tot.
Und sendet dir seinen Gruß. Ich auch.
In Liebe,
Samira

Ich lege Samiras Brief zur Seite, auf das Schreiben vom Anwalt, atme durch, schiebe den Kaugummi im Mund hin und her, reiße das Päckchen auf. Streiche mit den Fingern über den ledernen Einband des Notizbuches. Ich selbst habe es einst gekauft. Fast ein halbes Jahr ist das her. Es sollte für mich sein, aber dann brauchte ich es gar nicht, sondern schenkte es Adil. Die Widmung, die ich ihm damals auf die erste Seite schrieb, weiß ich noch auswendig:

Bismillahi rahmani rahim, alles Lob gebührt Allah.
Nur ER kennt den Weg, den du nun gehen wirst.
Falls es nicht der ist, den du erwartest, Akhi,
dann vertraue auf IHN.
Ich mache Du'a für dich, Bruder.

Ich erinnere mich sogar an den Geruch, den unschuldigen Duft eines unbeschriebenen Buches aus leeren weißen Seiten, an das jungfräuliche Knistern der Blätter beim ersten Aufschlagen. Jetzt ist es speckig und stumpf, die Ecken sind geknickt, der Rücken abgewetzt. Es hat eine sehr lange Reise hinter sich.

Ich blättere das Buch auf, lasse die Seiten am Daumen entlanggleiten. Adil hat es zu einem Drittel gefüllt. Kurz habe ich den Impuls, gleich den letzten Eintrag zu lesen. Aber das traue ich mich nicht, ich schlage es vorne auf. Sehe meine Widmung wieder. Adil hat ein Smiley daruntergemalt. Ich muss lachen. Scheiße, Alter! Du hast mich so was von gelinkt!

Das Lachen scheppert gegen die Zellenwände. Meine Augen füllen sich mit Tränen. Eine tropft auf das Papier. Ich schlage die Seite um und erkenne Adils Schrift.

Salam alaikum, Akhi. Du hast absolut recht. Nur ER kennt den Weg; es ist jedenfalls nicht der, den ihr euch vielleicht für mich überlegt habt, du und Samira. Ich weiß nicht, was ihr geplant habt, aber ich hatte irgendwie das Gefühl, dass ich nicht dort ankomme, wohin ich muss, wenn ich dir vertraue.

Jetzt gerade sitze ich in einem Bus, der uns in eineinhalb Tagen über Bulgarien nach Istanbul bringen soll, während du darauf wartest, mich morgen früh zum Flughafen zu fahren. (Oder woandershin?) Es ist einer dieser stinknormalen Fernbusse und meine Mitreisenden sind überwiegend türkische Rentner sowie drei Studenten – halt Leute, die Zeit haben, aber keine Kohle fürs Flugzeug. Die Karte für den Bus habe ich mir gestern besorgt, gleich nachdem du gegangen warst.

Keine Sorge, ich fühle mich nicht von euch verraten. Bitte fühle auch du dich nicht von mir verraten. All unsere Pläne und Absichten sind doch nur Staub in Gottes Hand. Steht nicht alles, was geschehen wird, sowieso schon seit Tausenden von Jahren im Himmel aufgeschrieben?

Es war eine schöne Idee von dir, mir dieses Buch zu schenken. Ich habe dir versprochen, nicht rumzuposen. Ich will ehrlich aufschreiben, was ich erlebe. Wenn du es irgendwann, auf welchem Wege auch immer, zurückbekommst und wieder in deinen Händen hältst, dann werde ich, inschallah, im Paradies sein.

»Inschallah«, flüstere ich und lasse das Buch sinken.

Verrat … Was für ein archaisches Wort. Ich wische die Tränen fort und mein Blick wandert zu Samiras Brief. Wir haben uns alle verraten. Uns alle gegenseitig. Und jeder von uns sich selbst. Ich sehe Samiras unglaubliche Augen vor mir. Mit ihnen hat vor nicht mal einem Jahr alles angefangen.

21. Oktober

Die Augen waren von einem verstörenden Blau. Man sah nur die und sonst nichts von ihr, denn ein samtschwarzer Schleier verhüllte den Kopf, verbarg das Gesicht und fiel auf die Schultern herab. Sie trug einen taillierten grünen Ledermantel und verwaschene Jeans, die Füße steckten in knallroten Docs. Sie war pure Provokation. Auch die Art, wie sie ging. Jeder beschleunigt in dieser Unterführung seine Schritte, um mit angehaltenem Atem durch die im künstlichen Licht dampfenden Pisseschwaden zur anderen Seite des Bahndamms zu tauchen. Sie nicht. Sie schritt auf seltsam würdevolle Art an mir vorüber. Ganz kurz begegneten sich unsere Blicke, schon waren wir aneinander vorübergegangen, und ich hätte mich nicht getraut, mich umzudrehen und ihr nachzusehen, wenn nicht die beiden Typen aufgetaucht wären.

»Der Winter kommt«, sagte der eine mit dem Bürstenschnitt eine Spur zu laut.

»Yep«, schnalzte sein Buddy aus der Kapuze seiner Hollister-Jacke, »da läuft schon ein Pinguin frei rum.«

Ihre Blicke fixierten die Frau wie in einem Schraubstock. Sie kamen genau auf mich zu, aber für sie war ich Luft oder ein Teil der ranzigen Fliesenwand. Ich ging langsamer. Sie marschierten in langen Schritten vorüber, um die Verschleierte einzuholen. Ich blieb also stehen und drehte mich um. Niemand war hier außer uns vieren. Der winzige Kiosk am anderen Ende des Tunnels hatte längst geschlossen. Angsträume nennt man solche Orte, hab ich mal gelesen, vor allem an einem späten Herbstabend, aber die Frau hatte keine Angst. Oder sie zeigte sie nicht. Ich jedenfalls hatte welche, denn ganz unvermittelt war mir klar geworden, dass es auf mich ankam. Meine Hand fuhr in die Hosentasche, fühlte das Handy.

kurzfristig was frei wurde, schlug sie mir vor, dass wir doch eine Weile zusammenwohnen könnten. Also zumindest Tür an Tür. Vorübergehend. Und so zog ich, anstatt nach Afrika zu gehen und die Welt zu retten oder wenigstens in eine aufregende Stadt, wo ich mich ins Partyleben hätte stürzen können, zu meiner Freundin nach Bonn und schrieb mich für VWL ein. Es war die einfachste Lösung gewesen. Wie eigentlich immer in meinem bisherigen Leben. Noch nie hatte ich irgendein Ding, irgendeine eigene Idee konsequent durchgezogen. Bis auf das Erlebnis in der Unterführung vorhin. Komisch, dass ich Liz nichts davon erzählte. Es fühlte sich so an, als sei das bloß eine Sache zwischen mir und diesem verschleierten Mädchen.

»Woran denkst du?«, fragte Liz.

»Stochastik«, sagte ich. »Dieses Tutorium bringt mich an den Rand des Wahnsinns.«

Sie lächelte und legte ihre Hand auf meine. »Am Anfang hat doch keiner den Durchblick«, sagte sie. »Im zweiten Semester wird es besser.«

Ja, sicher, dachte ich. Und bis dahin hab ich auch ein anderes Zimmer in einer anderen WG. Ich verstand selbst nicht genau, woher diese unterschwellige Unzufriedenheit kam. Es war doch alles perfekt: Ich hatte ein schönes Zimmer, einen guten Studienplatz und eine kluge, verständnisvolle Freundin mit einem unglaublich tollen Hintern. Ich lächelte zurück.

Später vögelten wir. Wir schliefen fast jede Nacht gemeinsam in einem Bett; mal in ihrem, mal in meinem. Das war in den knapp vier Wochen, seit wir nun so lebten, schon so selbstverständlich geworden, dass wir natürlich nicht mehr so viel Sex hatten wie am Anfang unserer Beziehung. Vermutlich war das normal. Liz aber spürte jedes Mal, wenn mich irgendetwas nachdenklich machte, und an solchen Abenden war sie besonders aktiv. Vielleicht mochte sie einfach nicht, wenn ich zu viel nachdachte.

2. Tag

Es ist kurz nach drei in der Nacht. Unser Bus hält in Sofia, Bulgarien. Wir tanken noch einmal zweihundert Liter Diesel, bevor es auf die letzte Etappe nach Istanbul geht. Die meisten meiner Mitreisenden schlafen, nur ein paar sind ausgestiegen und aufs Klo gegangen. Der Einzige, der gebetet hat, bin ich. Die anderen, obwohl alles Muslime, haben mich fast misstrauisch beäugt. Dabei habe ich mich eigentlich ganz gut »getarnt« – na ja, also den Bart kurz rasiert und westliche Klamotten angezogen. Aber ich kann schlecht auf das Gebet verzichten; schlimm genug, dass das schon reicht, um komisch angeguckt zu werden. Inschallah wird Allah (swt) es mir anrechnen.

Neben mir schnarcht Emine, eine dicke türkische Mama der alten Schule. Während der ganzen Fahrt hat sie mich mit Köstlichkeiten aus ihren Tupperdosen durchgefüttert. Sie hat meine Geschichte sofort geschluckt. Wie sollte man auch dem netten jungen Mann mit dem akkurat gestutzten Bart und dem adretten Poloshirt nicht glauben? Nur die Grenzer waren misstrauisch. Vor allem die serbischen. Sie waren zu zweit und standen vorn beim Fahrer. Schauten die Pässe durch. Einen nach dem anderen, ganz geschäftsmäßig und routiniert, bis sie meinen in die Finger nahmen. Ich konnte natürlich nicht sehen, dass es meiner war, aber mir fiel auf, dass sie plötzlich innehielten. Ihre Blicke wanderten über unsere Köpfe und blieben an meinem Gesicht hängen. Sie schauten noch mal auf den Perso und noch mal, dann wieder zu mir, dann holte einer einen Notizblock raus und schrieb was auf. Ich guckte so cool und gelangweilt wie möglich, aber es schien eine halbe Ewigkeit zu dauern, bis sie endlich weitermachten. Erst als sie fertig waren und dem Fahrer den Stapel mit unseren Pässen zurückgaben, bemerkte ich, dass meine Hände innen feucht und eiskalt waren. Die beiden Beamten stiegen aus und unser Bus fuhr an. Von draußen warfen mir die Grenzer noch einen misstrauischen Blick zu. Vielleicht ahnten sie was, hatten aber keinen Anhaltspunkt. Jedenfalls atmete ich auf. Alhamdulillah, alles funktioniert.

Bloß ... so nette Menschen wie diese Mama Emine so komplett anzulügen, das kostet mich schon etwas Überwindung. Na ja. Wir wissen, dass Allah (swt) das Lügen gegenüber dem Feind erlaubt hat. Und es dient letztlich alles unserem Kampf.

24. Oktober

Diesmal hatte der Kiosk noch geöffnet, denn es war eine Stunde früher als bei meiner seltsamen Nicht-Begegnung drei Tage zuvor. Die geteilten Scheiben des ohnehin winzigen Fensters waren mit Werbung für Zeitschriften und Energydrinks vollgeklebt und ließen nur ein kleines Loch offen, hinter dem eine hutzelige Alte hockte, als hätte ein böser Zauberer sie dort vor hundert Jahren eingemauert und dazu verdammt, bis ans Ende ihrer Tage Kippen und Käsebrötchen herauszureichen. Doch um diese Zeit war der Strom der Pendler, Einkäufer und Studenten längst verebbt und ihr schien nach einem Schwätzchen zu sein.

»Warum kaufen Sie jetzt noch eine Tageszeitung?«, wollte sie von mir wissen. »Der Tag ist doch gelaufen. Was da heute Morgen drinstand, ist schon lange überholt. Nehmen Sie lieber die ZEIT.«

»Warum? Weil die für eine ganze Woche hält?«

»Ja. Und weil die größer ist. Man kann sich noch besser dahinter verstecken.«

Ich musste lachen. »Sehe ich aus, als müsste ich mich hinter irgendwas verstecken?«

»Hör mal, Herzchen«, sagte sie in ihrem rheinischen Singsang und senkte die Stimme. »Du hast hier gestern Abend schon rumgelungert und vorgestern auch. Geht mich ja nix an, auf wen du da wartest. Aber mit der ZEIT fällst du weniger auf.«

Kurz war ich baff und fühlte mich ertappt. Dann senkte ich auch die Stimme und sagte: »Sie haben ein gutes Auge für die Leute, die hier so vorbeikommen, richtig?«

»Nicht mehr so wie früher.« Jetzt beugte sie sich vor und flüsterte: »Als wir noch Hauptstadt waren, da war hier alles voller Spione. Russen, Amis, Stasi … Haben alle ihre Zeitungen bei mir gekauft.«

»Und haben dann Löcher hineingebohrt, damit sie unauffällig durchgucken konnten?«

»Du glaubst wohl, ich rede Unsinn, Herzchen. Hältst du mich für senil?«

»Aber nein.« Ich beugte mich ebenfalls vor. »Haben Sie hier schon mal eine junge Frau mit einem schwarzen Schleier gesehen? In Jeans? Grüner Mantel und rote Schuhe? Sehr blaue Augen?«

»Schleier?« Sie runzelte die eh schon runzlige Stirn. »Muss die sich auch vor was verstecken? Ist sie dir abgehauen, Herzchen?«

»Nein. Das heißt – doch, ja, irgendwie schon. Also?«

»Frauen mit Schleier, Tausende. Aber keine mit Jeans und roten Schuhen. Daran würd ich mich erinnern.« Sie lehnte sich zurück. »Was ist jetzt mit der Zeitung, Herzchen?«

»Ach – geben Sie mir lieber 'n Päckchen Kaugummi.«

Natürlich tauchte sie nicht auf. Und wenn doch, hätte ich sie vielleicht gar nicht erkannt. Weil sie andere Schuhe trug oder einen anderen Schleier oder auch gar keinen, denn vielleicht war sie ja gar keine gläubige Muslima, sondern wollte an dem Abend bloß zu einer abgefahrenen Kostümparty oder hatte eine Wette verloren oder machte irgendeine Kunstperformance. Würde ich die Augen auch so wiedererkennen? Spielte es eine Rolle, dass sie blau waren? Zuletzt war viel über Leute – auch Frauen – in meinem Alter geschrieben und geredet worden, die zum Islam konvertierten. Darauf hatte doch wohl auch der Kapuzenjackentyp mit dem Drachentattoo angespielt. Ihm und seinem Kumpel konnte ich an dieser Unterführung übrigens genauso wahrscheinlich oder unwahrscheinlich wiederbegegnen wie ihr. Es hatte ohnehin keinen Zweck.

»Herzchen«, rief mir die Kioskverkäuferin nach, als ich mich zum Gehen wandte. »Hast du's mal mit dem Internet versucht? Ihr seid doch alle in diesem Feetzbuck.«

»Das ist ja das Problem«, murmelte ich. »Schönen Abend noch.«

Mein Handy brummte. *Hey, Jungs,* schrieb Bartek, *wer von euch ist denn dieses WE mal wieder in DO?*

Ich wollte zurückschreiben. Doch dann setzte ich mich auf eine Bank und holte einen Kaugummi aus dem Päckchen, bevor ich auf die Wahltaste drückte.

»Jacko, alte Säge!«, rief Bartek. »Alter, du fehlst mir.«

»Ich weiß«, sagte ich. »Du mir auch und überhaupt die ganze Horde.«

»Ja, Mann. Dortmund ist nicht mehr dasselbe, seit ihr alle weg seid.« Unsere alte Clique hatte sich nach dem Abi über die halbe Welt zerstreut. Nur Bartek, schon immer der Bodenständigste von uns, war geblieben und machte eine Banklehre. »Wie läuft's?«, wollte er wissen. »Was macht die Uni? Wie geht's Liz?«

»Alles top«, antwortete ich. »Nur leider werd ich's dieses Wochenende wieder nicht nach Hause schaffen. Ziemlich viel Stress gerade.«

»Hey, du bist Student. Ich dachte, da schaukelt man sich den ganzen Tag die Eier.«

»Früher vielleicht«, brummte ich. »Bevor sie diesen Punkte-Scheiß eingeführt haben. Aber – wo wir gerade sprechen. Mir ging da neulich eine Frage durch den Kopf. Du hattest doch mal was mit Betül, richtig?«

»Ähm – worauf willst du hinaus?«

»Das ist 'ne lange Geschichte.« Ich warf mir den Kaugummi in den Mund und kaute ein paarmal, bevor ich weitersprach. »Die war doch so ein bisschen religiös, hatte manchmal ein Kopftuch an und manchmal nicht, hab ich das richtig in Erinnerung?«

»Warum willst du das wissen?«

»Wie gesagt – eine lange Geschichte.«

»Schon klar, du hast 'ne Frau kennengelernt. Mann, mach dich nicht unglücklich!«

»Nein, hab ich nicht. Also nicht … so.« Warum musste ich auch so blöd sein? Bartek war schon immer scharf auf Liz gewesen und sprang natürlich sofort drauf an. »Vergiss es. War bloß so ein Gedanke, nicht weiter wichtig. Also, pass auf – nächstes Wochenende komm ich bestimmt rauf, okay? Ich meld mich vorher.«

»Na gut, Jacko, ich nehm dich beim Wort. Dann hau rein, Alter. Und – sei immer nett zu Liz, sonst kriegst du's mit mir zu tun.«

»Ohne jeden Zweifel«, lachte ich. »Bis bald.«

Ich ging heim. Nach Hause. Also nicht das Zuhause in Dortmund, wo mein Vater lebte und wo mein Zimmer noch komplett eingerichtet war, als wäre ich nur kurz in Ferien gefahren, und wo Bartek ein paar Straßen weiter wohnte und darauf wartete, dass ich vorbeikam, um eine Runde zu zocken oder hinten im Hof ein One-on-one auszutragen. Mein neues Zuhause war jetzt diese WG, aber auch nicht so richtig, denn da wohnte ich ja wie gesagt bloß vorübergehend. Ich war weggegangen, ohne irgendwo anzukommen. Vielleicht gehörte sich das so, wenn man achtzehn war und gerade von der Schule kam, aber ich fand es trotzdem unbefriedigend. Ich ging also zu Liz und tat, was ich Bartek versprochen hatte – ich war nett zu ihr. Fragte sie, wie ihr Tag gewesen war, obwohl es mich nicht richtig interessierte, und bewunderte ihr neues Kleid, in dem sie für meinen Geschmack ein bisschen zu bieder aussah.

»Das zieh ich Samstagabend an«, erklärte sie. »Auf Viviens Party. Hast du dir inzwischen überlegt, ob du mitkommen willst?«

»Wer war noch mal Vivien?«, fragte ich zurück.

»Aus meinem Mediävistik-Seminar. Das sind alles echt interessante Leute. Du kannst sie ruhig mal kennenlernen.«

»Ich hab schon Mühe, die Leute aus meinem eigenen Semester kennenzulernen«, winkte ich ab. »Außerdem muss ich am Samstag arbeiten. Vielleicht komm ich später nach.«

»Tust du eh nicht«, brummte sie. »Wieso willst du ausgerechnet am Wochenende arbeiten?«

»Weil ich da Zeit hab.«

26. Oktober

Es war nämlich so, dass ich nicht nur eine tolle Freundin, ein tolles Zimmer und einen tollen Studienplatz hatte, sondern auch einen tollen Job, für den ich mir meistens die Zeit selber einteilen konnte. Zum Beispiel, wenn ich Texte redigierte. Die Texte handelten überwiegend von irgendwelchen sozialen Dingen, denn mein Arbeitgeber war eine PR-Agentur für NGOs: Umweltverbände, Menschenrechtsvereine, Eine-Welt-Initiativen. Einmal pro Woche ging ich hin und erledigte Büroarbeiten, pflegte Adressbestände, plante Mailings und durfte manchmal eine Pressemitteilung entwerfen oder Blogbeiträge für Kampagnen. Wir betreuten auch Mitgliedermagazine diverser Vereine, und deren Beiträge zu redigieren gehörte zu den härtesten Aufgaben im Job, die ich lieber in meinem Zimmer am Laptop erledigte, mit einer kühlen Flasche Bier.

Ich schlug mich also den Samstagabend über mit den Kunden herum und ließ auf dem Laptop parallel das *Aktuelle Sportstudio* im Livestream mitlaufen. Für die Borussia sah es echt nicht gut aus in dieser Saison – und auch nicht für den unglaublich langatmigen Bericht über eine Tagung zum Thema Inklusion, den ich auf ein Viertel kürzen musste, weil ihn sonst wirklich niemand verstanden hätte, was beim Thema Inklusion ja besonders blöd wäre. Danach gab ich es auf, checkte via WhatsApp die derzeitigen Aktivitäten meiner Kommilitonen, also zumindest derjenigen, die ich auch tatsächlich kannte. Die meisten zogen gerade durch irgendwelche Kneipen. Das wollte ich auch und ging hinaus in die Nacht. Natürlich passierte ich gleich zweimal die Unterführung.

In einer Kneipe stieß ich auf ein paar Leute, mit denen ich schon mal unterwegs gewesen war und die ich nett fand. Zusammen zogen wir noch in einen Club und in noch einen, wir tanzten viel und saßen zwischendurch an der Theke, tranken Wodka und ich fühlte mich plötzlich in der Stimmung, irgendjemandem mein Herz auszuschütten. Doch mein Herz war gar nicht voll genug, um überhaupt irgendwas auszuschütten. Es war eher viel zu leer, dachte ich plötzlich, während ich mir eine Handvoll Erdnüsse in den Mund schob. Über ein leeres Herz kann man eigentlich gar nicht reden.

Immer noch 2. Tag

Endlich in Istanbul. Niemand hat mich am Busbahnhof abgeholt. Wir haben das vorher so ausgemacht, dass die Brüder möglichst wenig in Erscheinung treten. Ich nahm ein Taxi zu der Adresse, die Max mir geschickt hatte. (Ich werde manche Namen von Leuten und Orten ändern, denn schließlich kann alles Mögliche passieren und wer weiß, wem dieses Buch in die Hände fällt. Sollten es jemals irgendwelche syrischen, türkischen oder deutschen Behörden in die Finger kriegen, will ich nicht, dass es den Brüdern oder unserer Sache schadet. Ich bin sicher, du erkennst, wen ich meine.)

Die Fahrt mit dem Taxi dauerte endlos in diesen verstopften Straßen. Ich hätte niemals gedacht, was für eine gottlose Stadt Istanbul ist. Genauso gut hätte ich durch Köln oder Berlin fahren können – überall dieselben bauchfreien Tussen und an jeder Ecke ein McDonald's, nur ab und zu sehe ich eine verschleierte Frau oder einen Mann in Dschellaba; es sieht alles aus wie bei uns. Wenn wir mit Syrien und Iraq fertig sind, müssen wir uns dringend die Türkei vorknöpfen.

Max ist bei einem Bruder namens Abdul untergekommen. Bei ihm verbringen wir die Nacht. Auch Mert ist hier. Er hält den Kontakt zu den Brüdern an der Grenze. Die haben schon einige von uns rübergeschafft. Zweimal hat es allerdings nicht geklappt. Du hattest mich doch einmal nach Hakan (echter Name) gefragt. Damals wusste ich nichts über sein Schicksal, aber von Abdul hab ich jetzt erfahren, dass ihn die Bullen geschnappt und eingebuchtet haben. Sie wollten ihn zurück nach Deutschland schicken, aber die Deutschen wollten ihn gar nicht wiederhaben. Jetzt versauert er irgendwo in einem türkischen Knast. Mert sagt, die Brüder dort sind vorsichtiger geworden, sie kennen sich aus, und inschallah schaffen wir es. Abdul hat ein Auto für uns klargemacht. Morgen brechen wir auf.

Ich habe keine Angst, Akhi, vor nichts. Wir sind eine verschworene Gemeinschaft, das geht weit über Freundschaft hinaus. Nur du fehlst. Ich mache Du'a für dich, Bruder.

28. Oktober

Die Agentur war, wenn man von mir absah, ein Ein-Mann-Unternehmen. Martin Golski, ein ergrauter Alt-Achtundsechziger (wie er sich selbst nannte), bezahlte mich ziemlich gut für einen unerfahrenen Studienanfänger. Er stammte wie ich aus dem Ruhrpott und meinte, wir Arbeiterkinder müssten doch zusammenhalten. Ich hatte noch nie darüber nachgedacht, ob ich aus einer Arbeiterfamilie kam. Mein Vater hatte so viele verschiedene Berufe gehabt und war zwischendurch so oft arbeitslos gewesen, dass ich es gar nicht hätte sagen können. Vielleicht meinte er das.

Ich hätte aus dem Text echt das Beste rausgeholt, lobte mich Golski, als ich Montagnachmittag in sein Büro kam. Ich setzte mich ihm gegenüber an seinen wuchtigen Schreibtisch, der zugleich der einzige Tisch in dem kleinen Büro war, und er lächelte mich aus seinem Rauschebart an. Ob er vielleicht eine Idee haben mochte, wie man eine völlig unbekannte Person aufstöbert, die man nur einen Augenblick lang gesehen hat? Trotz seines recht vorgerückten Alters kannte er sich exzellent mit Social Media aus und wusste tausend Tricks, damit eine Information die richtigen Leute erreicht. Vielleicht ging so was ja auch umgekehrt.

»Wollten Sie noch was sagen, Jakob?«

»Nee.« Ich schüttelte den Kopf. »War in Gedanken. Was liegt heute an?«

»Einiges.« Er klickte in seinem Rechner herum, dann kramte er in seiner Dokumentenmappe, suchte irgendwas, fand stattdessen eine Zeitung. »Sehen Sie mal«, sagte er beiläufig und schob sie mir herüber. »Von denen können wir uns noch eine Scheibe abschneiden in Sachen Social Media Marketing.«

Ich drehte das Blatt zu mir herum, warf einen Blick darauf und erstarrte. Sie war es. Ich erkannte ihre Augen sofort, obwohl man sie nur im Hintergrund sah. Den Vordergrund des Fotos beherrschte ein untersetzter junger Mann mit einem imposanten roten Kinnbart. Dann erst las ich die Headline: *Bonner Salafisten-Verein geht in die Offensive.*

»Die machen das ziemlich clever«, sagte Golski. »Facebook, Twitter, Instagram, YouTube-Channels, alles. Und ins Print schaffen sie es auch immer wieder, so wie hier jetzt. Nun ja. Ist halt auch sehr bildstark.«

»Allerdings«, murmelte ich und versenkte mich in die Augen, nach denen ich seit fast einer Woche gesucht hatte. Salafisten. Ich wusste nichts darüber, außer dass es sich um eine radikale Sekte oder etwas in der Art handelte. *Sprengstoffgürtel*, hatte der Typ mit dem Bürstenschnitt gerufen. Ein Stapel weiterer Zeitungen schlug vor mir auf und das Bild versank darunter so unvermittelt, wie es aufgetaucht war.

»Wir hatten einige Treffer letzte Woche«, sagte Golski. »Machen Sie uns einen schönen Pressespiegel.«

»Geht klar«, sagte ich, angelte mir Schere und Klebstift und schlug die oberste Zeitung auf.

Golski hatte jeden Artikel, der im Zusammenhang mit irgendeinem unserer Kunden erschienen war, mit Bleistift angekreuzt. Mein Job war es, die Texte auszuschneiden, aufzukleben und abzuheften. Am Anfang hatte ich vorgeschlagen, die Zeitungen einfach zu scannen und den Pressespiegel digital abzulegen. Da dachte ich noch, er sei altmodisch und ich könnte ihm was Neues beibringen. Aber es lag nicht an der Technik, sondern an seinen eisernen Prinzipien. Scannen verstoße nämlich gegen das Urheberrecht, meinte er. Ich fragte, ob er Angst hätte, jemand könne seinen Rechner hacken. Darum gehe es nicht. Sondern eben ums Prinzip. Seltsamerweise beneidete ich ihn um seine Prinzipien. Also darum, dass er überhaupt welche hatte, egal wie verschroben. Ich schlug die erste Zeitung auf und begann mit dem Ausschneiden, während er irgendwas am Computer schrieb. Mit jeder Zeitung, die ich beiseitelegte, wurde der Stapel kleiner. Kam das Bild näher. Irgendwann gab sein Rechner ein Pling von sich. Er schloss das Programm und stand auf.

»Termin«, sagte er. »Ein Briefing mit Sellring und seinen Leuten von der Flüchtlingsinitiative. Komplexes Thema, es wird länger dauern.« Er reichte mir einen Zettel. »Wenn Sie diese drei Dinge noch erledigen könnten? Warten Sie nicht auf mich, ziehen Sie einfach die Tür zu, wenn Sie fertig sind. Bei irgendwelchen Fragen rufen Sie an, ja? Ansonsten mailen wir Ende der Woche noch mal.«

Er holte seinen Mantel, winkte und war raus. Die Tür klappte zu und in der Stille knisterten die Zeitungsseiten überlaut. Ganz vorsichtig, als handle es sich um einen Sprengsatz, zog ich die unterste Zeitung wieder hervor. Sie war es ohne Zweifel, obwohl sie auf dem Bild einen anderen Schleier trug, der diesmal das Gesicht frei ließ. Sie hatte dichte dunkle Augenbrauen, volle Lippen und ein kräftiges Kinn. Verrückterweise hatte ich sie mir genauso vorgestellt oder bildete mir das in diesem Moment zumindest ein. Ich schätzte sie auf höchstens neunzehn oder zwanzig Jahre. Die Bildunterzeile ignorierte sie leider völlig und urteilte stattdessen: *Der Einpeitscher: Prediger Abu Tarek alias Micha Baumann (27).* Der Artikel selbst spekulierte über die Machenschaften eines Vereins mit dem selbstgewissen Namen *Der Einzig Wahre Weg e.V.*, der seit fast zwei Jahren in Bonn ansässig sei. Der Student Hakan K. und der Auszubildende Benjamin-Dschamal R. hätten zuletzt diesem Verein angehört, bevor sie Deutschland über Nacht mit unbekanntem Ziel verlassen hatten. In Sicherheitskreisen gehe man davon aus, dass die beiden jungen Männer sich in Syrien oder im Nordirak dem sogenannten *Islamischen Staat* hatten anschließen wollen. *Viele kleine Kämpfer für den Heiligen Krieg.*

Der rotbärtige Prediger grinste kumpelhaft in die Kamera,

während im Hintergrund zehn, zwölf weitere Gesichter zu sehen waren. Männer und Frauen säuberlich getrennt, Erstere mit fusseligen Bärten, Letztere mehr oder weniger verhüllt, alle ziemlich jung; kaum jemand sah älter als fünfundzwanzig aus.

Ich zog das Handy aus der Hosentasche.

Der *Einzig Wahre Weg* war tatsächlich bei Facebook. Ich folgte dem Link zu einer Website. Von allein öffnete sich ein Video mit leierndem arabischem Gesang. Ich schob das Bild weiter bis zum Kontaktbutton. Ein Impressum gab es nicht, dafür eine Handynummer von Abu Tarek, eine Art Hotline für alle Brüder, die irgendwelche Probleme oder Sorgen oder einfach Fragen zum Glauben hätten. Und darunter traf ich ganz unvermittelt wieder auf ihre Augen. Vergrößerte das Bild. Obwohl sie auf diesem Foto wieder einen Schleier vor dem Gesicht trug, erkannte ich sie eindeutig. Sie hatte einen Namen. Und ebenfalls eine Handynummer. *Unsere Schwestern sowie alle Frauen, die sich für den Islam interessieren,* so stand es da, *können sich jederzeit an Samira wenden.*

Ich holte meinen Laptop aus der Fahrradtasche, loggte mich in Golskis WLAN ein und rief abermals die Website auf. Wieder öffnete sich ein Video, ein anderes diesmal.

»Bismillahi rahmani rahim.« Ein Vortrag von diesem Abu Tarek. »Ich will dir heute mal erklären, wie wertvoll du eigentlich bist.« Ich warf noch einen Blick auf den Zeitungsbericht. Micha Baumann gelte als Shootingstar der Konvertitenszene, hieß es da. Der von ihm gegründete Salafistenverein DEWW werde vom Verfassungsschutz beobachtet. »Dein Leben ist zu kurz für die Jagd nach flüchtigem Glück«, behauptete der Prediger. »*ER hat euch Gehör und Augenlicht und Herzen gegeben,* sagt Allah – subhanahu wa-ta'ala – im heiligen Qur'an. Guck dich doch mal um! Die Gesellschaft besteht aus lauter Abhängigkeiten: Die Menschen sind kaufsüchtig, süchtig nach Alkohol und Nikotin, nach Arbeit und Sex, nach Vergnügungen aller Art, weil sie Angst vor der Stille haben; denn dann könnte es geschehen, dass sie aus Versehen über ihr Leben nachdenken.«

In einem zweiten Tab öffnete ich Wikipedia und fand einen kurzen Eintrag über Micha Baumann, geboren in Duisburg, abgebrochenes Ingenieurstudium, Konversion zum Islam, zwei Jahre Studien in Ägypten. Ich sah, dass die Bearbeiten-Funktion des Artikels gesperrt war, und klickte auf die Diskussionsseite, die bei solchen Themen meistens mehr Aufschluss gibt als der eigentliche Text. Dort stritt man um die Verwendung des Begriffes *Hassprediger* und darum, ob nachzuweisen sei, dass Micha Baumann junge Leute als Kämpfer für den bewaffneten Dschihad rekrutiere.

»Vor allem anderen aber«, fuhr der Gemeinte fort, »sind die Menschen süchtig nach schneller, unverbindlicher Befriedigung. Die Kuffar sprechen von ihren Süchten und nennen es *Freiheit*. Sie unterwerfen sich RTL und der BILD-Zeitung und nennen es *Demokratie*.« Mit seinem kahlen Schädel und dem roten Zottelbart wirkte er nicht so, wie ich mir einen Hassprediger vorstellte. Trüge er nicht dieses lange weiße Gewand, sondern, sagen wir mal, eine schwarz-gelbe BVB-Kutte, hätte er locker als einer meiner alten Homies durchgehen können. Er sah mir direkt in die Augen. Also in die Kamera, aber es wirkte sehr eindringlich, als er seine Zuschauer jetzt beschwor: »Überall brüllt dich die Werbung an, tausend lachende Gesichter versprechen dir das Glück. Aber diese Leute werden am Ende nicht mit dir im Grab liegen. Am Ende wirst du allein in deinem Grab liegen! Doch bis dahin hast du alles in deiner Hand. Ob du dich weiter von innen und außen zudröhnst. Oder ob du aufwachst und den wahren Weg findest.« Er zwinkerte. »So, da kannste getz mal drüber nachdenken, inschallah.«

Das Telefon klingelte und ich zuckte zusammen, als hätte mich jemand bei etwas ertappt. Bevor ich mich entschließen konnte, das Gespräch für Golski anzunehmen, sprang die Mailbox an, und plötzlich herrschte wieder Ruhe. Auch Abu Tarek hatte wohl seine Predigt beendet, stattdessen ging nach einer Sekunde vollkommener Stille wieder der leiernde Gesang los. Die einsame Stimme aus den fernen Tiefen einer sehr fremden Seele stieg von meinem Laptop auf und verlor sich unter der hohen Altbaudecke. Ich schaltete den Ton aus. Dann scrollte ich auf der Website rasch nach unten und musterte noch einmal Samiras Augen, bevor ich die Telefonnummer in mein Handy tippte und speicherte. Anschließend klappte ich meinen Rechner zu, griff wieder zur Schere und widmete mich meiner Arbeit.

Als ich heimkam, war Liz nicht da. Montags ging sie zum Turnen. Oder zur Chorprobe, ich konnte es mir nicht richtig merken. Sie hatte sofort begonnen, sich in der Stadt *ein neues Umfeld aufzubauen*, wie man das nennt, um ihre Hobbys zu pflegen, und nervte mich manchmal damit, dass ich mir doch auch einen neuen Basketballverein in Bonn suchen könnte. Aber darauf hatte ich überhaupt keinen Bock. Wenn ich einfach dasselbe weitermachen wollte wie zu Hause, hätte ich doch nicht weggehen brauchen. Aber andererseits war ich eben auch nicht richtig weggegangen, bloß um die Ecke, gerade mal eine Stunde mit dem Zug. Ich streckte mich auf meinem Bett aus. *Du wirst allein in deinem Grab liegen.* Für den Moment gefiel es mir, allein zu sein. Ich holte den Rechner hervor und surfte bäuchlings auf dem Bett liegend durch Videos von Abu Tarek und andere Clips aus der *Szene*. Es gab Tausende davon, man könnte Wochen damit zubringen, sich bloß einen Bruchteil anzusehen. Ich schaute mir an, was für Typen diese Sachen likten. Ich klickte auf ihre Profile und betrachtete ihre Freunde. Irgendwann stieß ich auf Leute, die tatsächlich im Krieg waren, im *Dschihad*! Zumindest behaupteten sie das. Warfen sich mit ihren Maschinengewehren in Pose, hantierten auf unscharfen Handyfotos mit Sachen herum, die man bei der schlechten Bildauflösung für abgeschlagene Köpfe westlicher Journalisten halten konnte oder auch für Wassermelonen. Teilten Gedichte übers Töten, trauerten um gefallene Kumpels und zeigten zwischendurch auch mal Katzenfotos; Kommentar: *Maschallah, Akhi, echt voll süß!* Die Welt war dank Social Media vielleicht nicht unbedingt wahnsinniger als früher, aber vermutlich konnte man es einfach besser sehen, dachte ich.

Ob die NSA und die anderen Geheimdienste all diese Websites und Blogs, Facebook-Profile und YouTube-Channels überwachten? Ob sie wohl schon registriert hatten, dass Jakob Kuhn aus Dortmund in seiner Bonner Studentenbude saß und sich das Zeug reinzog? Hatte längst ein Saugnapf ihrer Tentakelarme an meiner IP-Adresse angedockt? Ein kleiner Gruselschauer lief über meinen Rücken und fühlte sich gut an. Das war eine Vorstellung wie aus einem Kinofilm oder einem Videogame. Gegen ein bisschen Action in meinem Leben hätte ich gar nichts einzuwenden gehabt. Aber das, was man so oft las und hörte, nämlich dass sich islamistische Terroristen *im Internet selbst radikalisiert* hätten, das kam mir lächerlich vor. Diese Prediger hatten ja gar nicht mal unrecht, wenn sie der sogenannten westlichen Welt vorwarfen, oberflächlich und konsumgeil zu sein, wenn sie die weltweite Armut anprangerten, die Umweltzerstörung, die Tatenlosigkeit der Regierungen angesichts des Elends der Millionen von Flüchtlingen. Doch dass die Antwort auf all das in einem kryptischen, tausendvierhundert Jahre alten Buch nachzulesen sein soll, war für meinen Geschmack ein bisschen zu kurz gedacht. Natürlich sah ich ein, dass unsere Welt völlig übersexualisiert war, aber zur Lösung konnte ganz sicher nicht gehören, alle Frauen in schwarze Schleier zu stecken und zu Hause einzuschließen. Kein denkender Mensch konnte auf so was kommen. Wieder schaute ich mir

Samiras Foto an. Sie wirkte nicht, als trüge sie ihre Kluft aus irgendeinem Zwang heraus. Oder als hockte sie bloß zu Hause rum.

»Geht raus auf die Straßen, Geschwister«, forderte Abu Tarek in meinem Laptop. »*Ruf die Menschen auf den Weg deines Herrn*, sagt Allah – subhanahu wa-ta'ala.«

Ich schaute auf Samiras Nummer in meinem Telefonverzeichnis wie auf einen unzugänglichen Zahlencode. Dabei musste ich nichts weiter tun als das kleine grüne Symbol berühren. Die Zeitung hatte geschrieben, dass der Verein überwacht werde. Und sie, Samira, schien keine unwichtige Rolle in dem Laden zu spielen, wenn sie schon als Kontaktperson fungierte. Wurde ihr Telefon abgehört? Würden *sie* alles mithören, falls ich Samira tatsächlich anrief? Da war wieder dieser Schauer. Ich klappte den Rechner zu, stand vom Bett auf und tippte das Icon mit dem kleinen Hörer an.

Sie meldete sich beinahe sofort: »As salamu alaikum, hier ist Samira. Was kann ich für dich tun, Ukhti?«

»Ukhti?«, wiederholte ich perplex. »Wer ist Ukhti?«

Kurze Pause. Dann sagte sie: »*Ukhti* heißt *Schwester*. Aber du bist keine, wie ich höre.«

»Ähm … nein. Ich heiße Jakob. Wir sind uns neulich mal – na ja, nicht richtig begegnet. Ich bin der Typ, der …«

»Ja, ich erkenne deine Stimme.« Es klang, als lächle sie. »Es war sehr couragiert, dass du versucht hast, mir die beiden Kerle vom Leib zu halten. Ich danke dir dafür.«

Versucht? Was heißt denn hier: versucht?

»Bitte schön«, sagte ich bloß.

Wieder eine Pause.

»Rufst du mich deshalb an? Damit ich mich bei dir bedanken kann?« Gute Frage. »Woher hast du überhaupt meine Nummer?«

»Von eurer Website. Ich hab aus Zufall einen Artikel über euch in der Zeitung gesehen, so kam ich drauf.«

»Aha«, machte sie. »Dann kannst du dir sicher denken, dass ich anders lebe als die meisten anderen Leute in diesem Land. In deiner Welt wäre es vielleicht angemessen, dass ich dich jetzt frage, ob ich dich zum Dank auf einen Kaffee einladen darf.«

»In deiner Welt wohl eher nicht, schätze ich.«

»Genau. Also, nochmals vielen Dank.«

Plötzlich wurde ich nervös. Ich wollte nicht, dass sie auflegte. Mein Blick irrte im Zimmer umher und blieb an dem zugeklappten Laptop hängen, als könnte der mir was soufflieren.

»Bitte schön«, wiederholte ich und sagte hastig: »Was mich interessieren würde ... Wenn euer Prediger, euer Imam oder wie ihr das nennt, also wenn der sagt, dass am Ende jeder allein in seinem Grab liegt – worauf will er damit hinaus?«

»Wir haben keinen Imam«, erwiderte sie. »Wir sind einfach nur Geschwister im Islam. Abu Tarek predigt für uns. Und du kannst ihn gern selber fragen, die Telefonnummer des Bruders steht über der von mir. Hast du bestimmt gesehen.«

»Aber ich frage dich«, beharrte ich.

Neue Pause.

»Es ist natürlich schön, wenn du dich für den Islam interessierst. Abu Tarek kann dir alles erklären. Das hier ist eine Hotline für Mädchen und Frauen. Und aus gutem Grund. Die Erfahrung zeigt, dass es hilfreich ist, über Glaubensfragen von Mann zu Mann oder von Frau zu Frau zu sprechen. Und außerdem ist es nach meinem Glauben haram, wenn Männer und Frauen, die weder verwandt noch verheiratet sind, allein miteinander sprechen.«

»Haram?«

»*Haram* bedeutet, dass etwas schädlich, ungesund oder sonst wie schlecht für die Menschen ist – und darum im Islam verboten.«

»Und warum ist es schädlich und ungesund, dass ich mit dir

rede?«, setzte ich nach. »Du könntest mir doch zumindest diese eine Sache erklären.«

»Hör mal, Jakob – so war doch dein Name? Also, Jakob – interessierst du dich nun für den Islam oder eigentlich doch eher für mich?«

Diese Frage war ein bisschen zu direkt. Ich schwieg einen Augenblick.

»Ruf Abu Tarek an«, sagte sie. »Oder komm zu einem unserer Treffen. Wir haben nichts zu verbergen, jeder kann hinkommen und sich das anschauen. Auf unserer Facebook-Seite findest du alle Termine.«

»Okay.« Ich gab mich geschlagen. »Vielleicht mache ich das.«

»Schön. Nun wünsche ich dir alles Gute. Und nochmals vielen Dank.«

»Ja. Ciao.«

Aufgelegt.

Sie glaubte natürlich nicht im Geringsten, dass ich jemals tatsächlich dort aufkreuzen würde. Ich auch nicht.

4. Tag

Totaler Frust.

Eigentlich komisch, denn ich sitze auf einer satten Wiese voller Wildblumen im Schatten eines alten Ölbaumes, neben mir ein Glas Tee und auf dem Schoß das Buch von dir, Akhi. Es wäre bestimmt wundervoll, hier Urlaub zu machen. Aber deswegen sind wir halt nicht hier.

Gestern kamen wir in der Nähe von Antakya an; wo genau, spielt keine Rolle. Heute Morgen wollten wir mit dem Bus weiterfahren. Rüber nach Sham. (Ich weiß, du hältst es für Poserei, wenn ich »al-Sham« sage statt Syrien. Aber hier sagen es halt alle.)

Enes, einer der Brüder, die sich hier um uns kümmern, hat uns zum Bus begleitet. Kurz bevor wir einsteigen wollten, tauchten drei Männer auf. Völlig normale Typen in normalen, leicht staubigen Anzügen. Sie stiegen aus ihrem Wagen und sahen sich um. Einer telefonierte, ein zweiter rauchte, der dritte glotzte mich an. Sie wären mir wohl trotzdem nicht gleich aufgefallen. Aber Enes erkannte sofort, dass das Bullen sein mussten. Die Deutschen informieren die türkische Polizei ja über jeden Verdächtigen, der ausreist. Und lassen dann die Türken die Drecksarbeit machen. Wie bei Hakan. Nun wussten wir aber eben nicht, ob sie exakt hinter uns her waren oder nur allgemein auf der Suche nach Kämpfern. Jedenfalls beobachteten sie vor allem Max und mich total penetrant. Ich versuchte krampfhaft, nicht andauernd zu ihnen rüberzusehen, aber ich spürte die ganze Zeit ihre kalten Blicke auf der Haut.

Mert schlug vor, dass wir einfach zurück zum Haus von Enes' Onkel gehen sollten (dort hatten wir uns einquartiert), aber Enes meinte, das sei ebenfalls verdächtig – also wenn wir erst hier auf den Bus warten, um dann aber gar nicht einzusteigen, sondern einfach wieder abzuziehen. Schließlich machten wir es so: Mert und Abdul stiegen ein, während Enes, Max und ich so taten, als würden wir sie bloß verabschieden. Wir winkten dem Bus hinterher und gingen dann. Die drei Polizisten blieben reglos stehen, auch nachdem der Bus abgefahren war. Sie sahen uns nach, bis wir um eine Ecke verschwunden waren.

Jetzt ist es Nachmittag. Die Minuten vergehen zäh wie flüssiges Blei. Musstest du als Kind auch an Silvester immer Blei gießen, um die Zeit bis Mitternacht totzuschlagen? Mein Vater bestand jedes Jahr darauf, weil er es wichtig fand, dass wir mit angeblich deutschen Gebräuchen vertraut würden. Und nun sitze ich hier unter dem Baum und warte wieder so ungeduldig auf Mitternacht wie früher. Enes sagte etwas von einem Plan B. Sie wollen uns irgendwie bei Nacht über die Grenze schaffen. Bis dahin nerven sie uns. Wollen uns anscheinend nicht aus den Augen lassen. Das sei die Stunde des Schaitan, sagt Enes. Der Moment, in dem uns der Teufel in Versuchung führt, uns Zweifel ins Herz träufelt, um unseren Mut zu vergiften und unseren Willen aufzuweichen. Was er eigentlich damit sagen will: 'ne Menge Brüder auf dem Weg nach Sham kriegen hier an dieser Stelle Schiss. Manche angeblich wörtlich, subhan Allah, sie kacken sich zu aus lauter Angst vor ihrem eigenen Mut! Max hat es von einem gehört, der schon mal dabei gewesen ist. Hier ist die letzte Station der Welt, wie wir sie kennen, mein Bruder. Keine Stunde von hier herrscht Krieg.

Max fummelt andauernd an seinem Handy rum. Angeblich schickt er ermutigende Grüße an die Brüder zu Hause – du weißt ja selber, was der immer für ein Zeug twittert und postet. Ich glaube ihm aber nicht. Vorhin hatte ich den Eindruck, er schreibt seiner Mutter. Oder seiner Exfreundin, einer deutschen Schlampe, die ihn verlassen hat, als er konvertiert ist. Ich hab mein Handy ausgemacht und Enes davon überzeugt, dass der Schaitan mich mal kreuzweise kann; also sinngemäß. Ich brauchte einfach etwas Ruhe, um den Kopf freizukriegen. Das Adrenalin runterzufahren. Es nutzt ja nichts, mich jetzt die ganze Zeit aufzuputschen, bloß um mich vom Grübeln abzuhalten; und heute Nacht an der Grenze fehlt mir dann am Ende die nötige Konzentration. Nein, ich will Ruhe haben und bin wieder voller Dankbarkeit für deine wundervolle Idee, mir dieses Buch zu schenken. Vorhin, als ich meinen heutigen Eintrag begann, war ich noch total aufgewühlt. Aber das Schreiben hat mir geholfen, meine Gedanken zu ordnen. Ich sehe alles klar vor mir. Ja, ich habe auch Angst – ich bin schließlich ein Mensch und keine Maschine. Aber ich weiß, dass dieser Weg richtig ist, und Allah (swt) wird mich tragen.

30. Oktober

Ein rostiger Zaun umgab einen großen Hof voller Schlaglöcher und grenzte an eine lang gestreckte Lagerhalle. Ich folgte dem Zaun und schaute durch die Gitterstäbe wie ein Zoobesucher ins Gehege einer seltenen Tierart. Ein bunter Haufen von achtzig oder neunzig Leuten hatte sich dort eingefunden, das heißt – eigentlich waren es zwei Haufen, denn Männer und Frauen standen strikt getrennt voneinander jeweils in Grüppchen beisammen. Nur ein paar Kinder wuselten unbekümmert zwischen den Gesprächstrauben hin und her. Ich erkannte Samira sofort. Sie trug einen offeneren Schleier, ähnlich dem auf dem Zeitungsbild, der ihre Haare, den Hals und die Schultern bedeckte, aber das Gesicht frei ließ. So hielten es die meisten der Frauen und Mädchen bis auf eine Handvoll, deren Körper komplett von dunklen Niqabs verhüllt war. Andere dagegen trugen bloß einen schmalen Schal im Haar. Auch bei den Männern reichte die Spanne von kahlköpfigen Gestalten in bodenlangen Gewändern und mit imposanten Bärten bis zu ganz normalen Typen in Jeans und Kapuzenpulli. Mittendrin sah ich Abu Tarek, mit einigen der wenigen älteren Männer ins Gespräch vertieft. Wieder schaute ich zu Samira, die in diesem Augenblick den Kopf abwandte. Sie hatte mich erkannt. Ich ging weiter und überholte drei Rentner in beigen Windjacken, die Kameras durch die Gitterstäbe streckten und permanent Fotos von den Versammelten machten. Es war tatsächlich wie im Zoo, nur mit dem Unterschied, dass ich plötzlich am Tor angelangt war, das weit offen stand. Ich hielt inne, schob die Hände in die Hosentaschen und kam mir dämlich vor. Schon drehten sich die Ersten auf dem Hof nach mir um. Auch die Rentner hielten einen Moment inne und beäugten mich. Ich gab mir einen Ruck und setzte einen Fuß auf das Gelände, dann noch einen und ging bedächtig auf die Leute zu. Aus einem der Männergrüppchen löste sich ein junger Typ, schaute mich lächelnd an und kam mir entgegen. Offenbar wollte er mich begrüßen oder so was. Ich bog rasch ab und steuerte direkt auf Samira zu. Sie sah mich kommen und blickte kurz nach links und nach rechts, als suche sie auf die Schnelle ein gutes Versteck. Schon stand ich vor ihr.

»Da bin ich«, sagte ich und streckte ihr meine Hand hin.

»Das sieht man«, antwortete sie und verschränkte die Arme.

Ich zog meine Hand wieder ein.

»Damit hast du nicht gerechnet, was?«, fragte ich und grinste sie breit an.

Ein paar Mädchen in unserer Nähe grinsten ebenfalls, offenbar fanden sie mich witzig. Sie tuschelten miteinander und schauten auf irgendetwas hinter mir. Samira auch. Bevor ich mich noch umwenden konnte, spürte ich den eisernen Griff einer starken Hand auf meiner Schulter.

»Alles klar, Ukhti?«, fragte eine scharfe Stimme. Sie gehörte einem jungen Kerl mit strengem Kinnbart. Er trug einen schwarzen Hoodie mit verschlungenen Schriftzeichen darauf. Seine Augen funkelten mich bedrohlich an. Sie waren so blau wie Samiras.

»Schon okay, Adil«, sagte sie. »Das ist der Junge von neulich, ich hab dir davon erzählt. Der mir helfen wollte, als ich in der Unterführung von diesen Wichsern angemacht worden bin.«

Augenblicklich ließ er meine Schulter los und hielt mir die Hand hin. Ich zögerte kurz, bevor ich sie ergriff und drückte.

»Maschallah, das war mutig von dir«, strahlte er. »Was führt dich zu uns?«

Jetzt leuchteten seine Augen. Er und Samira mussten Geschwister sein, nicht nur im Glauben.

»Ich wollte mir das mal ansehen«, murmelte ich und blickte in Samiras Richtung. Doch sie hatte sich schon weggedreht und rasch das Gespräch mit ihren Freundinnen wieder aufgenommen. »Ich hab da in der Zeitung was über euch gelesen und fand das interessant«, schob ich nach. Aus irgendeinem Grund wollte ich Adil nicht erzählen, dass ich mit Samira telefoniert hatte. Ich kannte ja all diese seltsamen Regeln nicht, da wäre es doch blöd gewesen, sie ungewollt in irgendwelche Schwierigkeiten zu bringen.

Adil griff wieder nach meiner Schulter, aber diesmal freundschaftlich, und zog mich von den Frauen fort.

»Es gehört sich bei uns nicht, eine Frau anzusprechen«, erklärte er mir. »Schon gar nicht, ihr die Hand zu geben. Es sei denn, du bist mit ihr verwandt oder sie ist deine Ehefrau.« Er lächelte. »Ist nicht schlimm, so was lernt man mit der Zeit. Komm mit, es fängt gleich an.«

Erschrocken sah ich mich um. Abu Tarek und die Umstehenden betraten gerade die alte Lagerhalle, ein langer Strom formierte sich auf den Eingang zu. Ich bekam Angst. Damit hatte ich nicht gerechnet.

»Hey, ich versteh total, dass du gehemmt bist«, sagte Adil. »Am Anfang fühlt man sich erst mal unsicher. Aber das geht schnell vorbei.«

Am Anfang? Von was? Dachte er etwa, ich wollte mich ihnen anschließen?

»Komm einfach mit«, wiederholte er. »Warum hast dich du sonst extra hergetraut?«

Weil ich deine Schwester kennenlernen wollte, dachte ich. Was allerdings völlig hirnrissig war. Ich wusste nichts über sie und konnte mir nicht im Geringsten erklären, was da an ihr war, das mich so magisch anzog. Kurz schaute ich noch einmal zu ihr hinüber. Sie hatte mich beobachtet, auch wenn sie versuchte, es sich nicht anmerken zu lassen, sondern so tat, als sei sie ins Gespräch vertieft. Die Frauen rührten sich nicht vom Fleck. Anscheinend war es üblich, dass sie den Männern den Vortritt ließen.

»Stör dich nicht an den Opas«, grinste Adil, der mein Zögern missverstand. Er nickte zu den drei Rentnern mit den Kameras drüben am Zaun. »Die stehen da fast jedes Mal. Sind besessen davon, uns bei irgendwas Ungesetzlichem zu erwischen. Vielleicht hoffen sie darauf, irgendwann mal ein Knallerfoto zu schießen, das sie dann der Polizei anbieten können.« Er lachte. »Oder wenigstens der BILD-Zeitung. Wir haben mal versucht, mit denen zu reden. Aber zwecklos. Völlig verstrahlte Vollpfosten. Komm.«

Er schob mich sanft dem Eingang der Halle entgegen. Dort türmten sich bereits Schuhe und Stiefel in langen Regalreihen. Ich tat es Adil gleich, zog meine Schuhe aus und tappte auf Socken hinter ihm her. Das Innere der Halle war mit einem dicken Teppichboden ausgeschlagen. Meinen Füßen gefiel das. Überhaupt wirkte der kahle hohe Raum, der von außen nach Zerfall und Niedergang aussah, hier im Innern warm und freundlich. Die Herbstsonne goss ihr goldenes Licht durch die niedrigen Fenster unter der Decke herein. Man hockte sich in Reihen auf den Boden, während Abu Tarek am Stirnende der Halle hinter einem Tisch mit Mikrofon Platz nahm. Verstohlen wandte ich mich um. Nun kamen auch die Frauen herein und reihten sich hinter uns Männern auf. Unsere Blicke trafen sich kurz, Samiras und meiner, bevor sie abermals wegschaute. Auch ich drehte mich wieder nach vorn, denn Adil sollte nicht misstrauisch werden.

»Alles Lob gebührt Gott, dem Herrn der Schöpfung«, hob Abu Tarek feierlich an. »Segen und Frieden seien auf dem Gesandten Gottes, unserem Propheten Muhammad, seiner Familie und seinen Gefährten. Heute sprechen wir noch mal über das Einhalten der Gebetszeiten, denn dazu hab ich zuletzt wieder 'ne Menge Fragen gekriegt.« Er kramte einen Zettel hervor. »Ich sag ja immer: Fragt alles, was ihr noch nicht verstanden habt, keiner muss sich schämen. *Wenn dich meine Diener nach Mir fragen, so bin Ich nah*, sagt Allah – subhanahu wa-ta'ala – im heiligen Qur'an.«

Es klang, als sei ich hier in einen Kurs für Anfänger geraten, nicht in eine verschworene Gemeinschaft von Extremisten, auf die die Geheimdienste dringend ein Auge haben müssten. Die meisten schienen keine geborenen Muslime zu sein oder aus muslimischen Ländern zu stammen, sondern waren Kinder deutscher Eltern, als Christen oder einfach ohne Konfession ins Leben entlassen. So wie ich. Aus irgendeiner Sentimentalität hatten meine Eltern mich taufen lassen und ich war auch noch zur Erstkommunion gegangen. Ich erinnere mich an einen schrecklichen Tag in einem zu engen dunklen Anzug, der mir das Atmen so schwer machte wie die sabbernden Küsse meiner Tanten. Immerhin hatte es coole Geschenke gegeben. Seither war mir Religion nicht mehr begegnet. Für mich war das ein Nebel aus wolkigen Phrasen gewesen, die mit meinem Leben nichts zu tun hatten. Auch jetzt konnte ich nicht richtig zuhören. Ich spürte Samiras Blicke auf meinem Rücken. Leider traute ich mich nicht, mich noch einmal zu ihr umzudrehen. Die ganzen Leute hier schienen es tatsächlich wichtig zu finden, noch vor Sonnenaufgang *Fadschr*, das erste Gebet des Tages, zu verrichten und zu wissen, wann der richtige Zeitpunkt dafür war. Sie kamen mir in keiner Weise manipuliert, debil oder irre vor, was immer ich erwartet haben mochte. Es waren sehr junge, sehr ernste Gesichter, die gebannt dem Vortrag folgten.

»So«, sagte Abu Tarek und drehte seinen Zettel um. »Jetzt zu einem ganz anderen, echt nervigen Thema.« Er blickte in die Runde. »Wer von euch wird manchmal von den Kuffar blöd angemacht wegen al-Qaida oder Boko Haram oder Daulad al-Islamiya?«

Alle Hände schossen in die Höhe. Außer meiner natürlich.

Adil beugte sich zu mir. »Daulad al-Islamiya, das ist der *Islamische Staat*«, flüsterte er, »diese Kampforganisation in Syrien und dem Irak.«

»Und was sind *Kuffar?*«, flüsterte ich zurück.

»Die Ungläubigen«, antwortete Adil.

»Aha. Wie ich.«

»Noch«, lächelte er. »Vielleicht, inschallah, wird Gott dich rechtleiten.«

Ich zuckte unwillkürlich vor ihm zurück.

Die Hände senkten sich wieder und Abu Tarek fragte weiter: »Was gebt ihr denen zur Antwort?«

»Gar nichts«, rief einer. »Mit Kuffar diskutiere ich nicht mehr.«

Beifälliges Gelächter. Auch der Prediger grinste, doch dann sagte er: »Kann ich verstehen, bringt aber nix. *Streite mit ihnen auf gute Art,* sagt Allah im heiligen Qur'an. Wir müssen also mit denen reden. Auch wenn's Arschgeigen sind.«

Wieder lachten einige, dann rief jemand, als wäre das einstudiert: »Was sagst *du* ihnen denn, Akhi?«

Abu Tarek ließ einen Moment seinen Blick über die Menge gleiten, wie um sich zu sammeln. Dann fragte er rhetorisch: »Müssen sich Christen andauernd für die Kreuzzüge rechtfertigen? Muss ein Katholik sich jeden Tag davon distanzieren, dass manche seiner Priester kleine Jungs vergewaltigen? Musste schon jemals irgendwo ein Atheist sich dafür erklären, dass Stalin Millionen Menschen im Gulag krepieren ließ? Subhan Allah! Wir haben schon genug erklärt. Ist es nicht an der Zeit, dass die andern mal was erklären? Das ist es, was ihr ihnen antworten sollt.«

Applaus brandete auf und gab ihm recht.

»Da könnt ihr getz mal drüber nachdenken«, rief er. »Takbir!«

Das schien eine Art Kommando zu sein, denn wie auf Knopfdruck erscholl als Antwort der Ruf: »Allahu akbar!« Es waren nur die Männer, die riefen. Das kehlige Donnern ließ die Wände beben. »Allahu akbar!« Es machte mir eine Gänsehaut.

Ich stupste Adil an und flüsterte: »Was er gesagt hat, klingt gut, aber um eine richtige Antwort hat er sich herumgedrückt. Wie steht er denn nun dazu? Zu diesem IS und alldem?«

Adil musterte mich einen Moment lang intensiv, dass ich schon Angst bekam, ich hätte einen mächtigen Fehler gemacht. Doch dann zuckte er bloß mit den Achseln.

Abu Tarek hatte sich von seinem Stuhl erhoben und das Mikrofon vom Ständer abgeschraubt. »Zum guten Schluss, liebe Geschwister«, hob er feierlich an und strahlte wie der Weihnachtsmann, »haben wir auch heute wieder Zuwachs.«

Ich erschrak zu Tode. Aber ich war gar nicht gemeint. Abu Tarek warf einen Blick auf seinen Spickzettel und fragte: »Wer von euch ist Jonas Laubach?«

Irgendwo reckte sich zögerlich ein Arm.

»Steh auf, es tut nicht weh«, witzelte Abu Tarek. »Komm zu mir.«

Ein schmächtiger Blondschopf mit Hornbrille kam wacklig auf die Beine und bahnte sich umständlich seinen Weg durch die Reihen der Männer bis an den Tisch des Predigers. Der legte dem Jungen einen väterlichen Arm um die schmalen Schultern, hielt ihm mit der anderen Hand das Mikrofon hin und sagte: »Du bist Jonas, ja? Der gestern Nacht noch mit mir gechattet hat? Ja? Und heute Morgen hast du mir geschrieben, dass du so weit bist. Ja? Alle Fragen geklärt? Ja? Alhamdulillah, alhamdulillah!«

Der Junge nickte zu jeder Frage stumm mit seinem knallroten Kopf.

»Dann sagen wir jetzt gemeinsam die Schahada, Jonas. Bist du aufgeregt?«

Wieder nickte der Junge.

»Go, Jonas!«, rief jemand in der ersten Reihe. »Du packst das!«

Abu Tarek gerierte sich wie ein Showmaster, blinzelte seinen Fans kumpelhaft zu und klopfte dem Kandidaten auf die Schulter. »Aschhadu an la ilaha illa 'llahu.«

»Ich glaube«, sagte Jonas mit dünner Stimme und räusperte sich, »ich glaube, dass nichts anbetungswürdig ist außer Gott.«

»Wa-aschhadu anna Muhammadan rasulu 'llah«, sagte Abu Tarek.

»Und ich glaube«, schloss Jonas an, dessen Stimme mit jedem Wort fester wurde, »dass Muhammad der Gesandte Gottes ist.«

»Jetzt ist er Muslim«, flüsterte Adil mir zu. »Einer von uns.«

»Takbir!«, schrie Abu Tarek.

»Allahu akbar!«, schrien wir zurück. Wir? Ja. Ich hatte mitgebrüllt. Es war ansteckend.

Doch genauso plötzlich herrschte wieder Stille. Abu Tarek wandte sich ab, drehte uns den Rücken zu und alle standen auf, hoben ihre Hände. Offensichtlich begannen sie zu beten. Ein bisschen ratlos schob ich meine Hände in die Hosentaschen. Solange alle um mich herum standen, fiel ich nicht weiter auf, doch plötzlich warfen sie sich nieder, pressten Stirn und Nase auf den Boden und ich kam mir wie ein Depp vor. Sie knieten vor mir, neben, hinter mir; ans Abhauen war nicht zu denken. Also hockte ich mich irgendwann einfach wieder hin und wartete. Gab mich dem merkwürdig vertrauten Klang von Abu Tareks Stimme hin und ließ die Gedanken ziehen. Eine seltsame Entspanntheit überkam mich. Ja, beinahe ein Gefühl von Geborgenheit inmitten dieser fremden Menschen mit ihren fremden Ritualen … Fast schreckte ich hoch, als es plötzlich zu Ende war.

»Und jetzt wird gefeiert«, rief Abu Tarek. »Holt das Essen rein.«

Nach und nach erhoben sich alle, die Versammlung löste sich auf. Aus einem Nebenraum wurden Tische und Stühle herbeigeschleppt, andere strömten nach draußen.

»Na, was sagst du?«, fragte Adil. »Was hältst du von unserem Haufen? Wirst du noch mal wiederkommen?«

»Ehrlich gesagt …« Ich zögerte. Er war mir auf Anhieb sympathisch und deshalb wollte ich ihm keinen Mist erzählen. »Eher nicht.«

Er holte Luft, als wolle er zu einem langen Vortrag ansetzen, doch schließlich atmete er einfach aus und lächelte: »Dann bleib doch wenigstens zum Essen. Du bist herzlich eingeladen. Unsere Frauen kochen echt super, Mann.«

»Jedenfalls habt ihr hier klar verteilte Geschlechterrollen, was?«

»Tja«, meinte er, »es hat sich bewährt. Und? Bleibst du?«

»Mm … nee. Ich muss los. Aber danke.«

Ich erwiderte seinen kräftigen Händedruck und wollte mich zum Gehen wenden. Da hielt er mich zurück.

»Noch was. Ganz egal, ob Gott dich rechtleitet oder nicht – du hast dich für meine Schwester eingesetzt, das vergesse ich dir nicht.« Er zog eine Visitenkarte hervor und reichte sie mir. *Adil Hafiz.* Und eine Handynummer. »Solltest du jemals irgendein Problem haben und Hilfe brauchen, ruf mich an. Spielt keine Rolle, wann, wo und warum. Ruf einfach an, okay? Muslime lassen keinen hängen.«

»Alles klar«, nickte ich und schob die Karte in eine Hosentasche. »Mach's gut, Adil.«

Ich suchte meine Schuhe und fand sie, schlüpfte hinein und spürte ein leises Bedauern. Paradoxerweise war ich gleichzeitig erleichtert, als ich die Halle verließ und draußen die kühle Luft des klaren Herbstnachmittags atmete. Etwas blitzte in mein Gesicht.

Ich ging über den Hof, schritt energisch durch das Tor und herrschte die drei investigativen Rentner an: »Wer hat Ihnen erlaubt, mich zu fotografieren?«

»Nur die Ruhe, junger Mann«, entgegnete der Mittlere der drei. »Was Ihre Muselfreunde da treiben, ist doch angeblich eine öffentliche Veranstaltung. Kennen Sie irgendein deutsches Gesetz, das es verbietet, davon Fotos zu machen?«

Nee, wohl nicht, aber das machte mich erst recht sauer.

»Und kennen Sie irgendein Gesetz«, entgegnete ich, »das deutschen Rentnern mit zu viel Tagesfreizeit vorschreibt, alle in denselben kackbeigen Jacken rumzulaufen?«

»Das ist doch wohl …«, empörte sich ein anderer und der Dritte im Bunde schoss sofort ein weiteres Foto, während der Erste einen kleinen Notizblock nebst Kuli aus der Tasche seiner betonfarbenen Jacke nestelte.

»Wie heißen Sie?«, fragte er scharf. Vielleicht war er früher U-Bahn-Kontrolleur gewesen oder Schulhausmeister.

»Shaquille O'Neal«, blaffte ich und ließ die drei stehen, ging zurück am Zaun entlang und an den geparkten Autos vorbei, deren Kofferraumdeckel jetzt aufsprangen, weil die Frauen des *Einzig Wahren Weges* Unmengen an Körben, Schüsseln, Servierplatten ausluden. Anscheinend sollte es da drinnen eine ziemliche Schlemmerei werden. Und ganz unvermittelt stand Samira vor mir. Es wirkte absolut wie ein Zufall, aber ich wollte mir gern vorstellen, dass sie mich abgepasst hatte.

»War spannend«, sagte ich. »Danke, dass du mich eingeladen hast. Würde es dich stören, wenn ich dich mal wieder anrufe?«

»Ja, würde es«, sagte sie. Und dann sah ich sie zum ersten Mal lächeln. »Aber das wird dich wohl nicht daran hindern.«

»Stimmt«, nickte ich, lächelte zurück und ging weiter.

Zwei junge Frauen im Hintergrund kicherten. Das kam mir ein bisschen so vor wie in einem Mädchenpensionat zur Kaiserzeit. Okay, ich hatte keine Ahnung, was vor über hundert Jahren in Mädchenpensionaten abgegangen sein mochte beziehungsweise was das eigentlich genau war, so ein Mädchenpensionat. Ich verband damit antiquierte Regeln, Prüderie und eine geheimnisvolle Anziehungskraft. Einen Reiz des Verbotenen, der das Allerselbstverständlichste der Welt auf eigentümliche Weise verrucht erscheinen ließ. So ging ich in den Abend hinein, vorbei an den Autos mit Kennzeichen aus allen Teilen Nordrhein-Westfalens, aus Belgien und Holland und weiter vorbei an meist leer stehenden Lagerhallen, Werkstätten, Bürogebäuden, denn dieser Versammlungsort lag inmitten eines abgelegenen Gewerbegebiets und der Weg zur nächsten Bushaltestelle war weit. Ich blickte mich nicht um, weil mir die Vorstellung gefiel, dass Samira kurz stehen geblieben war und mir ihrerseits hinterherschaute. Ich warf mir einen Kaugummi ein und ließ die Gedanken ziehen.

Vielleicht hätte ich stattdessen die Zeit nutzen sollen, mir eine gute Story dafür auszudenken, wie ich meinen Nachmittag verbracht hatte. Denn als ich heimkam, stand natürlich Liz in der Küche und kochte – von wegen Geschlechterrollen, haha! –, wandte sich zu mir um und fragte: »Hey, wo warst du? Hab nicht gewusst, dass du nach der Uni noch was vorhattest.«

»Hab mich mit ein paar Leuten verquatscht«, brummte ich.

»Was für Leuten?«

»Hey – soll ich dir 'ne Liste machen oder was? Mit Telefonnummern? Dann kannst du sie anrufen und ausfragen.«

Nein, ich war echt nicht nett zu ihr; vor allem war ich nicht fair. Sie hatte sofort geschnallt, dass ich etwas vor ihr verbarg. Aber ich konnte ihr nicht erzählen, wo ich gewesen war. Denn dann hätte ich ihr die ganze Geschichte präsentieren müssen, von Anfang an, und angefangen hatte es schließlich mit Samiras Augen. An jenem Abend hätte ich Liz gleich von meiner Begegnung in der Unterführung berichten können, bestimmt hätte sie mich sogar für meinen Mut bewundert. Aber der Moment war vertan und kam nicht zurück.

»Schieb dir deine Liste samt den ganzen Leuten in den Arsch«, schimpfte sie. »Du kannst ja rumhängen, mit wem du willst. Und du musst mir auch nichts davon sagen. Bloß verschone mich damit, mir so einen Scheiß aufzutischen, *hab mich mit ein paar Leuten verquatscht.*« Sie äffte meinen Tonfall nach und ihre Worte trieften vor Hohn. Scheppernd holte sie einen Teller hervor und knallte die Schranktür zu. Irgendwas hatte sich in ihr aufgestaut, dachte ich, vermutlich in uns beiden, wir waren doch beide ätzend zueinander. Sie schaufelte Risotto auf ihren Teller, schaltete den Herd aus und sagte: »Ich esse in meinem Zimmer. Allein.«

Und dampfte ab.

Ich schaute ratlos in den Topf. Es duftete wie immer gut, aber ich hatte gar keinen Hunger. Meine Unaufrichtigkeit lag mir im Magen. Ich hasste so was. Ich kannte es noch von meinen Eltern. Obwohl ich da höchstens zwölf oder dreizehn gewesen war, hatte ich doch geschnallt, was abging – Heimlichtuerei und Lügen, das Misstrauen und all die unterschwelligen Verletzungen, bis sie endlich die Kraft fanden, sich zu trennen. Ich hatte mir geschworen, niemals so zu werden. Jetzt fing ich schon damit an. Ich ließ von dem Topf ab, öffnete den Kühlschrank und holte ein Bier aus meinem Fach. Liz war doch auch nicht aufrichtig zu mir, überlegte ich. Sie machte mir doch auch was vor; sie konnte doch nicht wirklich glücklich sein mit diesem kleinen Leben in ihrer kleinen, wohlgeordneten Welt zwischen Uni, Chor und Sport, Freunde treffen und Abendessen kochen, sie spielte sich da selbst was vor, fand ich, und mir auch, irgendeinen muffigen Film vom Erwachsensein, in dem schon längst alles geklärt war. Sie stellte nie irgendwas infrage, schien keinerlei Zweifel an sich selbst oder dem Leben oder dem Universum zu haben. Und das, ehrlich gesagt, hatte doch mit Wahrhaftigkeit auch nichts zu tun.

6. Tag

Schon wieder sitze ich da wie im Urlaub. Aber, alhamdulillah, auf der anderen Seite. Ich würde dir gern berichten, wie wir über die Grenze gekommen sind, doch sicherheitshalber lasse ich das, du weißt schon. Jedenfalls wurden Max und ich von vier vermummten Brüdern in Empfang genommen. Einer von ihnen war Deutscher, so konnten wir uns gut verständigen. Als Allererstes kassierten sie unsere Ausweise und Handys ein. Mir war nicht klar, wozu das gut sein sollte, aber es störte mich nicht, im Gegenteil; irgendwas daran befreite mich. Max aber zierte sich ein bisschen. Zumindest sein Smartphone wollte er behalten. Der Deutsche, keine Ahnung, wie der hieß (sie sagten uns ihre Namen nicht), fragte bloß, ob wir wohl zufällig das Video kennen, wo zwei Typen aneinandergebunden sind und beide die Rüben abgehauen kriegen. Das wären nämlich auch welche gewesen, die ihr Handy nicht abgeben wollten. Da war Max natürlich sofort still und gab das Teil her. Und der Bruder sagte etwas versöhnlicher, dass wir die Dinger später wiederkriegen würden, wenn klar wäre, dass man uns vertrauen kann.

Und danach begann ein ewig langes Verhör. Wir könnten ja schließlich feindliche Spione sein. Zehn oder zwanzig Mal mussten wir erzählen, wie wir hergekommen waren, mit wem und warum überhaupt. Und von vorn. Irgendwann fielen uns keine Antworten mehr ein und ihnen keine neuen Fragen. Schließlich stiegen wir alle in einen Bulli und fuhren durch die Nacht, bis wir kurz vor dem Asr-Gebet hier ankamen, bei dieser Villa.

Ach was, Villa – ein Palast, Akhi! Wir sitzen am Pool

unter Palmen. Die Bude hat irgendeinem Alawiten-Bonzen gehört. Seine Überreste sind längst verfault wie die seiner Kinder und Nutten, seiner Henker und Dealer. Hier haben wir jede Menge andere Brüder getroffen und gehören jetzt zu einem ziemlich bunten Haufen, einer Art internationaler Eingreiftruppe: Nizar ist Russlanddeutscher, Salih kommt aus der Schweiz, Mirza aus Bosnien – mit denen teilen Max und ich ein Zimmer. Daneben gibt es hier Tschetschenen und Österreicher, Schweden und Marokkaner, Albaner und Amis und zig andere. Wir sind alle Muhajirin – Einwanderer. Witzig, oder? Jetzt hat Max auch einen Migrationshintergrund.

Unser Wali nennt sich Nasreddin und stammt aus Amsterdam. (Die Walis sind die Anführer, über ihnen stehen die Emire usw.; vielleicht dazu später mehr.) Jedenfalls reden wir hier in einem Durcheinander von Deutsch und Türkisch, Arabisch und Englisch und seltsamerweise kommen wir super damit klar. Wahrscheinlich auch deshalb, weil wir außer beim Essen sowieso kaum zum Reden kommen. Wir beten und studieren den edlen Qur'an und vor allem trainieren wir: Wir üben das Schießen und auch den Nahkampf und außerdem ein bisschen Erste Hilfe. Vor dem ersten Training fragte Nasreddin Max und mich, ob wir bei der Bundeswehr gewesen seien. Nein, sagten wir, in Deutschland sei die Wehrpflicht doch längst abgeschafft.

Tja, meinte Nasreddin, so sei das wohl in dekadenten Gesellschaften. Dann hielt er uns Gewehre hin und sagte grinsend: »Hier, Brüder, ein Gruß aus der Heimat.«

Ich nahm das Gewehr aus seiner Hand und schaute ihn fragend an.

»Ein G36 von Heckler & Koch«, erklärte uns Nasreddin. »Aus Bundeswehrbeständen. Hat eure Regierung den Kurden geschickt. Aber die, die die Waffen bekamen, brauchen jetzt keine mehr.«

»Das ist nicht unsere Regierung«, brummte ich. »Unser Staat ist das Kalifat.«

»Sehr gut, Akhi«, lobte Nasreddin.

Aber Max guckte unzufrieden und maulte: »Ich dachte, wir kriegen AK-47. Das G36 kann doch gar nichts.«

»Dann passt es ja zu euch«, knurrte Nasreddin. »Denn ihr könnt auch noch nichts. Klar? Ihr seid erst mal hier, um zu lernen. Eine Kalaschnikow kannst du dir dann immer noch besorgen, wenn du ein richtiger Kämpfer geworden bist. Falls du lange genug am Leben bleibst.«

Doch bevor wir zu lernen anfingen, wie man schießt und am Leben bleibt, gab es erst mal Qur'an-Unterricht. Gestern und heute je den halben Tag. Es ist ihnen sehr wichtig, dass wir den Qur'an kennen. Viele Brüder aus Europa brauchen das auch tatsächlich, denn sie sind noch ganz neu im Islam und verstehen vieles nicht. Ich hingegen dachte bisher, dass ich schon recht viel vom Glauben wüsste. Doch die Brüder hier sagen, ich solle ruhig alles vergessen, was ich in Dar al-Kufr, dem Land der Ungläubigen (also quasi zu Hause), gelernt hätte. Sie wollen, dass wir den Qur'an verstehen lernen, so wie SIE ihn verstehen.

Okay – für dich klingt das sicher alles ziemlich streng, was ich gerade geschrieben habe, aber es ist auch sehr cool. Akhi, wir haben alles – Tiefkühlpizza und Kekse (nur Max muss leider ein bisschen Diät halten, weil Nasreddin sagt, wir können keine Pummel als Gotteskrieger gebrauchen – es sei denn mit Sprengstoffgürtel), wir schlafen in Himmelbetten und springen in den Pausen in den azurblauen Pool. Wir fahren mit den geilsten Karren rum. (Fast vergesse ich zwischendurch, dass ich eigentlich hierhergekommen bin, um mein Leben für das Paradies zu geben.) Und Waffen haben wir für ein Heer von Millionen. Ich fragte den Wali, ob wir nicht an der Munition sparen müssten, es sei doch schließlich Krieg. Da lachte er nur und sagte, ich solle das nicht den Emiren zu Ohren kommen lassen, die würden mich sofort zu einem ihrer Beamten ernennen, von wegen typisch deutsch, so effizient, ordnungsliebend und so. Überhaupt hat man hier eine hohe Meinung von Deutschen, selbst von denen, die keine sind, jedenfalls nicht von ihren Eltern her oder eben nur halb, so wie ich. Die Deutschen seien die Gründlichsten, sagte Nasreddin, und das sei doch ein großes Lob aus dem Mund eines Holländers, lachte er. Sie seien die Gründlichsten beim Organisieren und so weiter. Auch beim Töten seien sie die Gründlichsten. Und beim Foltern sowieso.

»Das liegt euch wohl einfach im Blut«, grinste er noch.

Ich denke mal, dass das witzig gemeint sein sollte.

Jetzt hab ich viel mehr geschrieben, als ich eigentlich wollte, Akhi. Ich sehe schon, es ist ganz gut, dass man hier nicht so viel Zeit für sich allein hat. Man kommt schnell ins Grübeln, und das kann man im Krieg nicht gut gebrauchen. Deshalb mache ich für heute Schluss und grüße dich herzlich, as salamu alaikum wa rahmatullahi wa barakatuh.

2. November

Ich verbrachte das Wochenende in Dortmund, wie ich es Bartek versprochen hatte. Nicht nur er hatte mich vermisst, sondern offenbar auch mein Vater. Jedenfalls textete er mich zu und jammerte ohne Ende, weil seine neueste Alte wohl gerade dabei war, sich von ihm zu trennen. Konnte der Mann sich nicht ein paar Kumpels suchen? Musste er mich dafür gebrauchen, ein Gespräch unter Männern zu simulieren, nur weil ich halt jetzt achtzehn war und daran arbeitete, ein eigenes Leben zu führen? Es interessierte mich nicht die Bohne, mit wem er vögelte oder ob überhaupt.

Ich war einfach nur froh, als ich abends endlich wegkonnte und die Jungs in unserem alten Schuppen traf, wo wir wieder genau wie früher zusammen am Tresen hockten. Torben und Juli waren da, Weizen-Paul und natürlich Bartek. Ehrlich gesagt sah es nur von außen wie früher aus, aber es war nicht mehr wie früher. Torben (Jura, Marburg) und Juli (BWL, Erlangen-Nürnberg) inszenierten eine affige Diskussion über internationales Wirtschaftsrecht, als wären sie keine Erstis, sondern längst etablierte Geschäftsleute. Bartek maulte mich voll, weil ich Liz nicht mitgebracht hatte. Nur Paul hielt wie immer die Klappe und trank sein Weizenbier. Nicht der unangenehmste Gesprächspartner. Zwischendurch schob ich eine Hand in die Hosentasche und fühlte die Karte von Adil, die ich seit drei Tagen mit mir herumtrug wie einen Talisman. Natürlich würde ich ihn niemals anrufen, da war ich mir sicher, aber während ich meine alten Buddys musterte, fragte ich mich unwillkürlich, wen von den vieren ich am ehesten um Hilfe bitten würde, wenn ich mal so richtig in der Scheiße säße. Wohl Bartek, die treue Seele. Der hätte sogar ein Flugzeug entführt, um mich aus Afrika zu holen, falls ich dort in Not geraten wäre. Aber ich war ja nicht in Afrika. All das war genauso theoretisch wie die absurde Debatte zwischen Torben und Juli. Irgendwann zuckte Paul zusammen und zog sein Handy hervor, schaute auf das Display und ging, eine Entschuldigung murmelnd, hinaus.

»Aha«, sagte Juli. »Das ist sicher seine Ische.«

»Was denn?«, wunderte sich Bartek. »Unser stiller Teilhaber, der schon rot wird, wenn ein Mädchen nur vorbeigeht, hat eine klargemacht?«

»Psst«, meinte Torben, »Paul spricht nicht darüber.«

»Wieso auch?«, meinte ich. »Er spricht doch grundsätzlich nicht gern.«

»Ja, aber darüber schon gar nicht. An der Frau ist irgendwas faul. Er hat neulich so Andeutungen gemacht.«

»Hä?« Bartek beugte sich zu ihm hinüber. »Was denn?«

»Ziemlich kryptisch halt«, antwortete Torben, »ich hab's nicht kapiert. Jedenfalls klang es so, als ob er die Beziehung geheim halten will. Oder muss.«

»Vielleicht ist sie schon älter und verheiratet«, meinte Juli. »Oder 'ne Nonne oder so was. Oder einfach megafett und potthässlich, sodass er nicht mit ihr gesehen werden will.«

»Manchmal gibt es halt so Sachen, die kein anderer versteht«, warf ich ein.

»Sag bloß«, rief Bartek und blinzelte mir zu. »Willst du uns irgendwas mitteilen?«

»Nö.« Ich trank an meinem Pils.

»Sind wir denn etwa intolerant?«, empörte sich Torben.

»Na ja«, meinte Juli. »Wenn ich an die Kiste mit Beckmüller bei der Stufenfahrt denke … besonders tolerant war das nicht gerade.«

Wir prusteten los, und das war der Startschuss für eine zusammenhanglose Kette uralter Anekdoten, die wir nun hervorkramten und an denen wir uns festhielten, um uns zu beweisen, dass uns da etwas verband. Erinnerung war das, was uns zu Freunden machte. Aber was Neues würde sich zwischen uns nicht mehr entwickeln. Diese Erkenntnis traf mich ganz plötzlich und tat weh. Paul kam zurück, sagte nichts, griff sich sein Weizenbier und lachte mit uns. Keiner fragte ihn was. Vielleicht sollte ich meinen Notfallplan revidieren und ihn anrufen statt Bartek. Paul würde jedenfalls für Diskretion bürgen.

Mein Handy brummte. Liz schrieb, dass ich alle grüßen solle und so. Ich schob es wieder in die Tasche. Gestern war ich kurz davor gewesen, Samira anzurufen. Hatte es aber bleiben lassen, weil ich irgendwie meinte, ich müsse mich erst darauf vorbereiten. Ich spürte, dass ich nur noch einen Versuch hatte. Wenn sie mich ein zweites Mal abblitzen ließe, würde ich kein drittes Mal mehr ihre Nummer wählen.

24. Tag

Die Zeit vergeht hier wie im Flug – Training, Gebet, Qur'an pauken, Essen und wieder von vorn. Klingt eintönig, aber es ist ein Rhythmus, der uns ganz miteinander eins sein lässt. Als wäre all das eine einzige Meditation. Der Zusammenhalt unter den Brüdern ist unvergleichlich – nie zuvor habe ich so ein Gefühl von Freundschaft gespürt wie hier. Außer mit dir. Umso mehr fehlst du mir. Ich habe mich gefragt, was eigentlich das ganz Besondere ist, das uns hier zusammenschweißt. Schon klar, die gemeinsame Religion, die gemeinsame Leidenschaft für Allah (swt) und den Propheten (sas) spielen eine Rolle, doch all das kannte ich doch schon in Deutschland, in Dar al-Kufr. Aber heute beim Training ist es mir plötzlich klar geworden. Und das kam so:

Max und ich waren verdammt gut, wir waren schnell (sogar er) und effektiv, wir stürmten eine kleine Bodenerhebung und vergaßen unsere Deckung. Und Nasreddin rief: »Bumm. Ihr seid tot.«

Max und ich lachten und alle, die dabeistanden. Doch Nasreddin brummte bloß: »Ich weiß nicht, was daran witzig sein soll. Versucht gefälligst, noch ein bisschen am Leben zu bleiben. Lachen könnt ihr im Paradies. Für den ganzen Rest der Ewigkeit.«

Da verstummten wir alle und ich musste schlucken. Max und ich sahen uns an. Bumm, wir waren tot. Gemeinsam. Zusammen würden wir sterben. Da begriff ich. Zusammen beten und lernen, trainieren und essen, lachen und feiern sind eine Sache; aber zusammen in den Tod zu gehen ist noch etwas ganz anderes. Gemeinsam zu sterben, das ist wohl die intimste Art von Nähe, die ich mir überhaupt vorstellen kann. Dass du diese Nähe nicht teilen kannst, schmerzt mich, Akhi. Aber gleichzeitig stärkt es meinen Mut und meine Entschlossenheit. Du weißt schon, was ich meine ... Gerade weil du nicht hier sein kannst, wird mein Tod doppelt wichtig sein. Für dich und für Samira.

7. November

Während ich versuchte, der Vorlesung zu folgen, führten in meinem Kopf meine alten Kumpels Torben und Juli noch einmal ihre Pseudodiskussion auf. Sie hatten sich erstaunlich schnell in die Tretmühle eingefügt, in die Jagd nach Credit Points und der angesagtesten Party oder dem nächsten Recruiting Event. Plötzlich interessierte mich, was Samira und ihr Bruder Adil beruflich wohl machten. Vielleicht studierten sie auch. Studieren Salafisten eigentlich? Waren nicht sogar die Attentäter von Nine/Eleven Studenten gewesen? Da fesselte etwas an der Vorlesung meine Aufmerksamkeit. Ich hörte eine Weile dem Prof zu, dann hob ich zu meiner eigenen Überraschung den Arm.

»Ich verstehe nicht«, rief ich, »warum das so geregelt ist.«

»Weil der Gesetzgeber das so vorgesehen hat«, gab der Prof kurz zurück und wollte schon fortfahren.

Doch ich hakte nach: »Das ist klar. Ich meine – warum? Welchen Sinn hat das?«

Der Prof hielt inne, als interessiere ihn plötzlich, wer da ganz hinten solch absurde Fragen stellte. Er kniff seine Augen gegen die hellen Deckenstrahler zusammen und fixierte mich, bevor er antwortete: »Das braucht uns nicht zu kümmern. Sinnfragen werden drüben im Hauptgebäude behandelt, wo die Philosophen und Theologen sitzen.« Er lächelte selbstgefällig. »Dort fragt man sich, warum die Dinge sind, wie sie sind. Wir hier fragen uns hingegen, wie sie *funktionieren*. Und, meine Damen und Herren – *wir* sorgen dafür, *dass* sie funktionieren.«

Einige klopften beifällig auf die schmalen Tischchen vor ihren Klappsitzen. Ich lehnte mich zurück. Zum ersten Mal im Studium hatte ich das Gefühl, wirklich was verstanden zu haben.

»Was haben Sie eigentlich studiert?«, fragte ich Golski, als ich nachmittags in seinem Büro saß.

»Soziologie«, sagte er und lachte. »Wie alle damals. Und Ethnologie, Philosophie, Geschichte und ein halbes Dutzend anderer Sachen.« Er stand in der kleinen Teenische und rührte einen gehäuften Löffel von braunem, natürlich fair gehandeltem Zucker in seine Tasse. »Wir haben sowieso, egal in welchem Fach, immer nur über Marx diskutieren wollen. Den Abschluss hab ich dann in Soziologie gemacht, aber erst nach elf Jahren.« Er schüttelte den Kopf. »So was kann man sich heute nicht mehr vorstellen, ich weiß.«

»Woran haben Sie gemerkt«, fragte ich weiter, »dass es für Sie das Richtige ist, was Sie da tun?«

Golski setzte sich und sah mich nachdenklich an.

»Weiß ich nicht mehr«, gab er schließlich zu. »Jedenfalls haben wir uns nie gefragt, mit welchem Studium man später einen möglichst guten Job kriegt, wie die Aufstiegschancen sind und all das. Ihrer Generation geht es da ganz anders.«

»Ja, ja, wir sind alle egoistisch und karrieregeil«, brummte ich. »Oberflächlich und komplett unpolitisch.«

»Das sind zumindest die Zuschreibungen aus meiner Generation für die sogenannte Jugend von heute.« Er lächelte amüsiert. »Wir wollten gegen unsere Eltern rebellieren, die wir für viel zu angepasst hielten. Nun rebellieren Sie gegen uns, indem Sie sich völlig angepasst verhalten. Hat doch eine gewisse Logik.« Er schaute an die Decke, dann meinte er: »Uns ging es damals um Befreiung. Von repressiven Strukturen und so weiter. Oder um sexuelle Befreiung. Stattdessen herrscht heute der freie Markt, von dem wiederum Sie und Ihre Altersgenossen umso stärker unter Druck gesetzt werden. Dem Markt ist alles unterworfen, selbst der Sex. Vielleicht gerade der.«

»Und um dagegen zu rebellieren, ziehen sich manche Frauen ein Kopftuch über«, überlegte ich.

»Oh, das ist ein gewagter Gedankensprung«, meinte Golski. »Wie kommen Sie darauf, Jakob?«

»Nur so.«

Auf dem Heimweg nahm ich fast schon gewohnheitsmäßig den Umweg durch die Bahnunterführung, was ja Quatsch war, weil ich doch inzwischen wusste, wie das Mädchen mit den blauen Augen hieß, ich hatte ja sogar ihre Nummer. Vielleicht reizte mich der leichte Kitzel von Gefahr bei dem Gedanken, die beiden Hools wieder zu treffen. Er belebte mich wie kleine Stromstöße, die mich auch immer dann erfassten, wenn ich über salafistische Websites surfte, mir ihre schrägen Videos reinzog und die kruden Diskussionen in ihren Foren verfolgte. Ich nickte der hutzligen Alten in ihrem Kiosk zu und blieb vor der Bank stehen, auf der ich neulich gesessen und mit Bartek telefoniert hatte.

Ich hockte mich hin und schaute durch die kahlen Äste der Kastanie in den klaren Abendhimmel über mir. Glühendes Rot ließ die Kondensstreifen der Flugzeuge wie Reste eines Lagerfeuers glimmen. Der Horizont trug ein Blau, so tief wie ihre Augen. Ich rief sie an.

Sie ließ mich lange warten, bevor sie dranging.

»As salamu alaikum, Jakob«, sagte sie. »Du kannst es wohl nicht lassen.«

Offenbar erkannte sie meine Nummer oder hatte sie sogar gespeichert.

»Nein«, sagte ich. »Und es ist auch nicht haram, wenn ein Mann mit einer Frau telefoniert; jedenfalls unter bestimmten Umständen nicht.«

»Aha«, machte sie. »Jetzt bin ich auf deine Argumente gespannt.«

»Man darf sich zu geschäftlichen oder medizinischen Zwecken unterhalten oder um sich nach dem Befinden der Familie zu erkundigen. Oder aus Heiratsabsicht. Oder zum Zweck der Da'wa, der Verkündigung des Glaubens.«

»Woher hast du das?«

»Von Schaikh Muhammad Salih al-Munajjid.«

»Du warst im Internet unterwegs«, stellte sie fest und klang belustigt. »Und welchen der fünf möglichen Zwecke hast du dir ausgesucht? Du willst mich hoffentlich nicht heiraten.«

»Noch nicht jedenfalls«, lachte ich. »Wie geht es Adil?«

»Gut. Nächster Zweck?«

»Reden wir über Da'wa«, sagte ich. »Dafür bist du doch bei eurem Verein zuständig, wenn ich das richtig verstanden habe.«

»Zuständig ist jeder Muslim«, verbesserte sie mich. »Was mich betrifft, hat es sich ergeben, dass manche mich als Ansprechpartnerin wahrnehmen. Also Schwestern, meine ich. Oder solche, die es werden wollen.«

»Du meinst deutsche Frauen, die zum Islam übertreten wollen?«

»Deutsche, Polinnen, Russinnen, Italienerinnen, Spanierinnen ... der Islam kennt keine Nationalitäten. Es gibt auch viele, die als Muslime geboren sind, sich aber nie ernsthaft damit beschäftigt haben und nun aus irgendeinem Grund ihr Leben ändern wollen. Inschallah kann ich ihnen ein wenig dabei helfen.«

Ein Feuerzeug klickte und sie atmete hörbar ein.

»Rauchst du?«, fragte ich. »Ist das etwa nicht haram?«

»Es ist *makruh.* Unerwünscht. Ich versuche, es mir abzugewöhnen.« Sie atmete aus. »Man muss sich eine Menge abgewöhnen, wenn man zum Islam kommt – Schweinefleisch, Punkrock, Tanktops ... Das geht nicht alles gleichzeitig. Und muss auch gar nicht sein. Allah – subhanahu wa-ta'ala – ist großzügig, wenn man sich zumindest bemüht.«

Ich versuchte mir vorzustellen, wie sie beim Rauchen aussah. Vor meinem eigenen Mund formten sich kleine Atemwölkchen in der klaren Luft. Das Blau am Horizont verwandelte sich langsam in Schwarz.

»Das klingt, als wärst du noch nicht lange dabei«, sagte ich. »Bist du selber Deutsche?«

»Ist das wichtig?«, fragte sie.

»Ich meine, wegen deiner blauen Augen.«

»Hey«, rief sie. »Bist du Rassist?«

»Unsinn!«

»Gut. Dann hör bitte auf, Leute nach ihrem Äußeren zu kategorisieren und in Schubladen zu stecken.«

»Okay, sorry. Aber von deinem Äußeren sieht man ja eh nicht viel. Wegen deines Kopftuchs.«

»Hijab«, verbesserte sie.

»Bitte?«

»Kopftücher tragen alte Bäuerinnen im Allgäu oder Piraten in Filmen. Was ich trage, ist ein Hijab.«

»Trägst du ihn jetzt gerade?«

»Nein. Ich bin zu Hause.«

Wo das wohl sein mochte ... irgendwo hier in Bonn? Oder in einer anderen Stadt? Oder direkt hinter einem der erleuchteten Fenster gegenüber? Ich musste aufstehen. Meine Füße fingen zu frieren an. Und auch die Hand, die mein Telefon hielt. Ich wechselte zum anderen Ohr, schob die kalte Hand in die Jackentasche und sagte: »Ich wüsste gern, wie dein Haar aussieht. Ob es kurz ist oder lang, welche Farbe es hat.«

»Du kommst vom Thema ab«, stellte sie fest.

Ich ging ein paar Schritte die Allee hinab und suchte nach einer guten Erwiderung.

Stattdessen fragte sie: »Du sagtest doch neulich, dass du mich in der Zeitung gesehen hättest. Aber als wir uns an diesem Abend in der Unterführung begegnet sind, war ich voll verschleiert. Woran hast du mich wiedererkannt?«

»An deinen Augen eben«, sagte ich. Da sie nicht gleich antwortete, schob ich nach: »Die sind so blau wie dieser letzte Streifen jetzt gerade am Himmel, falls du ihn aus deiner Wohnung sehen kannst.«

Hammer, dass ich ohne mit der Wimper zu zucken so was Kitschiges in ein Telefon sagen konnte. Mädchenpensionat.

»Ich sehe es«, antwortete Samira. »Und wenn du bei dem Vortrag von Abu Tarek zugehört hättest, dann wüsstest du auch, was das bedeutet.«

»Ach. Was nämlich?«

»Dass es Zeit ist für das Maghrib-Gebet. Deshalb ist unser Gespräch jetzt zu Ende.«

»Okay, verstehe«, sagte ich gut gelaunt. Etwas an ihrer Stimme schien mir zu verraten, dass mein Kompliment ihr gefallen hatte. »Ich ruf ein anderes Mal wieder an.«

»Das fürchte ich auch«, meinte sie. »Mach's gut.«

»Du auch.«

Ich schlenderte versonnen weiter, ohne das Telefon wegzustecken, ließ mich auf der übernächsten Bank nieder und rief die Facebookseite des *Einzig Wahren Weges* auf. Adil postete dort allerlei. Ich ging wie schon oft auf sein Profil und von dort auf Samiras, das ich über Adils Freundesliste erreichte. Ich hatte es mir inzwischen sicher hundertmal angesehen. Sie benutzte kein Foto von sich als Profilbild, sondern eine stilisierte goldene Flamme aus Schriftzeichen. Trotzdem wusste ich, dass sie es war. Ich schickte ihr eine Freundschaftsanfrage. Dann kehrte ich zu Adils Profil zurück, überlegte kurz und schickte ihm auch eine.

32. Tag

Ein großer Augenblick! Heute haben wir die Bai'a auf unseren Kalifen – möge Allah ihn segnen! – abgelegt, den Eid, der uns endgültig zu Bürgern des Kalifats macht. Endlich bin ich nichts Halbes mehr, nicht Halbdeutscher oder Halblibanese und nicht länger ein Muslim mitten im finstren Dar al-Kufr, der den Salaf nachzueifern versucht inmitten der verrottenden westlichen Welt voller Versuchungen und Ignoranz. Ich bin »ganz«, alhamdulillah. Und in wenigen Tagen geht es los. Wir ziehen ins Kampfgebiet!

8. November

Zur Abwechslung kochte ich mal selbst. Natürlich für mich *und* Liz. Die Arbeitsplatte teilte ich mir mit Vicky, die dabei war, Obst klein zu schneiden.

»Sieht gut aus, was du da machst«, meinte sie.

»Kannst gern mit uns essen«, sagte ich und dachte an Liz' Worte – Mitbewohner können doch zusammen essen. »Es reicht locker für drei.«

»Nee, danke. Ich geh gleich noch weg. Wollte mir schnell 'n Shake machen.«

Sie wirbelte mit dem Küchenmesser. Ich konnte mir kaum vorstellen, dass sie wo auch immer später noch essen gehen würde – sie schien sich ausschließlich von diesen Mixturen aus Obst, Gemüse und Eiweißpulver zu ernähren, die sie morgens, mittags und abends mit dem Pürierstab zauberte. Sie war ein absoluter Sportfreak, hielt mich auch für einen und versuchte mich dauernd zu überreden, mit ihr zum Volleyball/Zumba/Eskrima/weiß der Geier zu gehen.

Liz tauchte auf.

»Hey, darf ich kurz an deinen Rechner?«

»Klar. Ist deiner kaputt?«

»Ich such bloß was. Hatte mir doch neulich diese Pulswärmer angeschaut, die ich vielleicht bestellen wollte.«

Sie verschwand aus der Küche und in meinem Zimmer. Schlagartig wusste ich, was jetzt kommen würde, und widerstand dem Impuls, sofort hinter ihr herzulaufen. Vielleicht dachte sie sich ja gar nichts dabei.

»Jakob? Kannst du mal kurz kommen?«

Falsch gedacht. Ich legte Messer und Zucchini zur Seite, wischte mir die Hände ab und folgte ihrem Ruf in mein Zimmer.

»Ich finde nichts«, stellte sie fest und machte ein Gesicht, als hätte jemand sie angespuckt. »Deine Browserchronik ist leer.«

»Weil ich sie geleert habe«, brummte ich.

»Warum löschst du deine Chronik?«

Weil es gut ist, ab und zu mal die ganzen Cookies und alles rauszuschmeißen, was sich beim Surfen da so ablagert, dachte ich. Das wäre eine gute Antwort gewesen, aber sie stimmte halt nicht, ich hatte noch nie meinen Verlauf gelöscht.

»Du verbirgst was vor mir«, zischte sie. »Du weißt, dass ich ab und zu deinen Laptop benutze, und das hat dir bisher nie was ausgemacht.«

»Vielleicht hab ich mir ja neulich ein paar abartige Pornos reingezogen.«

»Das wäre mir komplett egal.« Sie lachte bitter. »Aber es ist was anderes. Du bist schon seit Tagen so komisch.«

»Du kriegst es schon noch raus«, ätzte ich, »wenn du mir nur einfach weiter nachspionierst.«

»Ich spioniere nicht, du Blödmann!« Sie sprang auf, stieß den Stuhl zurück und dampfte an mir vorbei aus meinem Zimmer. Ihre Tür knallte zu.

Kopfschüttelnd kehrte ich in die Küche zurück, wo Vicky so tat, als würde sie teilnahmslos ihr Obst schneiden. Sie war noch bei demselben Apfelstück wie vorhin, als Liz mich gerufen hatte. Schließlich schob sie ihre Obstschnitze vom Brett in einen Messbecher zu ihrem Eiweißzeug, mixte alles durch, nahm einen Schluck und lehnte sich eine Spur zu herausfordernd gegen die Küchenanrichte.

»Mitunter ist es suboptimal, mit der eigenen Partnerin in einer WG zu wohnen«, bemerkte sie leichthin.

»Ja«, sagte ich und grinste. »Das geht einem mitunter fast so auf den Sack wie Leute, die Wörter wie *suboptimal* benutzen.«

»Dagegen hilft, sich ein bisschen auszupowern«, erwiderte sie unbeeindruckt und löste sich von der Anrichte. »Nächste Woche kommst du mal mit mir zum Sport. Wird dir guttun.«

Im Hinausgehen versetzte sie mir einen Klaps auf den Hintern und grinste über die Schulter.

Auch das noch, dachte ich. Oh my God. Oder meinetwegen: Subhan Allah!

Einen Moment starrte ich unschlüssig auf das Gemüse vor mir, dann kippte ich es in den Mülleimer, zog Schuhe und Jacke an und ging hinaus, einen Dönerladen suchen.

Unterwegs schaute ich aufs Handy. Adil hatte meine Anfrage bei Facebook bestätigt. Samira nicht.

38. Tag

Ich möchte dir von meiner neuen Freundin erzählen. Sie kommt aus Russland, hört auf den putzigen Namen RPG-7 und macht sich ziemlich gut auf meiner Schulter. Wie wir uns kennenlernten, das ist eine tragische und großartige Geschichte.

Gestern kamen wir in diesem namenlosen kleinen Kaff an. Ich verschweige den Namen diesmal nicht aus taktischen Gründen – ich weiß ihn schlicht nicht. Keiner hier weiß, wie dieses Dorf einmal hieß, es ist eh fast nichts mehr davon übrig, bloß die Grundmauern der Gebäude und ein paar Betonwände, die total sinnlos in der Gegend herumstehen, ohne dass man sagen könnte, was für Dächer sie einmal getragen oder was für Räume sie früher begrenzt haben mögen. Überall verlaufen Gräben, auch unter diesen Mauern und Wänden hindurch. Vielleicht haben unsere Brüder die angelegt, die vor uns hier waren, vielleicht auch der Feind, denn dieser Flecken ist schon länger umkämpft. Mal haben wir uns durchgesetzt, mal die anderen; all das schon lange, bevor ich hier ankam. Die aufgewühlte Erde hat in den letzten Monaten das Blut vieler tapferer Mudschahidin getrunken.

Unser kleiner Trupp aus Neulingen kam also gestern hier an, um die bisherige Mannschaft zu verstärken – zusammen sind wir nun an die sechzig Brüder und werden von einem erfahrenen Emir befehligt, Abu Abdallah aus Bagdad, ein Veteran des letzten Irakkrieges, der sich schon unter al-Masri dem Dschihad angeschlossen hat.

Ich dachte, es würde mein erster Kampfeinsatz werden, aber

Nasreddin ließ uns erst mal bloß durch die Gräben laufen wie Postboten. Wir sollten neue Munition nach vorne bringen und manchmal auch was zu essen. Nach einer Weile tun einem Rücken und Nacken weh, weil man die ganze Zeit in tief gebückter Haltung herumrennt.

Die Trümmer einer alten Scheune markieren die Grenze zwischen dem Kalifat und dem feindlichen Rest der Welt. Uns gehört der Südteil des ehemaligen Dorfes, die Peschmerga halten den Norden. Ich glaube jedenfalls, dass es sich um Peschmerga handelt, kurdische Kämpfer, die aus dem Irak herübergekommen sind. Auch auf unserer Seite haben wir viele Iraker dabei. Die meisten waren vorher Soldaten der regulären irakischen Armee, wurden sogar von der US-Army zum Kampf gegen Rebellen ausgebildet, bevor sie desertierten und selber welche wurden. Im Vergleich zu diesen Brüdern sind wir natürlich voll die Amateure.

Heute wurde den ganzen Tag über die Gräben hinweg geschossen, ohne dass wir einen richtigen Geländegewinn erzielen konnten. Plötzlich, ich war gerade mitten in einem Graben unterwegs, hörte ich Rufe von der Kampflinie vorn, die ich nicht richtig verstand. Deshalb presste ich mich gegen die Wand aus weichem Erdreich und spähte vorsichtig über den Rand nach draußen. Erst hörte ich nur das dumpfe Brummen und Rasseln, dann tauchte hinter der halb weggerissenen Scheune ein Panzer auf. Das Kanonenrohr schwenkte sacht hin und her, als wolle es sich bei der Auswahl seines Zieles genüsslich Zeit lassen. Schon donnerte der erste Schuss über uns hinweg.

Max kam schnaufend angelaufen und schleppte mühsam in seiner gebückten Haltung einen Granatwerfer mit sich. Die RPG-7, meine künftige Freundin.

»Schnell, nach vorn damit, inschallah«, rief er und warf das Teil in meine ausgebreiteten Arme. »Für Abu Fayzal!«

»Inschallah«, rief ich zurück und spurtete los. Das Teil zog schwer an meinen Armen, weil ich es im tief gebeugten Lauf vor mir hertragen musste.

»Yallah, yallah«, rief Abu Fayzal, als er mich um die letzte Ecke biegen sah. Er galt als einer der Erfahrensten unter uns und würde diesen Panzer schon knacken, da war ich mir sicher. Ich warf ihm die RPG in die Arme, wie Max es vorhin bei mir getan hatte. Er schulterte die Waffe und erhob sich aus dem Graben. Er musste aufstehen, um den Panzer anzielen zu können. Seltsamerweise hörte ich die Schüsse von drüben gar nicht, nur ein dumpfes Plopp-Plopp, dann sackte Abu Faysal seitlich weg, fiel halb auf mich und stierte mich mit geweiteten Augen an, ohne einen Ton von sich zu geben. Unsere Blicke bohrten sich ineinander. Wie durch Watte drangen die Rufe der Brüder zu mir: »Hey, you German boy! Subhan Allah, gimme that RPG immediately! Adil!«

Ich hörte meinen Namen, aber es kam mir so vor, als würden nicht die Brüder rufen. Sondern als wären es die Huris, die großäugigen Paradiesmädchen, die mich zu sich rufen wollten. Plötzlich war ich vollkommen klar und fokussiert, so wach und konzentriert, als könnte ich das ganze Universum spüren. Ich robbte unter Abu Fayzal hervor, schulterte die RPG und stand auf. Beim Training hatten wir mal damit hantiert, aber ohne das Teil wirklich abgefeuert zu haben. Trotzdem war ich mir sicher, dass ich es konnte; keine Ahnung warum. Ich stand also mitten im Graben auf und blickte direkt in das Rohr des Panzers, der vielleicht hundertzwanzig Meter entfernt war. Zwischen Turm und Wanne zielen. Das hatte ich mir gemerkt. Wenn du genau zwischen

Turm und Wanne triffst, hast du eine Chance. Ein Knall, ein Zischen, ich fiel fast nach vorn, weil ich mit einem starken Rückstoß gerechnet hatte, der aber gar nicht kam. Eine Rauchfahne quoll aus der Mündung meiner Waffe und durch diesen Rauch hindurch sah ich, wie sich der Panzer in einen Feuerball verwandelte, aus dem eine pechschwarze Qualmwolke in den Himmel stieg. Die Hitze fuhr wie der Atem Gottes über die Gräben hinweg, ich spürte sie im Gesicht. Dann hörte ich die Allahu-akbar-Rufe der Brüder.

Ich ließ mich wieder in den Graben sinken und die RPG von meiner Schulter gleiten. Meine Knie waren aus Gummi und meine Hände zitterten. Abu Fayzal keuchte. Ich hatte ihn längst für tot gehalten, doch er war noch am Leben. Also am Sterben, eigentlich. Soweit ich erkennen konnte, war er in Hals und Brust getroffen, doch ich sah kaum Blut und ahnte, dass er innerlich verblutete. Vor allem schien er zu ersticken. Krampfhaft rang er nach Luft, sah mich eindringlich an, brachte aber kein Wort heraus. Ich versuchte, mich an die Erste-Hilfe-Sachen zu erinnern, die wir während der Ausbildung gelernt hatten. Aber nichts von dem, was mir einfiel, passte annähernd zu dieser Situation hier. Stattdessen kam mir kurz der Gedanke, sein Gewehr zu nehmen und ihn zu erschießen, um sein Leiden zu verkürzen. Das war natürlich Unsinn, aber ihm so beim Verrecken zuzuschauen kam mir unerträglich vor. Ja, Verrecken, Akhi. Krepieren. Abkacken. Es war nicht schön.

Ich bin ja nicht naiv und wusste auch vorher schon, dass es nicht romantisch ist, ein Märtyrer zu werden, jedenfalls nicht in dem konkreten Augenblick. Plötzlich musste ich an das Video denken, das wir letztes Jahr zusammen gesehen haben. Es war genauso und doch ganz anders. Abu Fayzal schnappte wieder nach Luft, schnappte nach Leben. Er wollte nicht sterben, spürte ich, obwohl er wie wir alle, wie jeder von uns, darauf vorbereitet war. Ich ergriff seine Hand und flüsterte: »Bald bist du im Paradies, Akhi. Dschanna's waiting for you! You are heading to paradise, Akhi!«

Keine Ahnung, ob er mich noch hörte. Er hauchte sein Leben aus. Wörtlich. Genau so, wie es diese Redewendung nahelegt. Ich spürte beinahe physisch, wie seine Seele den Körper verließ.

Seltsam, wie schnell sich sein Gesicht veränderte, seine Hände, seine Haut. Er war noch warm, das Blut noch frisch in seinen Adern, und doch sah er von einem Moment auf den anderen nicht mehr wie ein Lebewesen aus. Sondern wie eine Puppe in einem Wachsfigurenkabinett. So künstlich irgendwie. Ich habe vorher noch nie einen Toten gesehen, weißt du?

Und dann bemerkte ich die Brüder um mich herum, die stumm im Graben hockten und mich betrachteten, wie ich Abu Fayzal betrachtete. Es war ein Akt tiefen Respekts. Dem Toten gegenüber. Und mir. Und als ich schließlich von ihm fortkroch, die RPG hinter mir herziehend, da löste sich plötzlich die Stimmung und sie bejubelten mich. Durch ein Spalier aus schulterklopfenden Händen zog ich mich zurück, schleppte mich wie taub durch die Gräben bis zu unserer Stellung, wo ich von Max und anderen als Held empfangen wurde. Adil Hafiz al-Alamani – ein richtiger Krieger.

Gelände haben wir danach keines mehr erobert. Kurz nachdem ich den Panzer plattgemacht hatte, wurde das Feuer eingestellt. Jetzt brennt nur noch der Horizont. Eine tiefrote Glut, wo gerade eben die Sonne versunken ist. Ich sitze etwas abseits von den Brüdern, an eine zerschossene Hauswand ohne Haus gelehnt, und schreibe in dein Buch. Beim Anblick des Sonnenuntergangs muss ich an den Feuerball denken, in den sich der Panzer verwandelt hat. Wie es sich wohl anfühlt, in seinem Innern lebendig gekocht zu werden? Wie viele Männer stecken in so einer Kiste überhaupt drin? Wer waren sie, woher kamen sie? Vielleicht wurden sie gar nicht gekocht, sondern starben rasch und schmerzlos durch die Explosion. All das weiß nur Allah (swt). Und ganz sicher hätten sie keinerlei Skrupel gehabt, mich und die Brüder zu pulverisieren, wäre ich nicht schneller gewesen als sie, alhamdulillah. Dann säße ich jetzt nicht hier, sondern schon an den Ufern der Honigbäche im Paradies und würde die herrlichen Früchte genießen, gemeinsam mit Abu Fayzal und mit Benjamin-Dschamal und – inschallah! – mit meiner Mutter. So aber muss sie weiter auf mich warten.

Akhi ... schon wieder bringt mich das Schreiben zum Grübeln. Es ist manchmal noch unwirklich für mich, tatsächlich hier zu sein. Auf meinem Schoß liegt das Buch, das du mir geschenkt hast; nur ein paar Wochen ist das her, dass wir in meiner – in unserer! – Wohnung zusammensaßen. Mitten in Deutschland, in Dar al-Kufr, in der Zivilisation. Jetzt lehnt meine neue Freundin RPG-7 neben mir an der Wand und schaut ein wenig eifersüchtig zu mir herüber. Im Frieden haben wir gelebt, Akhi, aber es war ein scheinbarer, ein vorgegaukelter Friede, eingelullt in unseren Konsum auf Kosten von zwei Dritteln der übrigen Welt. Erkauft mit dem Blut der syrischen Kinder, für die sich der Westen die Hände nicht schmutzig machen wollte. Meine Hände sind jetzt schmutzig. Und an ihnen kleben Blut und Dreck. Echter Dreck und echtes Blut. Ehrliches Blut. Alles ist hier ehrlich und echt und völlig unmittelbar. Ich weiß, alhamdulillah, dass ich hier richtig bin.

10. November

»Ich habe gelesen, dass das Wort *Dschihad* eigentlich nicht Krieg, sondern lediglich *Mühe* oder *Anstrengung* bedeutet«, sagte ich. »Aber …«

»So kommen wir nicht weiter«, unterbrach sie mich. »Als Nächstes zählst du all die Grausamkeiten auf, die im Namen des Islam begangen werden, und fragst mich, wie das zusammenpassen kann. Ich könnte dir alles geduldig erklären, könnte dir lang und breit auseinandersetzen, wie die Dinge zusammenhängen, was welches Wort bedeutet und so fort. Vielleicht verstehst du dann einiges mehr, du weißt ja jetzt schon eine Menge über den Glauben, weil du dir im Internet ziemlich viel angesehen hast. Aber es bleibt nur in deinem Kopf, es erreicht nur deinen Verstand. Dein Herz wird es nicht berühren.«

»Ist das denn deine Absicht? Mein Herz zu berühren?«

»Nicht *ich* will dein Herz berühren.« Sie klang, als lächle sie. »Sondern Allah – subhanahu wa-ta'ala. Sag mir, Jakob, woran glaubst du?«

»Pff«, machte ich und schaute ratlos auf unseren Hinterhof hinaus, der in spätabendlichem Dunkel lag. »An das Leben, würde ich sagen. An Gerechtigkeit. An Freiheit. Daran, dass man glücklich werden kann. Wenn man rausfindet, was man vom Leben wirklich will. Wenn man das rausfindet und es dann durchzieht. Ohne irgendwelche faulen Kompromisse.«

»Und?«, fragte sie. »Hast du es schon herausgefunden?«

»Würde ich dann anrufen?«

»Vielleicht gerade dann«, meinte sie. »Komisch. Die meisten sagen als Erstes, dass sie an die Liebe glauben.«

»Das ist ein viel zu großes Wort für mich, ehrlich gesagt.«

Von nebenan hörte ich gedämpft den Fernseher von Liz. Wir

hatten nicht mehr miteinander gesprochen seit dem kurzen Streit vorgestern Abend.

»Wieso?«

»Herrgott noch mal«, stöhnte ich. »Ich dachte, Da'wa geht so, dass ich dich was frage und du mir was erzählst, nicht umgedreht.«

»Hast du eine Freundin?«

»Ja.«

»Aber du liebst sie nicht.«

Über meinem Schreibtisch hing ein Bild von uns. Im Juni waren wir eine Woche am Meer gewesen. Junges Paar, besoffen vom Glück, dieser Taumel des Zusammenseins. Als läge es Jahre zurück ...

»Weiß nicht«, sagte ich.

»Dann eher nicht, hm? Sonst wüsstest du es ja.«

»Und du? Hast du einen Freund? Liebst du jemanden?«

»Im Islam gibt es so was nicht«, sagte sie. »Jedenfalls nicht bei uns Anhängern der Salafiyya, weil wir uns streng an Qur'an und Sunna halten, an die Überlieferungen unseres Propheten Muhammad – Frieden und Segen auf ihm, seiner Familie und seinen Gefährten. Ich liebe meinen Bruder und ich werde eines Tages meinen Mann lieben, wenn ich mal heirate. Aber meine größte Liebe gilt Allah – Er ist groß und erhaben.«

Sie klang völlig echt. Als würde sie das tatsächlich alles glauben. Ihre Worte waren eine Provokation, genau wie ihre äußere Erscheinung, wie der Schleier und die Docs. Ich wollte sie gern zurückprovozieren.

»Das sind doch Floskeln«, sagte ich. »All diese Halbsätze, diese rituellen Formeln, gesegnet dies, erhaben jenes. In all euren Videos oder jetzt am Telefon. Ist das nicht irgendwie künstlich?«

»Es kommt von ganz allein«, widersprach sie. »Wovon das Herz voll ist, davon läuft der Mund über. Hast du das nie empfunden, wenn du zum Beispiel ein neues Lied deiner Lieblingsband wieder und wieder hörst, und irgendwann fängst du ganz von allein an, den Refrain zu singen? So in deinem Kopf, wenn du gerade in der Straßenbahn sitzt oder an einer Kasse wartest?«

»Dein Glaube ist also ein Ohrwurm«, stellte ich fest.

»Ja, ein bisschen schon. Was für Musik hörst du?«

»Linkin Park, Body Count, The Offspring. So was. Oder Dog Eat Dog. Kennst du das?«

»Ja, solche Sachen hab ich früher auch gehört.«

»Aber jetzt ist es haram für dich.«

Ich hörte ihr Feuerzeug klicken.

»Ich halte mich nicht aus blindem Gehorsam an solche Dinge«, sagte sie und atmete ihren Rauch aus. »Ich mochte es früher sehr, laute Musik zu hören und bis zur Besinnungslosigkeit zu tanzen. Ich mochte Headbangen, weil ich dadurch fast in so 'ne Art Trance kam.«

»Geht wohl schlecht mit – wie hieß es? – Hijab?«

»Oh, da würdest du dich wundern. Schon mal von Bilqas Abdul-Qaadir gehört? Ein weiblicher Basketball-Star in den USA. Sie spielt verschleiert. Und ziemlich erfolgreich.«

Basketball. War das Zufall oder wusste sie über meine Hobbys Bescheid? Vielleicht hatte sie mein Facebookprofil zumindest angeschaut.

»Es gibt viele Dinge wie die Musik, die uns ergreifen können«, sagte sie. »Aber sie betäuben uns zugleich. Machen uns von außen taub für die Stimme in unserem Innern.«

»Die Stimme Gottes?«

»Erst mal deine eigene. Deine innere Stimme, die sich fragt, ob es im Leben nicht mehr gibt als diese geistige Narkose aus Konsum und Medien, Sex und Partys, Alkohol und Trash, das ewige Funktionieren und Sich-Anpassen, das Kaufen und Saufen, Ficken und Fernsehen.«

Ich schwieg. Sie auch. Nebenan plärrte Liz' Fernseher. Fast dachte ich schon, Samira hätte mich plötzlich weggedrückt, dann hörte ich, wie sie eine Rauchwolke ausblies.

»Stille«, sagte sie schließlich. »Am Anfang von allem musst du lernen, auf die Stille zu hören. Es ist kein Wunder, dass Gott sich den Menschen in der Wüste offenbart hat. Wenn du Stille findest, kannst du auch Liebe finden. Ich meine – echte Liebe, wo es um mehr geht als kurzfristige Befriedigung deiner Geilheit.«

»Ja, ich verstehe schon«, brummte ich. »Für euch ist das alles *Zina*. Unzucht.«

»Aber nicht aus Prüderie«, hakte sie ein. »Das Christentum mag lustfeindlich sein, der Islam nicht. Befriedigung und guter Sex sind wichtig. Aber in der Ehe – wo Liebe und Treue wohnen. Du hast doch vorhin vom Glück gesprochen. Macht es dich glücklich, wenn du mit einer Frau schläfst, von der du gar nicht weißt, ob du sie liebst?«

Ich glotzte die Wand an, hinter der es jetzt ruhig war. Vermutlich legte sich Liz gerade ins Bett und wartete, dass ich rüberkäme. Ich würde mich halbwegs entschuldigen, wir würden uns ein bisschen anzicken, dann käme es zu einem stürmischen Versöhnungsfick und alles wäre wieder gut. Zumindest von außen.

»Du sagtest, dass du Gott liebst, deinen Bruder und später deinen Mann. Was ist mit deinen Eltern? Ist das nicht im Islam besonders wichtig, dass man seine Eltern liebt?«

»Mit meinen Eltern ist das so eine Sache. Eine lange Geschichte.«

»Erzählst du sie mir?«

Sie seufzte.

»Na gut, die Kurzversion. Adil und ich sind in ziemlich wohlhabenden Verhältnissen in Hamburg aufgewachsen. Ohne jede Religion. Der Glaube meiner Eltern war die Toleranz. Mein Vater ist Arzt, seine Familie stammt aus dem Libanon. Meine Mutter war Anwältin, kam aus einem strenggläubigen evangelischen

Umfeld. Meine Großeltern waren strikt gegen diese Verbindung – und zwar auf beiden Seiten. Vermutlich haben sich unsere Eltern deshalb von jeder Art von Religion ferngehalten.«

»Du sagtest, deine Mutter *war* Anwältin?«

»Adil und ich waren noch klein, als sie krank wurde. Krebs. Mein Vater konnte nichts für sie tun. Niemand konnte das. Es waren schreckliche Jahre, in denen wir einfach nur zuschauen konnten, wie der verdammte Krebs sie auffraß.«

»Das tut mir leid«, sagte ich, weil ich nicht wusste, was ich sonst hätte sagen sollen.

»Unser Vater kam nicht darüber hinweg. Er fing an zu trinken, wurde depressiv, das ganze Programm. Wie im Klischee. Natürlich liebe ich meinen Vater irgendwie. Aber als wir ihn am meisten gebraucht hätten, war er für seine Kinder ein Totalausfall. Adil geriet – na ja, wie man halt so sagt – auf die schiefe Bahn. Ich machte mit Ach und Krach mein Abitur, während er erst ziemlich abstürzte und dann aber an seltsame neue Freunde geriet. *Islamisten.* So dachte ich damals. Mit ihrer Hilfe hatte er sich aus der Kriminalität befreit. Und war gleich in eine andere Falle getappt, jedenfalls wirkte das so von außen auf mich. Deshalb kam ich nach Bonn, wo er sich niedergelassen hatte. Während sich mein Vater zu Hause verbarrikadierte, wollte ich als große Schwester Verantwortung übernehmen. Ich dachte, ich müsste Adil irgendwie vor irgendwas retten. Und hatte keine Ahnung, dass ich es war, die gerettet werden musste. Ich lernte den *Einzig Wahren Weg* kennen und schließlich, alhamdulillah, hat Gott mich rechtgeleitet.«

»Komisch«, meinte ich, »ich hatte die ganze Zeit gedacht, Adil wäre der Ältere von euch beiden.«

»Das denken viele. Er sieht wohl älter aus. Er hat auch schon genug in seinem Leben erlebt, dass es für einen Fünfzigjährigen reichen würde. Dabei ist er erst neunzehn.«

»Und du?«

»Warum willst du das wissen?«

»Es interessiert mich einfach.«

»Ich bin einundzwanzig.«

»Und was machst du mit deinen einundzwanzig Jahren so den ganzen Tag? Außer mit Leuten wie mir telefonieren?«

»Du bist der Einzige, mit dem ich telefoniere, der so ist wie du«, meinte sie und klang dabei, als würde sie zwinkern. »Eigentlich bin ich an der Uni eingeschrieben. Psychologie. Aber ich gehe kaum noch hin. In unserer Gemeinde kann ich meine Talente viel besser einsetzen. Und deshalb verabschieden wir uns nun für heute.«

»Wieso? Schon wieder Gebetszeit?«

»Noch nicht. Aber vielleicht wollen noch andere mit mir sprechen. Gute Nacht, Jakob, schlaf gut.«

»Du auch, Samira.«

Mann, einundzwanzig. Konnte man sich mit achtzehn in eine Einundzwanzigjährige verlieben? Ach, was für ein Unsinn. Ich kannte diese Frau doch kaum. Wie kam ich da nur auf solch bescheuerte Gedanken?

40. Tag

Alhamdulillah, wir haben das Dorf komplett eingenommen. Und ich war ganz vorn mit dabei. Ohne die RPG, dafür hat mein G36 ganze Arbeit geleistet. Ich habe mindestens zwei Männer erschossen. Vielleicht auch drei, aber bei dem dritten bin ich mir nicht sicher, ob ich ihn richtig erwischt habe. Ein paar Stunden ist das nun her, aber ich stehe immer noch voll unter Strom. Kann das kaum beschreiben ...

Als der Emir heute Morgen den Befehl zum Angriff gab und unsere Gruppe dann von Nasreddin die konkreten Anweisungen bekam, ist mir erst mal von einem Moment auf den anderen kotzübel geworden. Ich dachte wirklich, ich müsste mich gleich übergeben und könnte keinen einzigen Schritt mehr laufen. Aber dann machten wir Takbir, wir brüllten so laut »Allahu akbar«, dass man es bis Washington oder London oder Paris hören musste, und wir rannten los. Plötzlich war alles da. Das Adrenalin schäumte durch meine Adern, es war der geilste Kick meines Lebens, sag ich dir. Tausendmal krasser als jede Droge und jeder Fick – und ich weiß schließlich, wovon ich spreche.

Auch jetzt bin ich immer noch total drauf, richtig zappelig, kann kaum die Hand mit dem Kugelschreiber ruhig halten. Zwei bis drei Männer habe ich heute getötet, das macht zusammen mit denen gestern im Panzer schon vier bis sechs, würde ich sagen.

Leichenzähler ... Body Count ... ist das nicht früher eine deiner Lieblingsbands gewesen?

Yeah, Body Count's in the house, muthafuckas!

Adil Hafiz al-Alamani's in da hood, ihr dreckigen Kuffar!

11. November

Zumba, Hochschulsport. Treibende Tangorhythmen, verbrauchsoptimierte Leistungsleiber, atemlose Ausfallschritte in atmungsaktivem Polyester, überall stahlharte Schenkel, Bäuche, Ärsche, Titten – ob man sich das Paradies mit seinen Jungfrauen so oder so ähnlich vorzustellen hatte? Jedenfalls waren außer mir bloß zwei andere Typen da, ansonsten nur Frauen. Mein Blut kochte und pumpte im Rhythmus, dem ich mich dankbar hingab, während ich über Musik und Narkose nachdachte, über Liebe und Zina. Vicky lächelte zu mir herüber. Unzucht. Was für ein geiles Wort, es machte mich echt an. Vicky hingegen machte mich nicht an. Liz machte mich wütend. Samira machte mich – keine Ahnung. Dafür gab es noch keine Worte. Was ist Glück?

> *Glück ist kein Zufall, liebe Geschwister. Guck mal, in Deutschland haben wir so eine Redewendung, wenn wir sagen: Jau, der hat ja mal Glück gehabt. Aber im Islam kennen wir so was nicht. Nichts passiert einfach so. Nichts passiert, wenn Allah es nicht will. Da kannste getz mal drüber nachdenken.*

»Hat es dir gefallen?«, fragte Vicky. Sie wartete vor der Umkleide auf mich.

»Du hattest recht«, sagte ich. »Es tut gut, sich ein bisschen auszupowern.«

»Kommst du noch mit, was trinken?«

»Ein anderes Mal.«

»Schade.« Sie warf lasziv die frisch geföhnten Haare zurück und ging. »Man sieht sich.«

Ich schaute ihr nach, wie ihr perfekter Körper um eine Ecke

bog. Folgte sie nicht auch einer Art von Sunna, einer strengen und quasi-religiösen Lebensart, in der der eigene Leib eine Art Gott war? Für dessen Treue man auf unendlich viel verzichtete und sich selbst permanent kasteien musste? Bloß um den unvermeidlichen Zerfall um ein paar Jahre aufzuschieben.

Ich schlenderte in den anbrechenden Abend hinein. Ein paar Kinder mit bunten Laternen rannten vorüber, gehetzte Eltern hinterher, irgendwo begann gleich der Martinszug. Sie stießen fast mit zwei betrunkenen Jugendlichen in Clown-Kostümen zusammen, die sich aneinander festhalten mussten. Im Rheinland hatte der Karneval begonnen. Ein Hoch auf die kulturellen Werte der westlichen Welt.

16. November

»Wie geht's dir?«, fragte ich.

»Das hast du mich noch nie gefragt«, antwortete sie.

»Ich bin kein Amerikaner«, scherzte ich. »Und auch kein Rheinländer. Ich bin Westfale. Im Ruhrgebiet fragen wir so was nur, wenn es uns auch tatsächlich interessiert. Heute interessiert es mich.«

»Mir geht's gut.«

»Schön.«

Sie lachte. »Wartest du jetzt, dass ich dich zurückfrage?«

»Nein. Ich hab über diese ganzen Gebote und Verbote nachgedacht. Beten, Fasten, Almosen geben. Sich der Unzucht enthalten. Kein Schweinefleisch, kein Alkohol. Ein paar Sachen finde ich einleuchtend. Alkohol und Schweinefleisch sind ja irgendwie auch ungesund. Was diese Sache mit der Unzucht betrifft ...«

»Jakob«, unterbrach sie mich. »Lass das. So geht das nicht.«

»Nein?«

»Nein. Das kommt alles viel, viel später. Ich hab doch gesagt, du sollst auf die Stille hören. Hast du das gemacht?«

»Das sagt sich so leicht«, brummte ich. »Aber in meinem Alltag gibt es irgendwie keine Stille.«

»Natürlich nicht. Dazu musst du dir Zeit nehmen.«

Tu ich ja gerade, dachte ich. Eigentlich wollte ich gar nicht der Stille lauschen, sondern Samiras Stimme, die nicht belehrend klang und auch nicht so, als spule sie irgendein Programm ab, um Leute zu bekehren. Eher wirkte sie so, als hätte sie nie zuvor mit einem Menschen über diese Dinge gesprochen. Dabei war *ich* es, der noch nie zuvor mit jemandem über den Sinn des Lebens und all das gesprochen hatte, jedenfalls nicht so. »Falls du wirklich mal zur Ruhe kommen solltest«, sagte sie nach einer Weile, »dann betrachte dich selbst. Einen Haufen aus Molekülen. Auf einem kleinen Planeten am Rande einer eher durchschnittlichen Galaxie irgendwo im Universum. Glaubst du, dass du ein winziger, unbedeutender Zufall bist? Oder dass es eine Instanz gibt, die das gewollt hat? Glaubst du, dass überhaupt alles purer Zufall ist? Dass nur aus Zufall überhaupt etwas existiert und nicht einfach nichts? Oder kannst du dir vorstellen, dass es Gott gibt?«

»Puh ...«

»Überleg es dir. Anschließend kannst du wieder anrufen.«

19. November

Die Tür knarzte und ein kleines Glöckchen bimmelte, als ich den Buchladen betrat. So ehrwürdig wie die Geräusche war auch der Duft von Staub und Papier, der mir entgegenschlug. Ich war ewig nicht in einem Buchladen gewesen, und wenn, dann in einer dieser riesigen Filialen irgendeiner Kette. Das hier kam mir vor wie in einem Harry-Potter-Film oder wie dieser Laden am Anfang der *Unendlichen Geschichte*. Das war doch passend. Deshalb hatte ich, als ich gerade zufällig vorbeikam, nicht lange gezögert. Hinter der Kasse stand eine untersetzte Frau in Strickjacke, deren Brille an einer Kette über ihrem Busen baumelte.

»Kann ich Ihnen helfen?«

»Ich möchte einen Koran kaufen.«

»Auf Deutsch?«

»Das wäre gut.«

Sie setzte die Brille auf und schlurfte an den vollgepackten Regalen entlang.

»Da gibt es verschiedene.« Sie blieb stehen und zog einen prächtigen Wälzer hervor. »Eine Schmuckausgabe. Dann haben wir hier eine kommentierte sowie eine ganz schlichte im Taschenbuch. Natürlich spielt es eine Rolle, welche Übersetzung man zugrunde legt. Aber damit kenne ich mich leider nicht aus.«

»Ich hätte gern einfach die günstigste Ausgabe, bitte.«

Sie zog das Taschenbuch aus dem Regal und schlurfte zur Kasse zurück, tippte den Preis ein, nahm die Brille wieder ab und sah mich an.

»Wollen Sie das lesen?«

»Nee«, witzelte ich, während ich das Geld abzählte, »bei uns in der Küche ist bloß ein Tischbein zu kurz.«

»Meinetwegen«, murmelte sie. »Hauptsache, Sie verbrennen ihn nicht.«

»Bitte? Leute kaufen den Koran, um ihn zu verbrennen?«

»Neulich. Für eine Demo. So nannten die das jedenfalls. Gegen Salafisten. Brauchen Sie eine Tüte?« Sie reichte mir das Wechselgeld und den Koran. »Man kann das hier als Offenbarung ansehen oder als archaischen Schund, das ist mir gleich. Aber Bücher darf man nicht verbrennen. Schon gar nicht in diesem Land. Nie wieder. Klar?«

»So was tu ich nicht«, versicherte ich. »Sie können sich darauf verlassen, inschallah.«

41. Tag

Heute könnte eigentlich ein ruhiger Tag sein, aber die Ruhe ist trügerisch. Flugzeuge sind in der Luft. Und Drohnen. Wie nervöse Hornissen ziehen sie ihre Kreise am Himmel und ihr fieses Summen sägt an den Nerven. Aber sie scheinen sich nicht für uns zu interessieren, außer einer vielleicht, die seit ein paar Min

26. November

»Hallo, Jakob. Ich hatte schon früher mit deinem Anruf gerechnet.«

»Die Aufgabe war knifflig. Aber ich bin fleißig gewesen. Habe den ganzen Koran gelesen. Und etliche Hadithe und außerdem …«

»Ja, schon gut, du kriegst 'n Smiley mit Sternchen von mir«, sagte sie belustigt. »Aber hast du über meine Frage nachgedacht?«

»Ja. Ich kann mir tatsächlich vorstellen, dass Gott existiert. Und dass Mohammed sein Prophet und Gesandter ist. Ich kann mir eine ganze Menge vorstellen – bis auf eines: die Hölle.«

»Die Hölle?«

»Genau. Ich kann mir nicht vorstellen, dass es wirklich eine Hölle gibt.«

»Ach«, machte sie. Fast konnte ich hören, wie sie verwundert die Augenbrauen zusammenkniff. »Seltsam. Warum denn nicht?«

Es klopfte an meine Tür. Sehr energisch.

»Du, ich glaub, das ist dringend. Ich ruf später wieder an.«

»Nein, warte«, rief sie plötzlich. »Das mit der Hölle …«

»Sorry!« Ich drückte das Gespräch weg und öffnete Liz, die wie eine Furie hereinschoss.

»Es reicht«, schimpfte sie und knallte die Tür von innen zu. »Ich frage dich jetzt nicht, mit wem du andauernd telefonierst. Oder warum du ständig deine Daten löschst. Oder warum du so abwesend bist. Oder warum du neuerdings mit Vicky zum Sport gehst.« Sie warf die Arme in die Luft und begann im Kreis herumzulaufen. »Am Anfang dachte ich, du hättest was mit ihr. Sie steht ja schon die ganze Zeit auf dich. Aber das ist es nicht, ich sehe das, wenn ihr euch begegnet; sie lässt dich kalt. Wer ist es stattdessen?«

»Es ist kein *wer*«, sagte ich ruhig, das Handy noch in der Hand. »Ich betrüge dich nicht.«

»Doch, tust du. Da ist was, was du nicht mit mir teilen willst. Das verletzt mich. Und wenn es eine andere Frau ist …«

»Reicht dein Horizont nicht weiter als bis dahin?«, entgegnete ich und erschrak selber über die Eiseskälte meiner Stimme.

»Mein! Horizont!«, schnappte sie, hörte endlich mit ihrem Herumgerenne auf und warf mir blitzende Blicke zu. »Ich habe alles mit dir geteilt. Hab dich nach Bonn geholt, als deine Afrikasache gefloppt ist. Hab dir das Zimmer hier besorgt. Ich kümmere mich um alles Mögliche. Und jetzt findest du meinen Horizont zu klein?«

Ja, vielleicht deswegen, dachte ich, aber ich brachte es nicht raus.

»Bisher reichte dir meistens schon mein Hintern als Horizont«, zischte sie. »Dir war mein Horizont immerhin groß genug, um mich in den Arsch zu ficken.«

Das traf mich. Auf so vielen verschiedenen Ebenen, dass ich sie gar nicht aufzählen könnte. Ich hätte darauf eingehen können, stattdessen sagte ich kurz und kühl: »Jetzt wirst du geschmacklos.«

»Aha. Und über Geschmack soll man ja nicht streiten, nicht wahr? Dann mache ich jetzt mal was richtig Geschmackloses.«

Sie drehte sich zu meinem Schreibtisch, pflückte das Foto von der Wand, das uns am Strand zeigte, und riss es mitten durch. Beide Hälften fielen wie Herbstlaub zu Boden.

Dann öffnete sie die Tür, drehte sich noch einmal um und sagte tonlos: »Da liegt Tesafilm. Man kann es kleben. Aber das wäre zur Abwechslung mal deine Aufgabe. Entscheide dich.«

Sie stampfte in den Flur und tat mir leider nicht den Gefallen, meine Tür zuzuknallen. Sie knallte bloß ihre eigene. So musste ich kurz die erschrockenen Gesichter von Vicky und den anderen beiden WG-Kollegen auf dem Flur ignorieren, bevor ich meine Tür leise schloss. Ich lehnte mich von innen dagegen und atmete durch. Mein Blick wanderte durch das Zimmer eines Fremden. Das Bett hatte meine große Schwester ausgemustert, den Schreibtisch der neue Mann meiner Mutter organisiert, der Korbsessel und der Beistelltisch waren vom Sperrmüll und würden bald dorthin zurückkehren. Zu mir gehörten bloß der Laptop, die wenigen Bücher und die Bluetooth-Boxen für mein Smartphone, der Unikram natürlich und meine Klamotten in dem Einbauschrank, auf dessen Boden mein Trekkingrucksack lag. Ich holte ihn heraus und begann langsam, ihn vollzustopfen. Anziehsachen für drei Tage. Das Zeug für die Uni. Rechner und Boxen. Meine Bücher. Obenauf den Koran.

Kurz beugte ich mich über die beiden Hälften des Fotos auf dem Boden. Dann richtete ich mich auf, schulterte den Rucksack und schlich durch den Flur ins Treppenhaus.

Abu Musa berichtete, dass der Prophet, Segen und Frieden auf ihm, sagte: Ich sah eines Tages im Traum, dass ich von Mekka in ein anderes Land auswanderte, in dem es Palmen gab.
Da kannste getz mal drüber nachdenken.

Draußen war es schon dunkel. Unten vor der Tür zog ich den Hausschlüssel aus der Hosentasche. Er wog Zentner. Ich warf ihn in den Briefkasten und fühlte mich frei. Frei und leer.

Samira hatte mir Stille verordnet, aber auf Stille hatte ich keine Lust. Ich brauchte jetzt erst mal all das, was sie in einem der letzten Telefonate verurteilt hatte – Musik und Alkohol, Party und Trash und, ja, vielleicht auch etwas Sex. Ich hatte mich anscheinend gerade von meiner ersten richtigen, ernsthaften Freundin getrennt und musste mich dringend, wie Samira das genannt hatte, betäuben. Sonst wäre ich noch ins Grübeln gekommen und, wer weiß, schnell zurückgelaufen. Hätte wie ein Bettler um Einlass geklingelt und reumütig das zerrissene Foto geklebt. Ich wollte aber nichts bereuen.

Natürlich hatte ich keine Idee, was ich jetzt mit mir anfangen sollte. Ich kannte zumindest in Bonn niemanden gut genug, bei dem ich spontan für ein oder zwei Nächte hätte schlafen können, und ein Hotel konnte ich mir nicht leisten. Wenn es diesen Gott wirklich gab, dann könnte er mich doch ein bisschen leiten, dachte ich. Allerdings würde ich es ihm nicht einfach machen.

Ohne groß darüber nachgedacht zu haben, stand ich schließlich am Bahnhof, wo als Nächstes der Regionalzug nach Köln einfahren sollte. Kurzerhand verstaute ich meine Habe in einem Schließfach und stieg ein. Einfach eine Nacht durchmachen, dachte ich. Morgen beim ersten verkaterten Kaffee durchatmen, in den kühlen Morgen gehen und plötzlich klar sehen. Warum sollte das nicht klappen?

Während der Fahrt klingelte mein Telefon. Das ging aber schnell, dachte ich missmutig. Ich hätte Liz gegönnt, dass sie etwas länger schmollte. Dass sie es drauf ankommen ließe, anstatt gleich hinter mir herzutelefonieren und mich zur Umkehr zu bewegen. Ich drückte den Anruf weg, ohne hinzuschauen. Erst später, nachdem ich ausgestiegen war, sah ich gewohnheitsmäßig aufs Handy. Der Anruf war nicht von Liz gewesen. Sondern von Samira. Samira hatte mich noch nie angerufen! Sie hatte auch eine Nachricht geschrieben. Sie schrieb: »Warum ausgerechnet nicht an die Hölle, Jakob?«

Ja, warum? Vielleicht konnte ich das ja an diesem Abend herausfinden, indem ich mich sämtlichen verdammungswürdigen Versuchungen hingab. Ich war zwar noch nie ganz allein in eine Bar gegangen, aber rund um den Kölner Südbahnhof brodelte selbst an einem Wochentag abends das Studentenleben; die Läden waren gerammelt voll und es fiel gar nicht auf, wer mit wem da war. Mit Caipirinha machte ich mir Mut, bevor ich zwei Mädchen in meinem Alter anquatschte. Sie ließen mich abblitzen. Mehr Glück hatte ich mit einer Mädelsclique in der nächsten Bar. Sie waren schon Anfang zwanzig und adoptierten mich kurzerhand, schleppten mich in die dritte Bar und dann in einen Club und dann in einen anderen, bevor ich sie aus den Augen verlor. Das war mir aber inzwischen egal. Ich trank einen Wodka nach dem anderen, tanzte mich in Ekstase, flirtete und trieb als unbemanntes Narrenschiff über den Ozean des endlosen Augenblicks. Sie stand plötzlich vor mir und hieß Fiona oder so ähnlich. War mindestens fünf oder sechs Jahre älter als ich und hatte den Blick einer Frau, die immer weiß, was sie will. Sie wollte mich, und das gefiel mir an ihr wohl am besten. Nach drei, vier Liedern und einigen weiteren Wodkas zog sie mich nach draußen. Dankbar, für den Rest dieser kurzen Nacht nun doch ein Bett zu haben, folgte ich ihr. Doch die frische Luft schlug mir wie ein Dampfhammer auf den Schädel. Plötzlich merkte ich, wie voll ich war. Trotzdem schaffte ich es noch um drei Straßenecken mit ihr, dann musste ich inmitten einer verwaisten Seitengasse stehen bleiben. Sie missverstand das und packte mich, schob ihre Zunge in meinen Mund und eine Hand in meine Hose, dann stutzte sie.

»Du bist gar nicht rasiert«, wunderte sie sich. »Das sollten wir dringend ändern, Süßer.«

»Ähm …«, röchelte ich.

»Hey, mach jetzt nicht schlapp. Kriegst du in deinem Zustand überhaupt noch einen hoch?« Sie drückte meine Eichel. »Hoffentlich kannst du wenigstens gut lecken.«

Plötzlich packte mich Abscheu.

»Leck dich doch lieber selbst«, rief ich und wollte sie wegstoßen, wobei ich ins Taumeln geriet, mit dem Fuß an der Bordsteinkante abrutschte und schwer hinschlug.

Über mir sah ich ihren ausgestreckten Mittelfinger.

»Danke für nichts, du armer Wichser«, zischte sie.

Und stöckelte tief beleidigt davon.

Ich versuchte mich aufzurappeln, da schwappte ohne Vorwarnung eine ätzende Woge aus mir heraus. Keine Ahnung, wie lange ich da im Rinnstein mehr lag als kauerte. Vielleicht dauerte es nur Sekunden, vielleicht zwei Stunden, bis ich Stimmen hörte. Ein paar Typen meines Alters beugten sich angewidert über mich, bevor ich ihre Hände unter meiner Jacke fühlte. Aus einem Reflex schaffte ich es, mich so auf die Seite zu rollen, dass sie nicht an mein Smartphone kamen. Dafür schwenkte einer triumphierend mein Portmonee. Ich wollte seinen Fuß packen, aber er wich tänzelnd aus, einer seiner Kumpels gab mir einen Tritt in die Nieren, dann waren sie fort.

Es dauerte ewig, bis ich aufstehen konnte. Ich wankte durch die Gasse, suchte eine belebtere Straße, aber es gab keine belebten Straßen mehr. Die Nacht würde bald dem Morgen weichen, ein einsames Fahrzeug der Straßenreinigung zog teilnahmslos an mir vorüber. Innig aneinandergeklammert kam ein Pärchen aus einem der letzten offenen Clubs. Sie sahen mich und wichen entsetzt zurück wie vor einem Leprakranken. Ich zog mein Telefon aus der Tasche. Das Display war voller Kotze. Weil meine Hand voll davon war und meine ganzen Klamotten. Zur Hölle, ich hatte in meinem eigenen Erbrochenen gelegen und es nicht mal gemerkt. Noch immer drehte sich alles um mich, der Nebel des Suffs hüllte mich in seine gnädige Watte ein, und doch verstand ich, dass ich absolut im Eimer war. Kein Geld, kein Ausweis für die Bahn, keine Bankkarte mehr und kein Personalausweis, um eine neue zu bekommen. Nur noch dieses bekotzte Handy. Aber keine Ahnung, wen ich anrufen sollte, der mich morgens kurz vor fünf aus dieser Scheiße holen würde. Oder sollte ich etwa Bartek erklären, dass ich gerade seine heimlich angebetete Liz verlassen hatte? Doch da fiel mir ein anderer ein.

Adil ging sofort ran.

»Hier ist Jakob. Vielleicht erinnerst du dich an mich, ich …«

»Klar. Was ist los, Mann?«

»Na ja, du sagtest, ich kann dich anrufen, wenn ich mal ein Problem hab.«

»Ja. Und?«

»Ich hab eins.«

Ich erkannte ihn erst, als er aus dem Wagen stieg, der direkt vor mir angehalten hatte. Ein alter Volvo mit belgischem Kennzeichen. Wortlos schälte ich mich aus meiner Jacke und der Jeans und steckte beides in den Plastiksack, den er mir hinhielt. Dann ließ ich mich von ihm in eine Wolldecke hüllen und auf den Beifahrersitz bugsieren, wo ich wegdämmerte.

Als ich aufwachte, saß ich noch immer dort. Der Fahrersitz neben mir war frei. Ich öffnete umständlich meine Tür, zog die Decke um meine Schultern und stieg aus. Wir waren an einem Autobahnrastplatz. In der Ferne sah man den Posttower von Bonn und das Siebengebirge und am Himmel einen dunkelblauen Streifen. An dessen Rand stand, majestätisch kalt und einsam, der Morgenstern. Dann erst nahm ich Adil war. Er hatte einen kleinen Teppich vor sich ausgerollt und beide Hände erhoben.

»Allahu akbar!«

Er betete. Als er sich niederwarf, Stirn und Nase auf den Boden drückte, sackte ich in die Knie, kippte vornüber und schlug mit dem Kopf auf den Boden, als wollte ich es ihm nachmachen. Dann fiel ich einfach um und hatte sie plötzlich ganz: die Stille.

TEIL 2

27. November

Als ich aufwachte, fühlte ich mich wie neugeboren. Und sah a ein bisschen so aus, denn ich war völlig nackt. Auch das Zimmer war nackt. Ich sah weiße Wände, setzte mich auf und fuhr mit der Hand über den rauen Teppichboden aus Sisalfasern. Ich hatte den Rest der Nacht beziehungsweise den Morgen auf einer dünnen Matratze unter einer Wolldecke geschlafen. War es überhaupt Mittag oder doch schon Abend? Das Licht von draußen schien undefinierbar, feine Regentropfen klebten an den hohen Fensterscheiben. Wo war mein Handy? Ich kam unsicher auf die Füße. Im Raum gab es lediglich zwei – nun ja – Möbelstücke. Das eine war ein hohes hölzernes Lesepult, auf dem eine edle Koran-Ausgabe lag. Das andere eine breite Wäschetruhe. Auf deren Deckel lagen ein langes weißes Gewand, von dem ich damals noch nicht wusste, dass man es *Dschellaba* nennt, sowie eine Shorts und ein T-Shirt. Beides gehörte nicht mir. Neben der Truhe sah ich ein Paar Flipflops.

Zögernd zog ich die Unterwäsche an und schlüpfte in das Gewand, dann in die Flipflops und öffnete die Zimmertür. Ein heller Flur, gedämpfte Geräusche wie von einem Ballerspiel. Ich fand die Küche, wo Adil an einem Tisch vor seinem Laptop saß.

»Hallo.«

»Maschallah, Jakob«, rief er aus. »Das steht dir gut. Wie fühlst du dich?«

»Besser«, sagte ich. »Aber ich muss dringend pinkeln.«

»Neben der Wohnungstür links«, sagte er.

Ich ging aufs Klo, dann füllte ich am Waschbecken meine Hände mit kühlem Wasser und warf es mir ins Gesicht. Ich richtete mich auf und betrachtete mich im Spiegel. Adil hatte recht, ich gefiel mir selbst in diesem Gewand.

Als ich wieder in die Küche kam, stand er am Herd und hantierte mit einem Kessel.

»Tee? Brot?«

»Ja, sehr gern.« Ich setzte mich. »Adil – ich danke dir. Keine Ahnung, was ich ohne dich gemacht hätte.«

»Schon gut«, sagte er, stellte ein Glas Tee vor mich hin und reichte mir anschließend das Smartphone. »Ich hab es ganz vorsichtig sauber gemacht«, sagte er.

Unwillkürlich musste ich den Blick senken. Die Erinnerung an meine vollgekotzte Erscheinung von letzter Nacht beschämte mich zutiefst. Kurz sah ich aufs Display. Es war schon nach drei. Keine Nachricht von Liz.

»Deine Klamotten habe ich gewaschen«, sagte Adil. »Sie hängen im Keller auf der Leine.«

»Das kann ich dir nie zurückgeben, was du für mich getan hast«, antwortete ich und nippte an dem heißen Tee.

»Brauchst du ja auch gar nicht. Den Lohn gibt es im Paradies.« Er sagte das ernst und völlig ironiefrei. »*Was ihr an Gutem vorausschickt, das werdet ihr bei Gott vorfinden*«, zitierte er und reichte mir ein großes Stück Pide-Brot.

Ich biss hinein und hatte noch nie etwas so Köstliches auf der Zunge gespürt. Mir war, als schmeckte ich jedes Salzkorn aus dem Teig, jeden Tropfen Öl und jeden einzelnen Sesamsamen auf eigene Weise. Plötzlich glaubte ich, nie zuvor im Leben so wach gewesen zu sein. Adil setzte sich wieder an seinen Laptop, klickte, dann kamen die Ballergeräusche zurück.

»Zockst du?«, fragte ich. »Ich dachte, das sei haram.«

»Ist es. Deshalb zocke ich auch nicht. Früher schon … Counter-Strike, Call of Duty, der ganze Mist.« Er lächelte versonnen. »Heute nicht mehr. Das hier ist besser als Zocken. Es ist echt. Das Echteste überhaupt.«

Ich stand auf und ging um den Tisch herum, um über Adils

Schulter hinweg auf den Bildschirm sehen zu können. Ein YouTube-Video. Verwackelte Bilder. Drei Typen in einem Auto. Einer fährt, zwei hantieren mit Maschinengewehren. Die Karre brettert durch eine karge Landschaft. Syrien vielleicht, könnte aber auch Arizona sein oder Brandenburg. Sie überholen einen Pick-up. Ihre Kugeln durchsieben ihn. Die Kamera schwenkt nach hinten und durch das Heckfenster sieht man, wie der Pick-up schlingert, ausbricht und umkippt. Schnitt. Dasselbe noch einmal in Zeitlupe. Jetzt ist gut zu erkennen, wie der Fahrer getroffen wird und sein Kopf ruckartig in einem unnatürlichen Winkel abknickt. Schnitt. Sie haben gewendet, neben dem havarierten Pick-up angehalten und sind ausgestiegen. Die Kamera blickt durch ein zerbrochenes Fenster. Drinnen liegen vier Männer in ihrem Blut. Einer bewegt sich noch. Die mit den Knarren ballern ihr Magazin leer. Jetzt bewegt sich nichts mehr. Nachspann. Ein Rezitator singt eine Koransure, dazu weht eine schwarze Flagge mit weißem Schriftzug.

»Kein Fake?«, fragte ich.

»Ich denke nicht.«

»Wer waren diese Leute? Die in dem Pick-up?«

»Keine Ahnung. Assad-Leute. Irakische Armee. Oder Kurdenkämpfer. Westliche Agenten, was weiß ich.«

»Horror.«

»Ja.« Er sah mich an. »Doch das ist eine Frage des Standpunktes. Wusstest du, dass das syrische Regime systematisch Kinder foltert, um deren Eltern kleinzukriegen?«

»Ich seh den Zusammenhang nicht.«

»Zusammenhänge sieht man nie auf den ersten Blick«, meinte er. »Liegt in der Natur der Sache. Man muss sich schon intensiv damit beschäftigen.«

»Was du offenbar tust, wie ich sehe.«

»Ich kann dir einen Film zeigen, da sieht man ein Dorf im

Nordirak. Oder was davon übrig ist. Nach dem Einschlag von Raketen einer amerikanischen Predator-Drohne. Eine schwangere Frau mit halb weggerissenem Bauch. Willst du's sehen?«

»Nein. Ich bin froh, dass ich meinen Magen wieder im Griff hab.« Ich setzte mich wieder und trank an meinem Tee. »Warum ziehst du dir so eine Scheiße rein, Adil? Sympathisierst du mit diesen IS-Kämpfern?«

»Ich bin mir noch nicht sicher«, murmelte er.

Aber so, wie er meinem Blick auswich, war das wohl eher eine Ausrede.

»Was da gezeigt wird, ist doch absolut grauenvoll«, sagte ich und erinnerte mich an ähnliche und auch schrecklichere Filme, auf die ich gestoßen war, seit ich mich im Internet auf salafistischen Websites herumtrieb. Teilweise waren sie professionell geschnitten wie Kinotrailer, bestanden aber meist aus unscharfen Bildern von Handykameras, als seien das bloß witzige Schulhofvideos. Vielleicht wirkten diese Filme gerade darum so seltsam echt.

»Ich hab was gesehen«, erzählte ich, »da haben sie ihren Gefangenen die Köpfe abgeschlagen und den toten Leibern leere Flaschen auf die Hälse gesteckt. Wozu?«

Er klappte den Laptop zu.

»Der Kampf für die richtige Sache erfordert manchmal Grausamkeit«, sagte er. »Diese Brüder dort haben die halbe Welt zum Feind. Viele neue Staaten begehen am Anfang gewisse – ich sag mal: Jugendsünden. Das wächst sich aus. Schon mal von Robespierre gehört? La Grande Terreur? Guillotinen und so? Trotzdem käme niemand auf den Gedanken, die Französische Revolution für eine schlechte Sache zu halten. Das Kalifat könnte ein cooles Projekt werden, aber der ganze Westen und etliche muslimische Staaten wollen das verhindern. Und warum? Sie können es sich nicht leisten, dass hier ein Gottesstaat entsteht, der nicht bei der

Globalisierung und Ausbeutung des Planeten mitmacht. Der nicht korrupt ist. Seine Bürger nicht an Drogen oder Glücksspiel oder die Pornoindustrie ausliefert. Der seine Leute nicht verhungern lässt und auch nicht mit Hartz Vier abspeist. Dort im Kalifat kümmert man sich um die Menschen, niemand wird zurückgelassen.«

»Es sei denn«, wandte ich ein, »man widersetzt sich.«

»Ja. Und manchmal ist es tatsächlich grausam, das leugne ich nicht. Aber um Gerechtigkeit durchzusetzen, kann Grausamkeit nötig sein. Waren die Bombenangriffe der Alliierten im Zweiten Weltkrieg etwa nicht grausam? Trotzdem ist doch jeder froh, dass nicht Hitler den Krieg gewonnen hat.«

»Aber warum filmen die das alles und laden es im Internet hoch?«

»Ist doch klar – oder was glaubst du, warum der IS mit dreihundert Kriegern Mossul erobern konnte, während zwanzigtausend Regierungssoldaten in Panik aus der Stadt flohen? Weil die einfach wussten, was ihnen blüht.« Er sah mich eindringlich an. »Ja, es ist grausam, Köpfe und Hände abzuhacken. Aber die Brüder tun das Auge in Auge, mit dem Schwert in der Hand, und sie stehen dazu, während der Westen das Blut und das Leid feige hinter seinen Drohnen und Hellfire-Raketen versteckt, sodass es von außen aussieht, als wär alles bloß ein sauberes Videogame.« In seinen Augen loderte echte Leidenschaft und seine Worte klangen fast druckreif. Es kam mir vor, als hätte er diese Rede schon oft irgendwo gehalten. »Unsere Medien tun immer so«, fuhr er fort, »als sei da aus dem Nichts dieser dämonische IS aufgetaucht und grundlos über friedliebende Menschen hergefallen. Aber wo waren die Medien vorher? Was wisst ihr denn schon über das ekelhafte Assad-Regime mit seinen Folterknechten und seinem Giftgas? Oder die Vetternwirtschaft dieser korrupten schiitischen US-Marionetten im Irak? Der IS ist die logische Konsequenz aus der jahrelangen Unterdrückung in der Region. Und der Tatenlosigkeit des Westens. Gegen Assad kann man ja leider nichts machen. Und gegen Israel schon gar nicht. Die Kinder in Gaza krepieren vor den Augen der Welt, aber kann man halt nichts machen. Oder schau nach Somalia, wo der Westen schon vor Jahren komplett versagt hat. Oder schau nach … ach, kackegal, wohin du schaust. Überall dasselbe.«

»Das verstehe ich«, gab ich zu. »Aber kann der IS die einzig mögliche Antwort sein? Ehrlich gesagt – ich glaube nicht, dass das islamisch ist. Zum Beispiel Frauen und Kinder zu quälen. Leichen zu schänden. Das ist doch nach dem Islam verboten.«

»Ich hab schon gehört«, erwiderte er, »dass du dich sehr ernsthaft mit unserem Glauben beschäftigst.«

Ich hatte das Gefühl, rot zu werden.

»Schon gut, Mann. Ich weiß, dass du mit Samira telefonierst. Sie hat es mir erzählt.«

Komisch. Einen Moment lang enttäuschte mich das. Als hätte sie etwas preisgegeben, was bis dahin nur uns beiden gehört hatte.

Er klappte den Laptop wieder auf und klickte auf einen anderen Film, drehte den Rechner zu mir herum und sagte: »Schau das mal an.«

Ich sah einen Kämpfer in seinem Blut liegen, offenbar mit einer Schusswunde in der Brust. Drei seiner Freunde versuchen die Blutung zu stillen, aber ohne Erfolg. Der Sterbende atmet schwer, röchelt, pfeift buchstäblich aus dem letzten Loch. Dann ruft er etwas, bevor ein Zucken durch seinen ganzen Körper läuft. Schließlich liegt er starr und reglos. Einer drückt ihm die Augen zu. Abspann, Fahne, Gesang.

»Das beeindruckt mich sehr«, gestand Adil. »Wie dieser Bruder in den Tod geht. Wie er an der Schwelle zum Paradies nach Allah ruft. Ich finde das extrem bewegend.«

»Hat er das? Für mich klang es anders.«

Adil ließ den Film nochmals ablaufen.

Ich meinte: »Es hört sich eher so an, als ruft er nach seiner Mutter.«

»Was?«

»Na – *Mama* ruft er.«

Noch mal lief der Film. Auch beim dritten Mal ging es nicht richtig in meinen Kopf, dass da gerade wirklich ein Mensch starb. Und dass ein anderer offensichtlich nichts Besseres zu tun hatte, als sein Smartphone rauszuholen und das zu filmen.

»Vielleicht hast du recht«, brummte ich, »vielleicht auch nicht. Ich höre nur zweimal A. So wie in *am Arsch.*« Ich stand auf. »Und das ist genau, was ich gerade bin. Am Arsch. Mein Geld, meine Karten, meine Ausweise sind weg, mein Zimmer auch. Alles, was ich noch habe, liegt im Bahnhof in einem Schließfach. Oder hängt unten in deinem Keller.«

»Kein Zimmer mehr?«

Ich war drauf und dran, ihm die ganze Geschichte zu erzählen, aber dann hätte ich auch sagen müssen, dass meine Gespräche mit seiner Schwester daran einen Anteil hatten. Also ließ ich es bleiben und er zuckte bloß mit den Achseln. Vielleicht kam das in seiner Welt öfter vor, dass jemand plötzlich auf der Straße sitzt.

»Du kannst ein paar Tage hierbleiben«, sagte er. »Das Zimmer, in dem du geschlafen hast, gehörte einem Freund. Einem Bruder.«

»Und der ist im Urlaub oder was?«

»So ähnlich. Und zwar für immer.«

Adil sah aus dem Fenster. Ich schluckte die Frage herunter, ob dieser Bruder vielleicht auch auf solchen Videos zu sehen sei.

Adil sagte: »Die Wohnung hier gehört in gewisser Weise unserem Verein, du weißt schon. Dem *Einzig Wahren Weg*. Vielleicht nimmst du ja einmal den Islam an, dann könntest du einfach hier einziehen.«

Ich lachte und meinte: »Klar, ich könnte aber auch im Lotto gewinnen und mir eine fette Villa kaufen.«

»Ein guter Vergleich«, meinte Adil. »Von Gott rechtgeleitet zu werden, ist wirklich der Hauptgewinn im Leben.«

»Ich meinte eher, dass das genauso unwahrscheinlich wäre.«

»Hab ich schon verstanden, Mann. Doch kannst du vorhersagen, wie dein Weg verlaufen wird? Im edlen Qur'an heißt es: *Und ihr wollt nicht, außer dass Allah will, der Herr aller Schöpfung.* Alles, was geschehen wird, ist seit Jahrtausenden bereits im Himmel aufgeschrieben.«

»Steht da auch geschrieben, ob du mir ein paar Euro leihen kannst?«, fragte ich. »Für die Fahrt zum Bahnhof. Und für 'ne Zahnbürste. Ich hab nämlich mein ganzes Waschzeug gestern im Bad liegen lassen, fällt mir gerade ein.«

»Zum Bahnhof? So?« Er grinste breit. Ich hatte fast vergessen, dass ich in seiner Dschellaba steckte. »Ich mache das für dich.«

Er brachte mir meinen Rucksack und eine Zahnbürste und ich packte in dem unbewohnten Zimmer meine Klamotten aus. Zwischendurch hatte ich festgestellt, dass Adils Zimmer genauso spartanisch eingerichtet war. So habe der Prophet halt auch gewohnt, erklärte er mir. Und genau wie der Prophet benutzte Adil statt einer Zahnbürste ein Stück Wurzelholz. Trotzdem hatte er mir freundlicherweise eine gekauft. Doch als ich meine Bluetooth-Boxen aufstellen wollte, schritt er ein.

»Sorry«, meinte er. »Aber du weißt ja, dass das bei uns haram ist.«

Also packte ich sie wieder ein. Stille halt.

Komisch, dass ich Samira nicht mehr angerufen und auch sonst nicht auf ihre Nachricht reagiert hatte. Was ließ mich zögern?

28. November

Am nächsten Tag ging ich zur Uni, als wäre weiter nichts gewesen. Anschließend hätte ich beinahe aus lauter Gewohnheit den Weg nach Hause genommen – also zu meiner Ex-WG. Als ich bei Adil ankam, kochte der gerade. Alles schien sich zu wiederholen.

»Ich muss mich dringend um ein Zimmer kümmern«, brummte ich. »Und um ein neues Bahnticket, eine neue Bankkarte und all das. Ich hasse es.«

Er drehte sich zu mir um und meinte: »Hast du schon mal überlegt, ob Gott dir damit etwas sagen wollte? Damit, dass du all das verloren hast, was für dein bisheriges bürgerliches Leben wichtig war?«

»Hm«, machte ich. »Wollte Gott mir sagen, dass ich ein ziemlicher Depp bin?«

»Kann sein.« Er lächelte. »Oder dass es für dich an der Zeit ist, ein neues Leben zu beginnen.«

41. Tag, später

Dreck, Steine, Blut und Staub. Dieser Staub ist überall, als würde er für immer in der Luft hängen bleiben und uns niemals wieder die Sonne sehen lassen.

Ich sah die Drohne in einer derart irren Geschwindigkeit auf uns zuschießen, dass es irgendwie unecht aussah, wie Einbildung. Alles war ganz nah und seltsam scharf gestellt, ich konnte sogar sehen, wie sich die Raketen ausklinkten, war so gebannt davon, dass ich beinahe vergaß, mich in den Graben zu werfen. Und im nächsten Augenblick sah ich nichts mehr. Hatte nur noch Erde in den Augen, in den Ohren, in der Nase, hörte die Explosionen und die Schreie der Brüder.

Mann, Akhi, dieser Staub ist wirklich überall. Unter meinen Klamotten, in meinen Haaren, und wenn ich ausspucke, kommt brauner Brei.

Sie landeten einen Volltreffer auf einen unserer Unterstände. Der Bunker ist komplett zermalmt und sieben Brüder hat es erwischt. Können auch acht gewesen sein, wir hatten keinen Überblick mehr, wer sich vor dem Angriff wo aufgehalten hatte. Und an ihren Leichen lässt sich auch nicht erkennen, wie viele es waren. Ich schaute mit den anderen kurz in die Grube, die aussah, als hätte jemand verkohlte Schlachtabfälle reingekippt. Eigentlich hätte ich erwartet, dass sich bei einem solchen Anblick mein Magen umdreht. Aber das passierte nicht. Mein Kopf wusste zwar, dass das Menschen gewesen waren, aber du konntest nichts mehr davon erkennen. Und zugleich spürte ich, wie mein Gehirn irgendeinen Schutzmechanismus in Gang setzte – du verstehst alles, was du wahrnimmst, aber du fühlst nichts dazu. Keine Angst, Verzweiflung, Trauer oder Abscheu, keinen Hass und keinen Trotz. Du stehst einfach bloß da.

Ich glaube, Salih ist unter den Toten, der Bruder aus der Schweiz, jedenfalls habe ich ihn seit dem Angriff nicht mehr gesehen. Hatte aber auch keine Zeit zu suchen, denn wir mussten gleich wieder in Deckung gehen. Konnten noch nicht mal die Überreste der Toten bergen, weil unser Emir Abu Abdallah meint, dass gleich eine Offensive unserer Feinde folgt. Die Amis würden ihre Drohnenangriffe oft mit den Kämpfern am Boden koordinieren, sagt er, also könnten die Peschmerga, die wir gestern vertrieben haben, jeden Augenblick mit Verstärkung zurückkommen und über uns herfallen. So hocken wir nun in den Gräben, während allmählich ein bestialischer Gestank aus dem zerstörten Bunker aufzieht.

Vorhin ist Nasreddin rumgegangen und hat kleine bunte Pillen verteilt. Als er zu mir kam, sah ich ihn bloß verächtlich an und sagte: »Ich bin clean, Akhi, aber so was von. Von dem Zeug hab ich in meinem alten Leben schon genug gefressen, das fass ich nie wieder an. Außerdem – Mann, Akhi! – das ist doch absolut haram.«

Aber der Wali grinste nur, dann zitierte er aus einer Fatwa: »Wenn Verpflichtendes nur verrichtet werden kann, indem Verbotenes praktiziert wird«, sagte er auf, »dann wird die Ausübung verbotener Dinge zur Pflicht, denn es gibt keine größere Pflicht als den Dschihad.«

Das hatte er anscheinend für solche Situationen auswendig gelernt.

Ich zögerte jedenfalls, rang mit mir und schüttelte schließlich den Kopf.

»Danke«, sagte ich, »aber mir reichen das Adrenalin und der Segen von Allah völlig aus, um mich zu pushen.«

Achselzuckend ließ Nasreddin mich sitzen und ging weiter durch den Graben zum nächsten Bruder.

Dem Stand der Sonne nach zu urteilen, ist der Drohnenangriff jetzt mindestens zwei Stunden her. Unsere Feinde scheinen es nicht eilig zu haben. Oder der Emir irrt sich und sie kommen gar nicht. Jedenfalls war es mir wichtig, vorher noch in dein Buch zu schreiben, Akhi. Ich werde es jetzt wegpacken. Vielleicht ist das hier mein letzter Eintrag, vielleicht auch nicht. Allah allein weiß, was geschehen wird. Und wie es geschehen wird. Ich bin zu allem bereit.

2. Dezember

Ganz allmählich setzte sich meine amtliche Existenz wieder zusammen. Ich bekam eine neue Karte von meiner Bank, ein neues Semesterticket von meiner Uni und von meinem Staat einen vorläufigen Personalausweis. Doch irgendwann musste ich auch meine restlichen Klamotten aus der WG holen. Ich hatte überlegt, entweder einen Tag abzupassen, an dem ich wusste, dass Liz nicht da wäre, oder einfach gleich Adil zu bitten, ob er nicht für mich gehen könnte. Das hätte er wohl sofort getan. Aber ich hatte mir schließlich vorgenommen, weniger Kompromisse im Leben zu machen. Wäre das nicht so ein inflationäres Modewort, könnte ich sogar sagen: authentischer zu leben. Ich nannte es für mich *Wahrhaftigkeit*. Das gefiel mir.

Dazu gehörte eben auch der Mut, mich Liz zu stellen. Ich hatte sie angerufen, aber sie war nicht drangegangen. Also hatte ich ihr eine Nachricht geschickt und sie hatte mit einer äußerst knappen Antwort Tag und Uhrzeit bestätigt.

Sie öffnete mir mit versteinerter Miene und wandte sich gleich ab, als ich die Treppe hochkam.

»Du kennst dich ja aus«, sagte sie und verschwand in ihrem Zimmer.

Ich betrat meines und packte den Rest meiner Sachen ein. Zuletzt hob ich auch das zerrissene Foto auf und steckte es ein. Dann klopfte ich an ihre Tür, um es halbwegs mit Würde zu Ende zu bringen. Als sie mir zum zweiten Mal an diesem Nachmittag öffnete, waren ihre Augen rot verheult.

»Du wolltest eine Entscheidung«, sagte ich. »Es ist so … ich komme nicht zurück.«

»Aber … warum?«

Plötzlich war alles Kalte aus ihrem Gesicht gewichen. Und ich spürte einen fetten Kloß in meinem Hals, der gerade eben noch nicht da gewesen war.

»Ich weiß es nicht«, sagte ich leise. »Ich kann es nicht erklären. Ich weiß bloß, dass sich für mich alles immer mehr … irgendwie falsch angefühlt hat. Als wär ich im falschen Leben gelandet.«

Sie schluckte, straffte sich und erwiderte: »Dann erspar mir bitte, dass du jetzt sagst, es hätte nichts mit mir zu tun.«

Hm. So was in der Art hatte ich tatsächlich sagen wollen. Stattdessen flüsterte ich: »Es tut mir leid.«

»Ja, mir auch«, zischte sie und hatte auf einmal wieder ihre Souveränität gefunden. »Was wird mit deinen Möbeln? Und der Miete? Es gibt Kündigungsfristen.«

»Die Miete zahle ich natürlich. Und ich kümmere mich noch um die Möbel.«

»Gut. Und vergiss bloß nicht, auch deinen Scheiß aus dem Badezimmer mitzunehmen. Du solltest dich dringend rasieren, sonst siehst du bald wie ein Islamist aus.«

Ich zuckte zusammen. Das war ja nur ein blöder Spruch, einfach aus der Luft gegriffen, das wusste ich natürlich. Trotzdem fühlte ich mich ertappt.

»Ich wünsche dir alles Gute«, sagte ich. »As salamu alaikum.«

Keine Kompromisse mehr. Authentisch leben. Warum hatte ich Adil dann so wenig von mir erzählt und ihn selbst bisher auch kaum etwas gefragt? Und warum hatte ich, seit ich bei ihm wohnte, Samira nicht mehr angerufen? Wovor hatte ich Angst?

Als ich an der Hofgartenwiese vorbeikam, ließ ich den Rucksack auf eine Bank sinken und mich selbst daneben. Ich holte mein Telefon hervor und rief sie an.

»Na endlich«, sagte sie. »Wie ich höre, wohnst du jetzt bei meinem Bruder. Ist das der Grund, warum du nicht mehr angerufen hast?«

»Jetzt rufe ich ja an«, meinte ich und freute mich still darüber, dass sie anscheinend darauf gewartet hatte.

»Was ist passiert?«, wollte sie wissen. »Hat deine Freundin dich rausgeschmissen?«

»Ich hab mich eher selber rausgeschmissen. Und eigentlich wohne ich nicht bei Adil. Ich bin bloß für ein paar Tage bei ihm untergekommen.«

»Ach so. Und jetzt suchst du ein Zimmer.«

»Ja. Nee. Also ich hab mich noch nicht darum gekümmert. Muss ich bald tun.«

»Hilft einem da nicht das Studentenwerk oder so?«

»Kann schon sein. Warum fragst du? Es klingt fast, als wäre es dir unangenehm, dass ich bei Adil bin.«

Sie rauchte wieder.

»Ist dir klar, dass du im Bett eines Toten schläfst?«

»Ich würde es nicht als Bett bezeichnen …«, antwortete ich ausweichend.

Sie wusste vielleicht mehr über diese Sache, aber für den Moment wollte ich nichts darüber hören. Ich mochte Adil gern und es war toll, bei ihm – vorübergehend! – zu wohnen, Punkt. Der Rest meines Lebens war schon kompliziert genug und ich hatte echt keine Lust, jetzt mit seiner Schwester über den Islamischen Staat zu diskutieren.

Doch darauf schien sie gar nicht hinauszuwollen, vielmehr beschäftigte sie offenbar noch immer die Frage aus unserem letzten Gespräch, als wir von Liz unterbrochen worden waren. Sie zog tief an ihrer Zigarette, dann fragte sie: »Warum glaubst du nicht an die Hölle?«

»Rauchst du eigentlich immer so viel?«, fragte ich zurück.

»Nur wenn ich mit dir telefoniere. Also?«

»Ich sagte ja schon, dass ich den Koran gelesen habe. Natürlich stand da auch was über die Hölle drin. Aber vor allem über Barmherzigkeit. Über Gottes Liebe und sein Erbarmen. Darüber, dass Allah die Reue des Sünders bis zum letzten Augenblick annimmt.«

»Und was ist mit denen, die nicht bereuen? Oder denen, die so schwere Verbrechen begangen haben, dass ihnen nicht vergeben werden kann? Müssen sie nicht gerichtet werden?«

»Ja, vielleicht. Aber Richten und Strafen, das sind so menschliche Kategorien. Keine göttlichen. Wa Allahu a'lam – *Und Gott weiß es am besten.*«

Samira schwieg.

»Bist du noch da?«, fragte ich. »Hey … ich wollte dich nicht verärgern.«

»Hast du nicht. Absolut nicht. Du hast …« Sie zögerte lange und blies hörbar eine Rauchwolke aus, was fast wie ein Seufzen klang. »Und Gott weiß es am besten.«

Ich traute mich nicht, nachzufragen, was sie hatte sagen wollen. Vermutlich waren meine Worte derart falsch und verzerrend gewesen, dass sie mich eigentlich hätte tadeln müssen.

Stattdessen fragte sie: »Wenn du nun so fleißig Qur'an liest, kommst du auch einmal wieder in unsere Moschee?«

»Würde dich das freuen?«

»Klar«, sagte sie. »Für deine Seele würde es mich freuen. Ich werde beten, dass Allah dich rechtleitet.«

»Okay. Das klingt gut. Ich glaube, es hat noch nie jemand für mich gebetet. Außer meiner Oma vielleicht, aber die ist schon lange tot. Es kann bestimmt nicht schaden.«

»Nein. Bis bald, mein Jakob.«

Ich steckte das Handy weg.

Du hast … Ihr unfertiger, kaum richtig begonnener Satz hing mir nach, während ich versonnen meinen Blick über die Hofgartenwiese wandern ließ. Als ich Ende September nach Bonn gekommen war, hatte ich mit Hunderten anderer Leute im Sonnenschein auf diesem von alten Bäumen umstandenen Areal vor dem Unihauptgebäude Fußball gespielt, Musik gehört oder einfach nur rumgehangen. Jetzt lag es wie eine riesige Leerstelle im Zwielicht der allzu frühen Abenddämmerung. In einer Fernsehdoku hatte ich mal gesehen, wie vor über dreißig Jahren dreihunderttausend Leute auf dieser Wiese demonstrierten. Gegen irgendwelche Atomraketen. Auf diesen alten Bildern sah man ihre seligen Gesichter, wenn sie *We shall overcome* sangen, und wie sie ihre Transparente hochreckten mit diesem Wissen im Blick, ohne jeden auch nur hauchdünnen Zweifel, eindeutig auf der richtigen Seite zu stehen.

Ein Penner schlurfte vorüber, schob ein uraltes, schwer bepacktes Fahrrad. Vielleicht war er damals auch dabei gewesen. Mitten im Kalten Krieg der Atommächte. Ein Gleichgewicht des Schreckens, so hatte man das genannt. Immerhin war es tatsächlich ein Gleichgewicht gewesen und nicht das, was heute als *asymmetrische Kriegsführung* bezeichnet wird. Damals mochte es leicht gewesen sein, sich für eine Seite zu entscheiden. Alle Fronten waren klar geordnet, alle Grenzen schienen auf ewig zementiert. Heute ist alles undurchsichtig und fließend. Heute gibt es nicht nur *eine* Wahrheit, sondern so viele Wahrheiten, wie es YouTube-Kanäle und Twitter-Accounts gibt. Von dieser Warte aus ergaben sogar die verdrehten Ansichten von Adil einen gewissen Sinn. Ich erschrak über meinen Gedanken.

Der Penner lehnte sein Gefährt an die Bank neben mir und setzte sich. Unwillkürlich schaute ich auf meinen Trekkingrucksack. Wenn jemand auf der anderen Seite der Wiese uns beide sah, musste er uns für Kollegen halten.

Ich stand auf, schulterte den Rucksack und machte mich auf den Weg nach Hause. Quatsch. Zu Adil, meine ich natürlich.

Hatte sie wirklich *mein Jakob* gesagt?

12. Dezember

Ich hatte mal von der These gehört, dass wir längst mitten im Dritten Weltkrieg lebten, einem Weltkrieg zwischen dem Westen und der islamischen Welt. Vielleicht war da was dran. Auf jeden Fall tobte ein solcher Krieg im Internet.

Ich saß in meiner letzten Reihe im Hörsaal und verfolgte auf dem Smartphone eine Forendiskussion. Ein gewisser El_Cid_94 schrieb:

> Es ist noch nicht zu spät, aufzustehen und die Islamisierung mit aller Macht zu bekämpfen. Noch können wir verhindern, dass die Mohammedaner uns knechten, dass sie uns zwingen, zu konvertieren oder eine Sondersteuer als Ungläubige zu zahlen, oder dass sie uns den Kopf abschlagen, mitten in Deutschland; und dass sie unsere Frauen und Mütter, Schwestern und Töchter versklaven und vergewaltigen und verschleiern und sie zwingen, als schwarze Monster durch die Straßen zu laufen.

Was ich las, war falsch, dumm und ekelerregend. Trotzdem las ich weiter, fast wie ein Voyeur.

> Klar, so was darfst du heutzutage nicht laut sagen, sonst kommt direkt die links-faschistische Meinungspolizei und macht dich mundtot. Und die grün-schwule Lügenpresse kehrt sowieso alles unter den Teppich. Aber ich sag euch: Wenn hier demnächst die ersten Deutschen gesteinigt und geköpft werden, während die Moslemversteher immer noch von Toleranz sülzen, dann werdet ihr euch wünschen, es hätte mal einer den Mut gehabt, so einem wie dem Abu Tarek 'ne Kugel in den Kopf zu jagen.

Weit unten, dort vorn an seinem Pult, erklärte uns unser Prof, wie wir als künftige Volkswirte das System am Funktionieren halten würden. Also sinngemäß. Keine Ahnung, was er wirklich sagte, denn ich hörte schon lange nicht mehr zu, sondern surfte weiter auf dem Smartphone durch den digitalen Dritten Weltkrieg. Abu Tarek schrieb:

Ich kann schon nicht mehr zählen, was alles für Lügen über uns verbreitet werden. Dauernd muss ich mir anhören, ich und die Brüder – wir würden hier Werbung machen für den Islamischen Staat.
Guck mal, der deutsche Staat spart immer mehr Geld ein, schmeißt seine Streetworker und Sozialarbeiter raus und keiner kümmert sich um die jungen Leute draußen in den miesen Vierteln. Aber wenn wir dann kommen, wenn wir rausgehen auf die Straßen, wo die Jugendlichen rumhängen, und wenn wir zu unseren Homies sagen: Hey, Finger weg von den Drogen, fangt nicht mit Glücksspiel an, lasst das Dealen bleiben, geht nicht auf den Strich und so weiter – dann stehen sofort RTL und die BILD-Zeitung da und rufen: Achtung, der Abu Tarek macht Werbung für den IS!
Warum tun die das? Wozu all die Lügen? Warum labern die so lange von Terror und Krieg, bis es hier vielleicht wirklich mal knallt? Ich sag es dir: weil die nämlich genau wollen, dass es knallt. Und wenn es dann mal irgendwann tatsächlich knallt – und ich hoffe absolut, dass das inschallah niemals passieren wird, aber wenn doch –, dann ist das nicht die Schuld von uns und vom Islam, sondern von diesen Hetzmedien, die den Krieg mit ihren Lügen in Wahrheit überhaupt erst angefangen haben.
Und da kannste getz mal drüber nachdenken.

Ja, das tat ich. Und malte mir aus, dass es vielleicht doch eine Hölle brauchte für all die Hetzer und Brandstifter und Lügner. Ich dachte nach, aber noch viel lieber hätte ich mit jemandem darüber gesprochen. Adils Meinung kannte ich natürlich. Samiras nicht, jedenfalls nicht vollständig – nicht den Rest jenes Satzes, den sie bei unserem letzten Gespräch heruntergeschluckt hatte. Da war irgendwas gewesen, das sie mir nicht sagen wollte. Oder konnte.

42. Tag

Wie du siehst, Akhi, hat es wieder nicht geklappt mit meinem Einzug ins Paradies. Ich bin am Leben und meine Notizen gehen weiter.

Sie sind nämlich überhaupt nicht zurückgekommen. Wir haben in den Gräben gehockt und auf sie gewartet, bis die Dämmerung anbrach und der Verwesungsgestank aus dem zerstörten Bunker uns allmählich die Sinne raubte. Irgendwann haben wir Wachen aufgestellt und Feuer angezündet, haben die Leichenteile geborgen und begraben. Ich erspare dir die Einzelheiten …

Eine andere Sache geht mir im Kopf herum. Vorhin, als ich dieses Buch aus meinem Rucksack geholt habe und dir schreiben wollte, stand auf einmal Max neben mir und schaute mich schräg an. Ich klappte das Buch wieder zu und erwiderte seinen Blick.

»Was gibt's denn?«, wollte ich wissen.

»Ähm, nichts eigentlich«, druckste er herum, aber ich merkte, dass ihm irgendwas zu schaffen machte. Und dass es mit mir zu tun hatte.

»Nasreddin hat mich gefragt«, begann er zögerlich, »was du da dauernd in dein Buch schreibst.«

Und ich so: »Warum fragt er mich nicht selbst?«

Und Max so: »Weiß ich doch nicht.« Machte kehrt und dampfte ab.

Hm. Kann schon sein, dass der Wali mir ein bisschen misstraut. Vielleicht fand er es komisch, dass ich seine verdammten Pillen nicht schlucken wollte. Aber ich versteh nicht, warum er mich nicht selbst darauf anspricht, sondern Max auszuhorchen versucht.

16. Dezember

Mein Land zelebrierte den Wesenskern seiner christlichen Leitkultur: die Adventszeit. Es stank nach Glühwein und Fettgebackenem und der dumpfen Abluft überfüllter Kaufhäuser, während von allen Seiten das Gedudel und Geklingel in die Ohren sickerte. *Do they know it's Christmas time at all?* Das war mir schon früher latent auf den Sack gegangen. Aber erst, seit ich bei Adil untergekommen war und gelernt hatte, wie wohltuend und befreiend echte Stille sein kann, begann ich das ganze Ausmaß dieser konsumkapitalistischen Betäubungsindustrie zu erfassen.

Zwar wurde diese Stille recht oft von den IS-Videos unterbrochen, die Adil täglich anschaute, aber gerade das bildete einen starken Kontrast zu den ganzen verlogenen Kulissen um uns herum.

Als ich ihm wieder einmal über die Schulter sah und die bärtig-trotzigen Krieger betrachtete, wie sie mit ihren schweren Waffen durch die karstige Landschaft zogen, untermalt von diesem eigenwilligen Gesang, in verwackelten Bildern, die mal die Weite des Horizonts aufrissen und mal ganz dicht auf ein entschlossenes Augenpaar zoomten, da sagte ich ziemlich unbedacht: »Weißt du, woran mich das Zeug manchmal erinnert? An alte Italo-Western.«

Er drehte sich zu mir um und starrte mich entgeistert an.

»Wie bei ... Sergio Leone«, stotterte ich, »das war so ein ... Entschuldige bitte – falls das für dich nach einer Beleidigung klingt. Hab ich nicht so gemeint.«

»Nein, Unsinn«, rief er und strahlte plötzlich. »Verrückterweise habe ich haargenau dasselbe auch schon oft gedacht. Ich bin ein Riesenfan von Sergio Leone. Also ... ich *war* ein Riesenfan. Solche Filme sind natürlich haram und Allah mag uns davor behüten. Aber früher hab ich mir das massenhaft auf Maxdome reingezogen. Und natürlich Sachen von Quentin Tarantino. *Pulp*

Fiction. Oder *Django Unchained*. Und ganz besonders *Inglourious Basterds*. Kennst du den?«

»Den hab ich x-mal gesehen.«

»Findest du nicht, dass die Brüder da unten in Sham, also Syrien, dass die ein bisschen an diese abgedrehte Nazijägertruppe erinnern?«

»Dschihad Basterds?«

»Maschallah, Akhi!« Er lachte auf. »Genau das.«

»Hey, du hast mich *Akhi* genannt.«

»Ups«, machte er. »Aus reiner Gewohnheit wohl.«

»Sicher.«

Er boxte mich gegen die Schulter und brummte: »Mann, du würdest so verdammt gut zu uns passen.«

»Kann ich denn nicht auch so dein Bruder sein?«, fragte ich. »Sind denn nicht alle Menschen irgendwie Geschwister?«

Er sah mich lange an. Dann schüttelte er den Kopf.

Ich löste mich von seiner Seite, nahm ein Glas aus dem Schrank, füllte es am Wasserhahn und setzte mich ihm gegenüber an den Tisch.

»Ich weiß schon, die meisten Christen denken so«, sagte er. »Dass jeder, der es irgendwie gut meint, bestimmt am Ende auch in den Himmel kommt, egal ob gläubig oder nicht. Sogar ein paar muslimische Gelehrte behaupten, dass jeder Mensch ins Paradies eingehen kann, wenn er bloß ein gerechtes Leben führt. Aber das ist leeres Gelaber. Wozu sollte man sich sonst anstrengen?«

»Ja, wozu? Sag du es mir.«

»Der Islam ist eine klare Entscheidung. Du kannst nicht ein bisschen Muslim sein; nur ganz oder gar nicht. Es ist ein One-Way-Ticket. Aber ohne dieses Ticket – so leid es mir tut – kommst du in die Hölle.«

Schon wieder die Hölle! Ich musste ein Lachen unterdrücken, denn Adil meinte es absolut ernst, daran bestand kein Zweifel.

»Und du bist dir sicher, dass du auf jeden Fall ins Paradies kommst?«, fragte ich und klang eine Spur zu spöttisch.

Er schlug die Augen nieder, als wäre ihm das unangenehm. Den Blick auf den leeren, sauberen Tisch zwischen uns geheftet, sagte er leise: »Nur Gott – Er ist groß und erhaben – kann über einen Menschen urteilen. Allerdings … gibt es einen einzigen todsicheren Weg in die ewigen Gärten: nämlich wenn du als Märtyrer stirbst.«

Er hob die Augen wieder und sah mich durchdringend an. Ich trank an meinem Wasser und erwiderte den Blick. Seine Worte waren objektiv lächerlich. Aber warum? Wenn es stattdessen darum ginge, wie schrecklich es wäre, bei einer entscheidenden Klausur zu versagen, würde das jeder absolut plausibel finden. Würden wir uns über *normale* Ängste unterhalten, über die Angst vor Krankheiten oder Arbeitslosigkeit oder dass man sein Handy verliert oder dass die Freundin fremdgeht, niemand würde den Ernst des Themas infrage stellen. Doch hier saß einer und sprach über das Leben nach dem Tod – vielleicht das größte aller denkbaren Themen. Und mich reizte es zum Lachen. Eigentlich war *ich* es, der sich lächerlich machte, nicht er. Trotzdem konnte ich der Versuchung nicht widerstehen, ihn zu reizen.

»Ich weiß nicht«, sagte ich, »ob mir zweiundsiebzig Jungfrauen es wert wären, früh zu sterben.«

»Ach was.« Er machte eine wegwerfende Handbewegung. »Mir geht es doch nicht darum, mich endlos durchs Jenseits zu vögeln.« Seine Augen funkelten und ich schämte mich fast für meine unbedachten Worte. »Wenn du als Märtyrer stirbst, gelangst nicht nur du selbst ins Paradies. Du kannst auch deine Familie erlösen.« Er sah durch mich hindurch und flüsterte: »Die Vorstellung, dass meine Mutter in der Hölle schmort, ist unerträglich.«

Ich musste seinem Blick ausweichen und nippte an meinem Glas.

»Irgendwie beneide ich dich«, sagte ich schließlich. »Dass du so fest glauben kannst. Manchmal wünschte ich, ich könnte das auch. Kannst du nicht ein bisschen für mich mit glauben?«

»Nee, leider nicht.« Plötzlich lächelte er. »Aber ich bete jeden Tag für deine Rechtleitung.«

»Auch darum beneide ich dich«, erwiderte ich.

»Um was jetzt?«

»Um das Beten. Wenn du es tust, wirkst du auf mich immer so … im Einklang mit dir und allem.«

»Ja, das fühlt sich tatsächlich so an.« Plötzlich stand er auf. »Versuch's doch auch mal. Ich zeig es dir.«

»Moment mal«, wehrte ich ab, »wie soll das gehen? Ich bin doch gar nicht gläubig.«

»Na, dann brauchst du ja auch keine Angst davor zu haben, oder?« Er grinste mich an. »Als Erstes waschen wir uns natürlich, damit wir rein vor Gott treten. Komm.«

Er führte mich ins Bad. Ich folgte seinen Bewegungen, imitierte sie und malte mir kurz aus, ich würde in einer Arztserie mitspielen – dieses Abreiben der Unterarme bis zum Ellbogen, wie ein Chirurg vor der OP. Islamische Doktorspiele, haha. Aber der Zauber des Rituals verscheuchte diese ironischen Gedanken und ergriff mich wie eine Meditation. Es war, als nähme ich meine eigenen Hände und Füße, meinen Kopf und mein Gesicht zum ersten Mal überhaupt richtig wahr.

In seinem Zimmer rollte er den Teppich aus und ordnete ihn zur Qibla an, der Gebetsrichtung zur Kaaba in Mekka, die mit einem kleinen Symbol an der Wand gekennzeichnet war. Ich ahmte seine Gesten nach, das Heben der Hände, die Verbeugung, selbst die Niederwerfung, spürte den Boden an Stirn und Nase, Händen, Knien und Zehen und lauschte seiner ruhigen Stimme, zu der plötzlich eine zweite ganz leise hinzutrat. Meine. Zu meiner eigenen Überraschung konnte ich al-Fatiha rezitieren, die erste Sure des Korans. Auf Arabisch. Nie hatte ich das bewusst auswendig gelernt. Vermutlich hatte ich sie mit all den Videos und Websites nach und nach unbewusst abgespeichert. Als wäre ich dabei, mich selber ganz langsam neu zu programmieren. Die Vorstellung machte mir keinerlei Angst. Im Gegenteil. Ich war ganz bei mir, ich fühlte mich … ja: authentisch. Vielleicht musste man gar keinen Gott anbeten. Vielleicht ging das ja einfach so. Wie andere halt Yoga machten.

»Jetzt kommt die Du'a«, sagte Adil, »deine persönliche Bitte an Gott. Wenn du glauben würdest – um was würdest du ihn bitten?«

»Ich … keine Ahnung.«

»Nicht schlimm, du kannst die Du'a weglassen.«

»Nein, halt«, rief ich. Plötzlich war es mir wichtig. »Ich würde gern um etwas bitten können, selbst wenn ich nicht weiß, um was. Verrückt, oder?«

»Überhaupt nicht«, sagte er. »Bitte Gott darum, dass er dich zu bitten lehrt. Das wäre doch ein guter Anfang.«

Ich sah ihn zweifelnd an. Er schaute aufmunternd zurück. Bevor ich es mir anders überlegen konnte, ging ich wieder hinab, kehrte zur Niederwerfung zurück, spürte den weichen Boden an Zehen, Knien und Händen, Stirn und Nase und flüsterte: »Oh Allah, Wender der Herzen, lehre mich zu bitten!«

Als das Gebet geendet hatte, schwiegen wir eine Weile. Das beeindruckte mich. Keine Sprüche, kein Small Talk, kein Drang, irgendwas zu überbrücken.

Irgendwann sagte ich: »Es tut mir gut, bei dir zu wohnen. Ich wünschte, ich könnte länger bleiben.«

»So lange du willst«, meinte Adil.

»Aber dann müsste ich irgendwann den Islam annehmen. Es wäre wie ein Vorschuss, den ich irgendwann zurückzahlen muss.«

»Unsinn. Dass du irgendwann die Schahada sprichst, kann doch keine Bedingung für irgendwas sein. Das wäre ja ein gekaufter

Glaube und damit völlig unislamisch. Nimm dir so viel Zeit, wie du brauchst. Ich spreche mit Ibn Ibrahim – du weißt schon, für dessen Firma ich arbeite. Ihm gehört diese Wohnung hier.«

»Ein paar Wochen wären toll«, sagte ich. »Bis Februar muss ich noch Miete für die WG zahlen. Sicher finden sie schon viel früher einen neuen Mitbewohner, der Markt ist doch überlaufen. Aber ich will mit Liz und den anderen nicht feilschen.«

»Versteh ich gut«, nickte Adil. »Bestimmt ist das kein Problem. Ich rede gleich morgen mit Ibn Ibrahim.«

»Ich hab immer noch nicht ganz geschnallt, was du da eigentlich genau machst«, sagte ich. »Was ist das für eine Firma?«

»Groß- und Außenhandel. Und ich spiele dort eine tragende Rolle.« Er grinste. »Ich schleppe Zeug. Belade Lkws, fahre mit dem Gabelstapler rum. Das gehört zu den Dingen, die man gut ohne Schulabschluss tun kann.«

Ich maß ihn mit den Augen. »Erzählst du mir eigentlich irgendwann«, fragte ich, »wie du hierhergekommen bist? Wie du zum Glauben gefunden hast? Und was du davor getrieben hast?«

»Ein anderes Mal«, meinte er. »Ist 'ne ziemlich lange Geschichte. Dass meine Mutter tot ist und mein Vater säuft, hat dir Samira sicher schon erzählt, oder?«

Ich nickte.

»Ja«, meinte er, »das erzählt sie immer allen gleich beim ersten Kontakt. Damit will sie den Leuten zeigen, dass der Islam ein Ausweg ist, egal in welcher Scheiße man sitzt. Aber was mich betrifft – ich habe noch viel tiefer in der Scheiße gesessen. Doch davon erzähl ich dir wie gesagt ein anderes Mal, inschallah.«

Komisch, dachte ich. Mir gegenüber war Samira erst später mit ihrer Geschichte herausgerückt. Vielleicht, weil ich für sie jemand Besonderes war – nicht bloß irgendein Neugieriger, bei dem sie ihr Standardprogramm abspulte? Keine Ahnung, aber der Gedanke gefiel mir.

43. Tag

Wir sitzen gerade beim Abendessen. Thunfisch, Fladenbrot, Coke. Die Coladosen haben wir mit Klebeband umwickelt, damit man den typischen Schriftzug nicht sieht. Denn eigentlich trinken wir ja nichts vom Satan USA. ☺

Das Fladenbrot haben wir nicht auf den heißen Steinen von unserem Lagerfeuer gebacken, sondern aus der Vakuumverpackung genommen. Im Krieg kommt eben Pragmatismus vor Romantik. Heute haben wir nämlich ein kleines verlassenes Dorf durchquert und den Lebensmittelladen geplündert …

Rund dreißig Kilometer sind wir marschiert. Jetzt tun uns allen die Füße weh, aber es ist trotzdem ein gutes Gefühl. Nur manchmal muss ich an ~~zu Hause~~ Dar al-Kufr denken, wo jetzt der Flieder blüht, das habe ich immer gemocht. Hier sind wir in einer kargen Landschaft unterwegs, du kennst sie aus den ganzen Videos. Zu Fuß durch unwegsames Gelände. Angeblich ist das eine Abkürzung (keine Ahnung, wohin, ehrlich gesagt) und außerdem sicherer, sagt Nasreddin. Mit Bullis können wir eigentlich nur nachts fahren. Denn sobald die Drohnen eine Wagenkolonne sehen, greifen sie an. Kackegal, wer da fährt. Der Weg ist staubig und steinig, aber der Himmel wölbt sich endlos blau über uns, und was ist schon ein bisschen Staub im Vergleich zu den überquellenden Gärten und sprudelnden Flüssen, die uns im Paradies erwarten?

Ich hoffe, dass wir morgen endlich wieder auf Feinde treffen.

18. Dezember

Bartek rief an. Schon wieder. Seit Tagen machte er Telefonterror bei mir und irgendwann musste ich rangehen.

»Hi«, brummte ich.

»Endlich, Mann! Was ist los? Wo steckst du? Ich dachte schon, du hättest dein Handy verloren oder wärst entführt worden oder hättest dich von einer Brücke gestürzt.« Er lachte bitter. »Aus Reue, weil du die beste Frau des Planeten verlassen hast.«

»Na ja.«

»Warum wolltest du nicht mit mir reden? Hast du ein schlechtes Gewissen?«

Ich war halt im Stress und bin nicht dazu gekommen, wollte ich sagen, was aber Quatsch war.

»Hör zu, Bartek. Ich bin dabei, mich zu verändern. Denke über viele Sachen nach. Dazu ist manchmal etwas Abstand gut.«

»Wo zur Hölle wohnst du jetzt überhaupt?«

»Bei einem Kumpel.«

»Aha, und da braucht man die alten Freunde wohl nicht mehr, wie?«

»Das hat doch nichts mit …«

»Doch, hat es«, schimpfte er. »Vielleicht hast du vergessen, dass die halbe Welt auf Facebook sehen kann, was mit dir vorgeht. Deine ganzen neuen Buddys mit arabischen oder türkischen Namen und all die islamischen Websites, die du in den letzten Wochen gelikt hast. Nee, nicht islamisch – *extremistisch* muss man das ja wohl nennen. Ich hab mir einiges von dem Scheiß angesehen und ich muss sagen, du bist auf einem verdammt gefährlichen Trip, Jacko.«

»Du hast absolut keine Ahnung«, erwiderte ich.

»Nee, vielleicht nicht, bin ja auch nicht so ’n schlauer Student, sondern bloß bei der Sparkasse. Aber ich erkenne, wenn sich mein bester Freund einer Gehirnwäsche unterzieht. Verdammt, ich mach mir Sorgen, Jacko. Und Liz, die macht sich erst recht Sorgen.«

»Liz macht sich Sorgen um sich selbst«, gab ich kühl zurück. »Und bestimmt kannst du ihr in dieser schweren Zeit beistehen.«

»Arschloch«, sagte er. »Bist du wenigstens an Weihnachten zu Hause? Sehen wir uns dann?«

»Vielleicht.«

45. Tag

Wir sind immer noch unterwegs. Gerade machen wir eine Mittagsrast. Vorhin hielt ein Pick-up neben unserer Kolonne, drei Brüder saßen darin, die wollten uns filmen. Sie gehören in Raqqa zur PR-Abteilung, sagten sie.

Ja, ich weiß, ich sollte nicht posen, aber ich konnte mich auch schlecht davor drücken. Also nahm ich Haltung an. Doch dann sah ich mich um und musste mich echt total wundern. Mehr als die Hälfte der Brüder zogen ihre Schals und Halstücher über die Nase, damit sie auf dem Film nicht zu erkennen wären.

Ich fragte, warum sie das taten. Und Nizar (der Typ aus Russland) meinte, es habe sich rumgesprochen, dass die westlichen Geheimdienste mit ihrer Gesichtserkennungs-Software YouTube-Videos scannen. Angeblich kriegen sie auf die Art heraus, welche ausgereisten »Islamisten« sich gerade wo in Syrien aufhalten und eventuell in Straftaten verwickelt sind.

Als er das sagte, schlug sich Max auch den Schal vors Gesicht. Da musste ich lachen und meinte: »Hey, na und? Solange wir hier sind, können die uns doch nichts.« Ich sah mich herausfordernd um. »Oder hat einer von euch vor, irgendwann wieder zurückzugehen, nach Dar al-Kufr?«

Natürlich sagte keiner was. Aber Mirza (der Bruder aus Bosnien), der sich schon verhüllt hatte, nahm demonstrativ sein Palituch aus dem Gesicht und grinste mich an. Er benimmt sich immer mehr, als wär er mein kleiner Bruder. Vom Alter her könnte er das wohl tatsächlich sein, er ist höchstens siebzehn. Aber das ist okay, ich mag ihn. Ich legte ihm meinen Arm um die Schulter und zusammen strahlten wir in die Kamera.

Ich meine, sich für ein Werbevideo zu verhüllen, das wär doch voll der Widerspruch, oder nicht?

Und außerdem ist mein Bart inzwischen wieder prachtvoll gewachsen, nachdem ich ihn mir für die Ausreise extra kurz geschoren hatte. ☺

ich meine Sachen musterte: Stereoanlage, BVB-Wimpel und *Mavericks*-Poster an der Wand, daneben ein Regal mit Fantasyromanen. Nichts schien es wert, dass ich es mit nach Bonn nahm, in mein leeres, reines, weißes Zimmer bei Adil. Ich hatte eine fantastische Welt betreten, die weit jenseits von Mittelerde oder Aventurien lag, fern auch der, in der ich bisher zu Hause gewesen war. Oder zu sein geglaubt hatte.

Kennst du *Matrix*?, hatte Adil mich neulich gefragt. Genau so sei es hier in dieser Gesellschaft, meinte er. Du hältst das alles für real, dabei ist es nur Schein und Verblendung. Narkose. Irgendwann kommt Allah und zieht den Stecker. Plötzlich siehst du alles klar.

Ich zog meine Schuhe und Jacke an und rief: »Ich geh noch spazieren.«

Draußen war es beinahe mild, jedenfalls nicht kalt genug für weihnachtliche Gefühle. Am Himmel sah ich Sterne, aber nur einen Bruchteil von denen, die man zum Beispiel an der Nordsee sieht, denn der Smog aus Licht und Abgasen vernebelte das Firmament. War ich bereit, klar zu sehen? Wollte ich zulassen, dass Allah mir den Stecker zog, der mich an die Matrix band? Komischerweise zweifelte ich längst nicht mehr an seiner Existenz. Ohne irgendein aufregendes Erweckungserlebnis oder dergleichen hatte sich die Erkenntnis in meinem Innern eingenistet und kam mir auf unerklärliche Weise plausibel vor. Okay, die Matrix folgte ihren eigenen Regeln – ihren Naturgesetzen, ihren moralischen Normen, und solange man nichts anderes kannte, hielt man sie für zwingend logisch. Doch jenseits der Matrix begann eine ganz neue, viel größere Logik, ein unendlich viel tieferes Verständnis der Welt.

Der Wind wehte mir den Klang von Glocken entgegen. Ohne groß nachzudenken, folgte ich dem Geläut und betrat den neobarocken Kirchenbau, in den ich seit meiner Kindheit keinen Fuß mehr gesetzt hatte, nicht mal zur Christnacht. Vorne verlas der Priester irgendwas und seine Gemeinde quittierte es mit ungerührtem Schweigen. Die Christen in ihren Mänteln und Winterjacken, mit ihrer Leichenbittermiene und den vor dem Bauch verknoteten Händen erweckten nicht den Eindruck, als sei in dieser Nacht irgendwo ein Erlöser geboren. Nichts hier hatte mit Isa ibn Maryam zu tun, dem *Wort der Wahrheit* als Zeichen des Erbarmens für die Menschen – wie Jesus im edlen Qur'an bezeichnet wurde.

Beinahe floh ich aus der Kirche, taumelte die Stufen vor dem Portal hinab auf die Straße. Die Worte hatten sich soeben von allein in meinem Kopf geformt. Ich hatte sie zwar nicht gesprochen, aber deutlich gedacht, als spräche ich zu mir selbst. *Qur'an,* hatte ich gedacht, so wie Samira es aussprach und Adil und Abu Tarek und alle, mit rollendem R; nicht plump *Koran,* wie die Kuffar sagen.

Ich steckte mir einen Kaugummi in den Mund und betrachtete wieder den Himmel. Das Universum ist voller Supercluster. Jeder einzelne besteht aus Gruppen von Galaxien, die wiederum Millionen von Sternen bergen. Irgendwo gibt es dort eine kleine Milchstraße und ganz unscheinbar an deren Rand ein unauffälliges Sonnensystem. Flöge man durch das interstellare Nichts darauf zu, zöge an den großen Gasplaneten vorbei und auch an dem kleinen roten Punkt namens Mars, käme man zu einer winzigen blauen Perle, einem atmenden Staubkorn im All, auf dem sieben Milliarden Exemplare von Homo sapiens leben und lieben, essen und scheißen, gebären und töten und sterben. Eines von diesen sieben Milliarden stand hier auf der Straße zwischen einer scheinheilig erleuchteten Kirche auf der einen Seite und einem vor langer Zeit pleitegegangenen Sexkino auf der anderen und sehnte sich danach, seinem Schöpfer zu begegnen. Seinem wirklichen Schöpfer und nicht seinem biologischen Vater, dem es gefallen hatte, drei Kinder in die Welt zu setzen, ohne mit seinem eigenen Leben irgendetwas Sinnvolles anzufangen. Und der vor dem Fernseher schlief, in jener Nacht, während ich leise in mein altes Zimmer tappte und meine Bettdecke auf dem Boden in Richtung Mekka ausrollte, nachdem ich die Qibla, die Gebetsrichtung, mithilfe einer Smartphone-App bestimmt hatte.

47. Tag

Oh, Jakob, mein Bruder! Ya'qub! Akhi! Das habe ich nicht gewollt.

Aber der Reihe nach …

Mir hängt ziemlich nach, wie blöd wir beide auseinandergegangen sind, du und ich. Und ich hab schon lange überlegt, dich einfach anzurufen. Ich bin hier zwar in einer vollkommen anderen Welt, dabei aber auch bloß einen Anruf oder eine WhatsApp-Message entfernt. Also hab ich irgendwann Nasreddin gefragt, ob ich kurz mein Handy zurückhaben kann. Weil ich einen Freund und Bruder anrufen wolle.

»Wer ist es?«, fragte er. »Dieser Ya'qub?«

Keine Ahnung, ob ich am Anfang bei den Verhören deinen Namen erwähnt hatte oder ob er sich sonst wie über mein Umfeld informiert hatte – es war mir auch egal, woher er deinen Namen kannte. Er dachte jedenfalls, es ginge mir darum, dich doch noch zu überreden, zu uns zu kommen. Deshalb hatte er nichts dagegen.

Es war ein komisches Gefühl, mein Handy wieder in der Hand zu halten. Ich wollte dich anrufen. Hören, wie es dir geht, wie es mit Samira läuft und so. Hab es heute Morgen versucht, heute Mittag und dann noch mal am Nachmittag. Du gingst nicht dran, warst bei WhatsApp nicht aktiv, das kam mir plötzlich komisch vor. Da hab ich Samira angerufen und von ihr erfahren, was passiert ist.

Es tut mir unendlich leid. Wo immer du nun sitzt – ich denke fest an dich und bete um Geduld und Kraft für dich.

Natürlich hat Samira mir die Hölle heißgemacht. Dass du meinetwegen im Knast sitzt und dass ich schleunigst meinen Arsch nach Hause schaffen sollte, anstatt hier unten in Syrien Cowboy und Indianer zu spielen. Subhan Allah, sie hat doch echt keine Ahnung, was hier abgeht. Wie kann sie nur so anmaßend sein? Na ja, große Schwester halt, du kennst das …

Ich hab das Gespräch dann rasch beendet und plötzlich stand Nasreddin neben mir. Ich dachte schon, er wäre jetzt sauer, doch er tat ganz verständnisvoll und meinte, es bringt halt nichts, mit Verwandten zu telefonieren, das würde einen doch bloß runterziehen. Ich sollte stattdessen lieber den nächsten Panzer fotografieren, den ich plattmache, und das Bild auf Facebook posten. Das würde den Geschwistern in aller Welt Mut und Hoffnung machen.

Aber ich gab ihm das Teil einfach zurück und meinte, dass ich auf Panzer lieber mit der RPG schieße statt mit dem Handy. Soll er es meinetwegen verschenken oder auf den Müll werfen. Ich halte mich an mein Versprechen, dass ich kein Poser sein will. Und schon gar nicht, nachdem ich nun weiß, was mit dir geschehen ist.

Möge Allah (swt) dich stärken, Akhi!

25. Dezember/3. Rabi al-auwal

Das Familiespielen ging weiter, aber in ganz anderem Setting. Sarah und meine Mutter lebten mit deren neuem Mann Frank und dessen Tochter Leonie in einer Doppelhaushälfte am Stadtrand. Der Weihnachtsbaum verströmte frischen Tannenduft und Frank rannte in Kochschürze hin und her, um erlesene Köstlichkeiten zu servieren. Es war das perfekte Patchwork-Idyll.

»Hoffentlich ist das alles ohne Schwein«, bemerkte Sarah schelmisch. »Unser Bruder wird nämlich demnächst Moslem.«

»Muslim«, verbesserte Hannah ernst.

»Ach, du lieber Himmel«, rief meine Mutter. »Etwa darum dieser Bart? Kind!«

»So was wächst sich aus«, meinte Phil, der ja vom Leben allerhand zu verstehen schien.

»Der Bart wächst sich aus?«, witzelte Sarah. »Oder was?«

»Das sind Gänsekeulen«, erklärte Frank und rieb die Hände an seiner Schürze ab.

»Aber Jakob«, rief meine Mutter, »wie kommst du bloß auf so was?«

»Welche Richtung schwebt dir eigentlich vor?«, wollte Phil plötzlich wissen.

»Es ist angerichtet«, ließ Frank uns wissen. »Nehmt doch bitte Platz.«

»Wie – Richtung?«, fragte ich.

»Angerichtet.« Frank sah in die Runde. »Wer möchte einen Aperitif?«

»Na, da gibt es doch die verschiedensten Strömungen«, meinte Phil.

»Ich hätte Martini im Angebot«, sagte Frank, »oder Campari Orange oder einfach einen Prosecco.«

»Jakob trinkt bestimmt keinen Alkohol mehr«, spekulierte Sarah.

»Mich interessiert keine Strömung«, sagte ich. »Mich interessiert der ursprüngliche Islam. So wie der Prophet gelebt hat, Segen und Frieden auf ihm. Und wie die ganz frühen Gläubigen, die Salaf.«

»Salafismus?«, entfuhr es Phil. Da hatte sich Hannah ja einen absoluten Checker angelacht.

»Kind!«, rief meine Mutter.

»Also, wenn wir uns jetzt nicht setzen, ist gleich die Vorspeise kalt«, warnte Frank.

»Salafismus ist für Machos«, meinte Hannah. »Du bist doch kein Macho, Jakob.«

»Ich wollte mir zur Abwechslung mal selber überlegen, wer oder was ich bin«, gab ich zurück. »Gestern hat euch das noch nicht schockiert.«

»Gestern hast du auch nicht von Salafismus gesprochen«, hielt Hannah dagegen.

»Hab ich jetzt auch nicht, sondern du. Das ist nur ein Etikett.«

»Na, dann ist ja keine Gefahr im Verzug«, meinte Sarah, »alles bloß Etikettenschwindel. Ich nehme einen Prosecco bitte, Frank.«

Hannah fixierte mich und fragte: »Du findest das also gut? Du würdest deine Frau zwingen, sich zu verschleiern? Und sie im Zweifel verprügeln?«

»Jakob«, rief meine Mutter dazwischen, »was meint denn deine Schwester, wenn sie …«

»Jakob«, lächelte Frank, »vielleicht magst du stattdessen einen Orangensaft vorweg?«

»Niemand wird geschlagen oder zu irgendwas gezwungen«, sagte ich bemüht ruhig. »Das ist nur westliche Propaganda.«

»Also ich persönlich habe viele muslimische Freundinnen und

Freunde«, mischte sich Phil wieder ein. »Die praktizieren einen ganz liberalen Islam. Ich kann da gerne mal einen Kontakt herstellen.«

»Dann kann ich ja gleich in die Kirche gehen«, brummte ich. »Das ist reine Folklore. Weichgespült und marktkonform.«

»Der Bruder von Nilüfer aus meiner Stufe hat sich auch neulich so radikalisiert«, schaltete sich Franks Tochter Leonie ein. »Jetzt betet er ständig, glotzt komische Videos im Internet und beschimpft Nilüfer als Schlampe, weil sie kein Kopftuch trägt.«

»Vielleicht ist sie ja eine«, meinte ich. »Vielleicht sind wir alle Schlampen.«

Unvermittelt fror die Szene ein. Die anderen starrten mich an. [illegible] der mir gerade einschenken wollte, verschüttete seinen [illegible] und die Tropfen fielen wie ätzende Säure aufs Parkett, man [illegible]nte sie aufschlagen hören.

»Damit meine ich«, sagte ich leise, »dass wir uns alle ständig verbiegen und anpassen. Ich hab achtzehn Jahre lang Kompromisse gemacht. Das ist vorbei, inschallah.«

Niemand bewegte sich. Plötzlich kam ich mir tatsächlich wie im Film *Matrix* vor, in einem Bullet-Time-Effekt, wo nur ich selber agieren konnte, während um mich herum die Zeit anhielt. Ich ging langsam in den Flur und zog meine Jacke an.

Meine Mutter löste sich aus der Starre und kam auf mich zu. Sie streckte die Hand aus, hielt inne und ließ den Arm wieder sinken.

»Kind … du gehst einfach so?«

»Hör bitte auf, mich so zu nennen. Ich bin achtzehn. Und ich will euch nicht die Feier verderben.«

»Aber … dein Geschenk.« Als hielte sie mich tatsächlich für ein Kind, das man auf diese Weise überreden könnte. »Es ist doch Weihnachten.«

»Das Wort bedeutet gar nichts«, sagte ich. »Ob nun Weihnachten ist oder Muttertag oder Armageddon – ich sehe nur noch Phrasen, leere Hüllen.«

Ich schulterte meinen Rucksack und schaute durch den Flur ins Wohnzimmer zurück, wo Sarah, Frank und Leonie, Hannah und Phil noch immer so reglos dastanden wie ein Familienporträt in Öl und mich fassungslos anstierten.

»Ich melde mich, Mama«, sagte ich versöhnlich. »Frohes Fest euch allen noch.«

Ich ging durch menschenleere Straßen wie ein Fremder durch ein fremdes Land. Plötzlich war ich erwachsen geworden, stellte ich fest. *Ent*-wachsen. Herausgewachsen aus dieser Vorstadtwelt und meinem alten Leben. An einer unwirtlichen Kreuzung blieb ich stehen und holte das Handy heraus.

»Oh, hallo, Jakob«, sagte Samira. »Ich wünsche dir frohe Weihnachten – falls du das feierst.«

»Nein, tu ich nicht. Das ist alles Götzendienst. Sie beten nicht dieses Kind in der Krippe an, sondern bloß ihre Konsumgüter. An so was kann ich nicht mehr glauben. Ehrlich gesagt …« Ich schluckte. Dann sagte ich mit fester Stimme: »Ehrlich gesagt glaube ich, dass es überhaupt nichts Anbetungswürdiges gibt außer Gott. Und dass Muhammad sein Gesandter ist.«

»Jakob … Jakob, ist dir bewusst, was du da gerade gesagt hast?«

»Ja.« Wieder musste ich schlucken. »Vollkommen.«

»Kannst du es auf Arabisch sagen?«

»Aschhadu an la ilaha illa 'llahu«, sagte ich und spürte eine kleine Träne an meiner Wange herablaufen. »Wa-aschhadu anna Muhammadan rasulu 'llah.«

»Alhamdulillah, jetzt bist du ein Muslim«, flüsterte sie. »Willkommen, Akhi.«

2. Januar/11. Rabi al-auwal

In den Straßen verrotteten die schmutzigen Reste des Silvesterfeuerwerks und hinter vielen Fenstern blinkte noch die Weihnachtsdeko. Wir aber feierten etwas anderes: Maulid an-Nabi, den Geburtstag unseres Propheten – Segen und Frieden auf ihm. Jedenfalls dachte ich, wir würden es tun. Doch im Auto auf dem Weg zur Moschee belehrte mich Adil, das sei eigentlich gar nicht islamisch.

»Das ist *Bid'a*«, sagte er, »eine Hinzufügung. Eine Art Ersatzweihnachten für die Mainstream-Muslime. Im ursprünglichen Islam wurde der Propheten-Geburtstag nicht gefeiert. Also tun wir das auch nicht.«

»Okay«, nickte ich.

Es gab so unglaublich viel, was man falsch machen konnte. Und ob ich nun an die Hölle glaubte oder nicht – ich fühlte mich getrieben von dem Ehrgeiz, sofort alles richtig zu machen, am liebsten noch besser als alle anderen. Ja, ja. Dass so was typisch sei für Konvertiten, dass neue Muslime oft voller Übermut übers Ziel hinausschössen und so weiter – das hatte ich ja alles in diversen Foren gelesen und mir vorgenommen, die Sache langsam anzugehen. Step by step. Doch das Feuer, das in mir brannte seit dem Augenblick, in dem ich die Schahada ins Telefon gesprochen hatte, in Samiras Ohr, dieses Feuer schien alles verzehren zu wollen. Auch deshalb war ich furchtbar aufgeregt, als Adil seinen uralten Volvo mit dem belgischen Kennzeichen ins Industriegebiet lenkte und in die Straße, in der die Moschee lag.

Zwei Monate zuvor war ich zum ersten Mal durch diese Straße gegangen, hatte wie ein Tourist durch die Stäbe gespäht, ein Zaungast im wahrsten Sinne des Wortes. Zwei Monate und ein ganzes Leben. Heute kam ich als neuer Bruder, um von den Geschwistern begrüßt zu werden. Fast bedauerte ich, dass die Fotorentner diesmal nicht da waren. Vielleicht machten sie Winterferien. Über Facebook und WhatsApp hatte sich meine Rechtleitung längst in der Gemeinde herumgesprochen und ich musste etliche Hände schütteln und in viele frohe Gesichter lachen – Hände und Gesichter der Männer, versteht sich; und nur verstohlen suchten meine Augen nach Samira.

Unsere Blicke trafen sich nur kurz und von außen deutete nichts darauf hin, dass vor wenigen Tagen am Telefon etwas ganz Besonderes zwischen uns geschehen war. Als ich Adil nach meiner Rückkehr aus Dortmund davon berichtet hatte, hatte er einen Moment lang geschluckt, mich dann aber überschwänglich beglückwünscht. Für ihn zählte wohl nicht, zu wem ich den alles entscheidenden Satz gesagt hatte. Vielmehr benahm er sich, als sei er ganz allein es gewesen, der mich zum Islam gebracht hatte. Er führte mich stolz umher und zog mich zuletzt zu der kleinen Gruppe der Älteren. Anders als bei uns Jüngeren waren hier die Deutschstämmigen in der Minderheit. Die meisten sahen in ihren Dschellabas, mit ihrer dunklen Haut und ihren imposanten Bärten wie orientalische Würdenträger in alten Filmen aus. Nur einer von ihnen trug einen grauen Anzug und hatte den Bart akkurat gestutzt.

»Ibn Ibrahim, mein Chef und Vermieter«, sagte Adil. »Also *unser* Vermieter.«

Der Mann drückte meine Hand. »Willkommen, Akhi. Ich freue mich, dass du, alhamdulillah, zum Glauben gefunden hast. Und dass Adil einen neuen Mitbewohner hat, nachdem Benjamin-Dschamal fortgegangen ist – möge Allah ihn ins Paradies aufnehmen.«

»Danke«, murmelte ich und warf Adil einen Blick zu.

Wir gingen hinein.

Zu Beginn seiner Predigt rief Abu Tarek mich nach vorn. Mit

hochrotem Kopf stand ich neben dem Mann, den ich aus Hunderten von Videos kannte und der mir daher auf seltsame Weise so vertraut vorkam wie ein alter Kumpel. Genauso verlegen stand ich da vor der Gemeinde wie zwei Monate zuvor mein neuer Bruder und Facebook-Freund Jonas Laubach. Damals hatte ich zugesehen, wie der schmächtige Blondschopf mit der Hornbrille das Glaubensbekenntnis ablegte. Er hieß jetzt Abdul und saß mitten unter den Brüdern, eine Häkelmütze auf dem rasierten Kopf und einen fröhlich sprießenden blonden Bart ums Kinn. Und ich stand hier.

Abu Tarek pries den Allbarmherzigen, dem es gefallen hatte, mich rechtzuleiten; und er dankte dem Bruder Adil, der mich auf meinem Weg begleitet und unterstützt habe. »Takbir!«

»Allahu akbar!«

Ich sah über die Reihen der Brüder hinweg zu den Frauen, suchte und fand Samiras Blick. Es war nicht zu erkennen, ob sie stolz auf mich war oder traurig, weil Abu Tarek ihren Bruder lobte und nicht sie, obwohl sie es doch gewesen war, die mir den Glauben aufgeschlossen hatte. Im Augenwinkel sah ich, wie Adil meinem Blick folgte und sich kurz zu ihr umdrehte.

Später beim Essen, bei dem natürlich Männer und Frauen ebenfalls strikt getrennt saßen, beugte er sich zu mir herüber und fragte leise: »Sag mal – Samira und du, telefoniert ihr eigentlich oft?«

»Wieso fragst du das, Akhi?«

Es gefiel mir, dass ich ihn nun so nennen konnte. Es schuf eine neue Vertrautheit zwischen uns, die weit über die Art von Freundschaft hinauszugehen schien, die ich mit Bartek und den Jungs zu Hause erlebt hatte.

Umso mehr traf es mich, als er sagte: »Wenn ein Mann und eine Frau sich auf diese Art nähern, ist meist der Schaitan der Dritte im Bunde.«

Plötzlich stand Abu Tarek hinter uns und ich fühlte mich richtiggehend ertappt – bei was auch immer.

»He, der Bruder ist gerade ganz neu bei uns und du drohst ihm schon mit dem Schaitan?«, fragte er Adil mit breitem Grinsen. Ich entspannte mich. Zu mir sagte er: »Pass auf, Akhi, du sollst ganz behutsam in den Glauben hineinwachsen. Viele Konvertiten nehmen sich am Anfang zu viel vor und scheitern dann. Das wäre das Schlimmste. Nach vorn geht es immer, aber zurück niemals. Der Islam ist ein One-Way-Ticket.«

»Ich weiß.«

Er legte mir eine Hand auf die Schulter.

»Schau dir die Schwestern an«, fuhr er fort. »Einige sind schon ein paar Monate dabei, tragen aber noch keinen Hijab. Weil sie noch nicht so weit sind. Allah – subhanahu wa-ta'ala – kann warten. Würde eine von ihnen im Eifer gleich den Schleier nehmen, es später bereuen und ihn wieder ablegen, wäre das hingegen eine große Sünde.«

»Ich weiß«, wiederholte ich. Den Text kannte ich längst aus einem seiner Videos. Vermutlich hatte er ihn schon zu Hunderten von Konvertiten gesagt. Kurz flog mein Blick über die Tische der Frauen und blieb an Samira hängen, die sich angeregt unterhielt.

Abu Tarek holte mich zurück. »Hast du dir schon einen islamischen Namen überlegt?«, fragte er unvermittelt.

»Oh …«, machte ich. Von wegen behutsam hineinwachsen und so.

»Brauchst du eigentlich gar nicht«, meinte er. »Du trägst ja schon den Namen eines großen Propheten. Auf Arabisch heißt es Ya'qub. Da kannste mal drüber nachdenken.«

Er nahm die Hand von meiner Schulter und setzte seinen Rundgang fort oder was immer das war: Er beugte sich zu diesem oder jenem Bruder hinab, fing eine Plauderei ein, wie geht's den

Kindern, was macht die Uni. Er war ein bisschen der Patenonkel von uns allen hier.

Kinder und Uni kamen hier übrigens häufig vor, hatte ich schon festgestellt. Denn obwohl die meisten Geschwister nicht viel älter waren als ich, rannten überall kleine Kinder herum und füllten die Halle mit ausgelassenem Jauchzen. Das Verbot von Sex und überhaupt jeglichem Kontakt zum anderen Geschlecht außerhalb von Ehe und Familie schien sich jedenfalls förderlich auf den Nachwuchs auszuwirken. Unwillkürlich suchte mein Blick wieder nach Samira, die noch immer ins Gespräch vertieft war.

»Du hast es gut«, sagte ich zu Adil, »du brauchtest dir keinen neuen Namen auszusuchen.«

Plötzlich flogen mir halb zerkaute Zwiebelstückchen ins Gesicht.

»Oh, sorry, Akhi.« Hanif, der uns gegenübersaß, schlug die Hand vor den Mund, um seinen Lachflash zu bändigen.

»Was ist?«, fragte ich entgeistert und sah von ihm zu Adil neben mir, der die Augen verdrehte.

»Sag's ihm, Akhi«, prustete Hanif unterdrückt, »na los.«

Doch Adil winkte ab. Hanif schaffte es mit letzter Kraft zu schlucken, dann brach es aus ihm heraus: »Adil hieß nicht immer Adil. In seinem Ausweis steht ... nein, das glaubst du mir nicht.«

Adil stieß einen Seufzer aus und knurrte: »Meine Eltern nannten mich Peer.«

»Ein guter Name für einen Jungen aus Hamburg«, grinste ich. »Und wie hieß Samira früher?«

»Imke.«

Wieder musste ich zu ihr hinsehen. In dem Augenblick, als hätte sie über etliche Tischreihen hinweg unser Gespräch verfolgt, lächelte sie mich an.

Konnte der Schaitan so hinterlistig sein? Konnte Adil wirklich recht damit haben, dass meine Gespräche mit ihr unsere Seelen in

Gefahr brachten? Aber wenn es so wäre, hätte Samira mich doch gleich am Anfang abblitzen lassen. Okay, sie hatte schon versucht, mich abzuwimmeln, aber eher halbherzig. Und ich selber hatte es mir irgendwie zurechtgebogen mit diesen theoretischen Erwägungen. Vor Gott allerdings konnte man nichts zurechtbiegen, denn er kannte meine wahren Gefühle. Vielleicht sogar besser als ich selbst.

Vor diesem Gedanken erschrak ich plötzlich. Also weniger vor der Allwissenheit Allahs, sondern davor, dass ich wirklich mehr für Samira empfand, als ich mir die ganze Zeit über hatte eingestehen mögen. Bis vor ein paar Tagen hatten solche Fragen ja auch noch keine Rolle für mich gespielt. Jetzt aber schon. Plötzlich zählte, was ich tat. Jede Handlung, jedes Wort, jeder Gedanke würde am Ende auf die Waage gelegt. Nichts war mehr gleichgültig, alles hatte eine Bedeutung. Wow.

Trotzdem musste ich sie noch ein einziges Mal anrufen. Nur einmal noch. Das würde Allah mir nachsehen.

3. Januar/12. Rabi al-auwal

»Ya'qub, maschallah«, lachte sie am anderen Ende der Leitung. »Das klingt schön. Darf ich dich trotzdem weiter Jakob nennen? Ich hab mich so daran gewöhnt.«

»Okay. Dafür werde ich dich niemals Imke nennen.«

»Hey, hat Adil sich verplaudert?«

»So kann man das nicht sagen«, meinte ich. »Wie bist du auf den Namen Samira gekommen?«

»Ich hab gelesen, dass er in etwa die Bedeutung von *nächtliche Gesprächspartnerin* hat.«

»Oh, wie passend.«

»Nicht wahr? Aber bezieh es bloß nicht zu sehr auf dich, Akhi.« Wieder lachte sie. »Schon vor meiner Rechtleitung hab ich gern bis weit in die Nacht mit Freundinnen telefoniert. Und hab natürlich gemerkt, dass das eine Stärke von mir ist. Also mit Menschen zu reden, ihnen zuzuhören, über den Sinn des Lebens zu quatschen und so was.«

»Ja, ähm … apropos. Vielleicht wäre es gut, wenn ich dich in der nächsten Zeit nicht mehr so oft anrufe.«

»Ach.«

Ihr Lachen war verschwunden. Ich konnte fast hören, wie sie befremdet die Augenbrauen hochzog. Ich rang nach einer Erklärung. Gestern Abend war ich mir sicher gewesen, dass ich ihr das sagen musste, aber plötzlich fühlte es sich absurd an.

»Ja, nun …« Ich kam mir wie in einer Prüfung vor. Wo der Lehrer absichtlich dumm tut, um den Schüler auf die Probe zu stellen. »Ich möchte nicht, dass wir uns der Fitna aussetzen, also der Versuchung, weil es …«

»Versuchung?«, fragte sie kühl. »Was sollte uns bitte schön in Versuchung führen?«

Ich schwieg betroffen. Warum half sie mir nicht? Wozu war ich innerlich den ganzen Weg gegangen, wenn sie es mir jetzt so schwer machte?

Sie sagte: »Im Herbst wusstest du noch gar nichts vom Islam und jetzt willst du *mich* über Fitna belehren?«

»Nein«, rief ich, »Unsinn. Ich will bloß … inschallah, alles richtig machen.«

»Ich weiß.« Das klang versöhnlicher. »Sortiere dich in Ruhe. Wenn du dich sicherer fühlst, kannst du ja mal wieder anrufen.«

»Okay, danke, ich …«

»As salamu alaikum«, sagte sie.

Klick.

»Wa-'alaikum as salam«, flüsterte ich und starrte auf das Telefon.

Behutsam hineinwachsen? Gar nicht so einfach. Erst recht nicht mit One-Way-Ticket.

49. Tag

~~Heute war so ein Tag, wo mich – na, ich will es nicht Zweifel nennen. Wo mich halt so Fragen beschleichen. Fragen, die ich …~~

ach, keine ahnung. bin voll im eimer. schreib morgen weiter.

4. Januar/13. Rabi al-auwal

Ya'qub hat sein Profilbild geändert.
Ya'qub hat seine religiösen Ansichten in *Salafiyya* geändert.
Ya'qub hat eine neue Arbeitsstelle als *Diener Allahs (swt)* begonnen.
Hamit Krämer, Proud Muslim, Laura Aischa und 176 anderen gefällt das.

Das war Sonntagfrüh, kurz nach Fadschr, dem Gebet vor Sonnenaufgang. Meine neuen Geschwister waren schon wach.

Maschallah, Akhi, willkommen im Islam.
Wie schön, Ya'qub, dass du dabei bist! Alhamdulillah!
Allahu akbar! Hau rein, Alter!

Abdul Köln möchte mit dir befreundet sein.
Maja Mudschahida möchte mit dir befreundet sein.
Lukas Schahid Mitzelewski möchte mit dir befreundet sein.

Gegen zehn Uhr standen die ersten Kuffar auf.

Wow. Mein erster eigener Shitstorm.

Soll das ein Witz sein? Wenn, dann ist er nicht lustig.
Juli.

Wer hat dir denn ins Hirn geschissen?
Marco (aus meinem alten Basketballverein).

Du hast sie wohl nicht alle! Wegen Typen wie dir
ist Deutschland bald komplett am Arsch.
Frerik (aus meinem Semester).

O!M!F!G! Mach bitte keinen Scheiß, Jakob!
Paula (aus meiner alten Stufe).

Geh doch am besten gleich zu Al-Qaida.
Henri. (Vergessen, von wo ich den kannte.)

Mein Handy klingelte. Bartek. Ich drückte ihn weg.

Finger weg vom Salafismus! Die Salafisten bringen den ganzen Islam in Verruf. Eine Beleidigung für Gott und den Propheten!
Yilmaz (aus meiner Grundschule).

Bartek rief wieder an. Ich drückte ihn wieder weg.

Wie kann man als Bio-Deutscher freiwillig ein Ziegenficker werden?

Offenbar hatte ich die Kommentarfunktion für Freunde von Freunden geöffnet. Das sollte ich dringend ändern.

Das Chatfenster ploppte auf.

Bartek: Verdammt, Jacko, geh ans Telefon! Wir müssen reden!

Ich klickte das Fenster zu.

Ich hoffe, ihr geht alle bald nach Syrien und krepiert elendig in eurem heiligen Krieg.
Anderer Freund eines anderen Freundes.

Ich warf mich auf die Welle des Hasses, als könne ich darauf surfen. Es fühlte sich fantastisch an.

Und dann kam der Gegenangriff. Adil, der eigentlich in Ibn Ibrahims Lagerräumen Frühschicht hatte, führte die Streitmacht an. Aus allen Himmelsrichtungen eilten die tapferen Mudschahidin zu meiner Verteidigung herbei; sie fielen über die kränkenden Postings her, konterten sie mit Qur'an-Zitaten oder wissenschaftlichen Fakten, mit ironischen Sprüchen und wüsten Beschimpfungen. Ich selbst griff nicht ein, hätte gar nicht gewusst, wo anfangen. Ich saß dabei und verfolgte die wüste Schlacht, die sich bis in den Nachmittag zog.

Gegen sechzehn Uhr tauchte ein Kommentar von Betül auf, Barteks Ex. Sie schrieb:

> Die Nazi-Kommentare hier sind natürlich Schwachsinn, aber davon abgesehen finde ich euch Salafisten wirklich anmaßend. Nur Allah und sonst niemand kann beurteilen, wer ein guter Muslim ist und wer nicht.
> Bzw. überhaupt ein guter Mensch!
> Und Gott weiß es am besten!

Nun reagierte ich doch; ich löschte Betül von meiner Freundesliste. Das war der Beginn eines großen Aussiebens. Auf meiner Liste fanden sich alte Mitschüler, Leute vom Basketball, Kommilitonen, flüchtige Partybekanntschaften und so weiter; bis vor zwei Wochen waren es rund vierhundert Leute gewesen. Seit meiner Rechtleitung hatte sich die Zahl verdoppelt. Den meisten meiner neuen *Freunde* war ich nie im analogen Leben begegnet. Trotzdem schienen wir einander vertraut wie Geschwister – wie Geschwister, die man als Babys getrennt hatte und die einander auf wundersame Weise doch erkannten: Menschen meines Alters, einige mit türkischen oder arabischen, bosnischen, albanischen Wurzeln, in der Mehrzahl aber junge Deutsche, denen es meistens objektiv an nichts mangelte – nicht an Geld oder Bildung noch an Freunden oder schönen Hobbys. Trotzdem schrieben sie von der Leere in ihrem alten Leben, der langen Suche nach Sinn und der unvergleichlichen Freude seit dem Übertritt zum Islam. Wir nannten einander *Akhi* und *Ukhti*. Keinem Menschen meines alten Lebens hätte ich mich jemals nah genug gefühlt, dass ich ohne rot zu werden *Bruder* oder *Schwester* zu ihnen hätte sagen können. All meine alten Freunde hatten sich in Wahrheit nie für mich interessiert, wurde mir plötzlich bewusst; für gemeinsame Interessen vielleicht, ja, für Musik, Filme, Sport, Partys und die Frage, wer gerade mit wem schlief; nicht jedoch dafür, wie es in meinem Innersten aussah. Was das betraf, war ich eigentlich immer allein gewesen. *Allein wirst du in deinem Grab liegen.* Ich warf sie alle hinaus – auch Torben und Juli und Weizen-Paul, Vicky aus meiner alten WG und als Letztes sogar meine Schwestern. Auch Liz hätte ich gern *entfreundet*. Aber die war gar nicht auf Facebook.

Gegen siebzehn Uhr hatte ich die Liste auf die Hälfte gestutzt. Zum Schluss rief ich Barteks Profil auf und zögerte. Vor einer Stunde wären dort Bilder unserer *gemeinsamen Freunde* angezeigt worden. Jetzt, nach dem großen Aussieben, gab es nur noch ihn allein. Der Mauszeiger wanderte über das Feld *Als FreundIn entfernen*. Mein Fingernagel kratzte an der Maustaste.

Da hörte ich das Geräusch des Wohnungsschlüssels im Türschloss. Aus einem Reflex schloss ich den Browser.

»Hey, was für ein Fight«, rief Adil, »subhan Allah!«

»Allerdings«, brummte ich. »Es kommt mir vor, als sei mein altes Leben eine Ansammlung von Arschgeigen gewesen.«

»Das kenne ich«, nickte er. »So ging es bisher jedem von uns. Als der Allbarmherzige mich rechtgeleitet hat, da dachte ich, meine Freunde würden sich für mich freuen. Dass ich endlich zu mir selbst gefunden habe und so. Wie naiv von mir!«

»So was habe ich gar nicht erwartet. So viel Hass aber auch nicht.«

»Tut gut, was?«

Überrascht sah ich ihn an.

»Ja. Seltsam, eigentlich.«

»Gar nicht seltsam. Du hast eine Entscheidung getroffen, das macht die Leute aggressiv.« Er setzte sich zu mir an den Küchentisch. »Das ist doch der Grund, warum sie den Islam hassen. Sie hassen Entschiedenheit. In dieser Welt hier kann jeder alles sein und auch das Gegenteil davon. Du kannst deine Einstellungen wechseln wie deine Unterhose. Die Kuffar labern von Toleranz. Aber eigentlich meinen sie damit, dass ihnen alles egal ist, weil sie sich für niemand wirklich interessieren. Nur wenn jemand aus dieser Toleranzlüge ausbricht, wenn einem plötzlich nicht mehr alles egal ist, dann rasten sie aus. Darum haben sie Angst vor uns. Von wegen *Islamisierung des Abendlandes*.« Er lachte bitter. »Die fürchten sich nicht davor, dass wir hier überall Moscheen bauen. Sondern davor, dass ihnen Zweifel an ihrem eigenen Weltbild aus Stumpfsinn und Gleichgültigkeit kommen könnten. Ihre Furcht macht uns stärker. Sie fürchten unseren Mut.«

»Ja«, sagte ich. »Weil wir ein One-Way-Ticket gebucht haben, ich weiß. Manchmal fürchte ich mich sogar selber noch vor meinem Mut.«

»Lass uns gemeinsam beten.« Adil sah auf sein Handy und stand auf. »Bald ist die Zeit für das Ischa'-Gebet. Ich geh rasch duschen.«

Ich sah ihm nach, wie er die Küche verließ und im Bad verschwand. Verstohlen öffnete ich den Browser wieder. Subhan Allah, so ein Wort: *verstohlen*. Das kommt in Büchern vor. Es gab doch nichts zu verbergen. Nur weil ich noch einmal lange das Profil von Bartek betrachtete. Ohne es zu löschen. Und dann das von Samira. Die meine Freundschaftsanfrage noch immer nicht beantwortet hatte. *Verstohlen* kann man ja gerade auf Facebook gar nichts tun. Außer stumm davorzusitzen. Gedankenverloren zog ich eine Kaugummipackung aus meiner Hosentasche und schob mir einen in den Mund, dann erschrak ich. Rasch googelte ich nach *Kaugummi* und *haram* und erschrak noch mehr, als ich las, dass Kaugummis doch wahrhaftig Alkohol enthielten! In einem islamischen Forum wurde aber erklärt, dass es sich lediglich um Glycerin und andere mehrwertige Alkohole handle, während sich das islamische Verbot auf Ethanol bezieht, das durch Gärung entsteht und an dem man sich berauschen kann. Puh. Was man alles beachten muss …

Ich kaute nachdenklich und musste mir leider eingestehen, dass ich mich Samira gegenüber wie ein Idiot verhalten hatte. Mann, dabei wollte ich doch bloß wahrhaftig sein. Das war aber schwer, solange der alte Jakob dem neuen Ya'qub dauernd dazwischenquasselte. Ich schloss den Browser und schaute in mein E-Mail-Postfach. Dort türmten sich virtuell die Arbeitsaufträge von Golski. Vielleicht könnte ich meine Wahrhaftigkeit mal an ihm ausprobieren.

50. Tag

Gestern war ich wohl ein bisschen zu durcheinand… leicht auch zu müde für einen sinnvollen Eintrag in dieses Buch.

Ich wollte dir von unserer jüngsten Schlacht berichten. Von einem Kampf gegen Männer, die eigentlich unsere Brüder hätten sein können. Oder auch nicht, ich kriege das einfach nicht richtig zusammen, denn selbst die Peschmerga, gegen die ich bis jetzt gekämpft habe, sind ja eigentlich Muslime, wobei Nasreddin uns erklärt hat, dass jeder Muslim, der sich gegen das Kalifat stellt, automatisch ein Murtad ist; und Murtadin verdienen nun mal den Tod, so einfach ist das. Bei den Kurden mag das ja einleuchten, ich meine – die haben sich doch immer wieder verkauft; erst an Assad, jetzt an die Amis. Doch die Männer, gegen die wir heute gekämpft haben, gehörten zu al-Nusra. Ihre Fahne sieht wie unsere aus. Wie kann ich auf Leute schießen, die die Schahada auf dem schwarzen Banner vor sich hertragen, genau wie wir das tun?

Na, scheiß drauf, das war eine rhetorische Frage – ich habe geschossen und gar nicht schlecht. Das ist eben Krieg, Mann. Du kriegst Befehle und du führst sie aus. Klingt banal, wie aus einem schlechten Film, was? Ist aber was dran. Macht eben manches einfacher. Trotzdem hat Nasreddin versucht, uns zu erklären, dass die Nusra von al-Qaida gegründet wurde, um gegen Assad zu kämpfen und auch gegen die korrupte FSA, also diese sogenannte Freie Syrische Armee; dass ihr Anführer al-Jaulani sich aber weigert, sich uns anzuschließen, also dem IS und unserem Kalifen al-Baghdadi, und stattdessen az-Zawahiri die Bai'a geleistet hat, also dem Chef der Qaida; wobei ich, unter uns gesagt, noch immer nicht richtig durchblicke, ob wir nun eigentlich auch zur Qaida gehören oder al-Qaida eher zu uns, und wenn die Nusra zur Qaida gehört und die Qaida zu uns, warum kämpfen wir dann gegen die Brüder? Aber Nasreddin sagt, dass az-Zawahiri zur Einigung vorgeschlagen habe, dass die Nusra sich um Syrien kümmert und wir uns um Iraq, aber dass der Kalif gesagt hat, dass das eine Grenze ist, die vor hundert Jahren die alten Kolonialmächte gezogen haben, und das kann ja wohl nicht für uns gelten. Und dass er, also der Kalif, jetzt al-Jaulani als Murtad ansieht, also als Verräter, und dass er die Nusra weiterhin als Teil des Kalifats betrachtet. Und trotzdem sind die Typen von der Nusra jetzt alle Murtaddin und müssen getötet werden. Bzw. genau deswegen. Kommst du so weit mit?

Verdammt, es ist kompliziert. Und Nasreddin sagt, das Kalifat hat sowieso keine Grenzen, nur Fronten. Und da, an der Front, stehen halt wir.

Und in der Schlacht ging ich ziemlich weit nach vorn, denn ich dachte, hey, vielleicht nicht schlecht, von einem Al-Nusra-Kämpfer erschossen zu werden, das bleibt ja fast in der Familie. ☺

Aber keine dieser Kugeln streifte mich auch nur. Ich bin unverletzt und quietschlebendig und alle halten mich für einen der mutigsten, tollkühnsten Kämpfer, den sie seit Langem gesehen haben.

Ich muss bloß einen Weg finden, meinen quasselnden Kopf auszuschalten …

5. Januar/14. Rabi al-auwal

»Ich fürchte, das müssen Sie näher erläutern«, sagte Golski, hörbar um einen neutralen Tonfall bemüht. »Sie wollen – respektive Sie *können* – diesen Text nicht redigieren, weil es um eine Infokampagne zum Thema Queer und Transgender geht?«

»Genau.«

»Weil das Ihren religiösen Gefühlen widerspricht?«

»Ja.«

»Von denen Sie – nur damit ich das richtig verstehe – vor wenigen Wochen noch nicht mal geahnt haben, dass Sie sie jemals entwickeln könnten? Also – solche religiösen Gefühle?«

»Richtig.«

»Das finde ich …« Er rührte den fair gehandelten braunen Zucker in seinen Tee. »Das finde ich ganz schön spannend.«

»Was jetzt?«

»Ihre neuen Ansichten.«

»Das sind keine *Ansichten*«, widersprach ich kühl. »Das ist Qur'an und Sunna.«

Golski verzog das Gesicht. Ich auch. Versuchte ein Grinsen zu unterdrücken. *Spannend.* Aha.

»Sehen Sie, Jakob«, begann er und nippte von seinem Tee, »ich will nicht intolerant sein. Ich habe mich immer für Religionsfreiheit eingesetzt und ich bin überzeugt, dass sich der Islam in diese Gesellschaft integrieren kann. Aber die Grenzen meiner Toleranz verlaufen dort, wo die Intoleranz anderer anfängt.«

»Ich bin diesen Leuten gegenüber nicht intolerant«, sagte ich. »Die können tun, was sie wollen, und dann eben für den Rest aller Zeiten in der Hölle braten, das ist mir gleich. Aber ich muss sie doch nicht darin unterstützen.« Glaubte ich, was ich da sagte? Es kam aus mir hervor, als spräche jemand anderes. Und als sei der sich seiner Sache verdammt sicher. Seltsamerweise war es genau das, was mir daran gefiel. »Es widerspricht nun einmal meinem Glauben, zu dem Allah – subhanahu wa-ta'ala – mich rechtgeleitet hat, alhamdulillah.«

Diesmal war er es, der ein Grinsen unterdrücken musste.

»Sie haben das brav auswendig gelernt«, meinte er. »Doch ich nehme Ihnen einfach nicht ab, dass Ihr Weltbild in so kurzer Zeit tatsächlich so dramatisch gekippt sein soll.« Er breitete die Arme aus, als wolle er mich an sich drücken. Oder mir das Genick brechen. »Ich habe Sie als intelligent und aufgeschlossen kennengelernt. Ich schätze Ihre analytischen Fähigkeiten. Wer oder was hat Sie bloß derart manipuliert?«

»Was macht Sie so sicher, dass nicht *Sie* es sind, der manipuliert wird?«, fragte ich scharf.

Unvermittelt zog er die Arme ein und verschränkte sie vor der Brust.

»Wenn einem klar wird, dass diese sogenannte westliche Lebensweise auf der wirtschaftlichen und ökologischen und auch seelischen Ausbeutung der restlichen Welt beruht; wenn man zu verstehen beginnt, dass die Unterdrückung der Frau in Wahrheit ganz bestimmt nicht im Islam stattfindet, sondern auf *youporn* und in den Castingshows im Fernsehen – ist das dann manipulativ? Wenn ich nicht länger zuschauen kann, wie Israel die Kinder von Gaza hinschlachtet? Wie Amerika mit seinen Drohnen und Folterknechten Leichen auf Leichen häuft, als gäb es für den Highscore ein paar Extraleben?«

Golski wiegte den Kopf hin und her und sagte: »Ich teile Ihre Analyse, aber nicht Ihre Schlussfolgerung. Und ich habe mir in meinem langen Leben eine gewisse Skepsis zugelegt, was Ideologie betrifft.« Er lächelte in sich hinein. »Ich war lange genug Kommunist, um zu verstehen, dass man Menschen nicht unter

Zwang zum Glück führen kann. Das Paradies lässt sich nicht auf Anordnung von oben errichten.«

»Ihres zumindest nicht«, nickte ich und klang sehr abgeklärt. »Sie wollten das Paradies im Diesseits. Wir nicht. Uns geht es um die Ewigkeit.«

Sein Lächeln war erloschen. Er rieb sich mit Daumen und Mittelfinger die Nasenwurzel, schaute dann an mir vorbei und sah ein wenig hilflos aus.

Großzügig sagte ich: »Ich will Ihnen keine Probleme bereiten, Herr Golski, und auch Ihre Toleranz nicht überbeanspruchen.« Wie von allein erhob ich mich. »Wenn Sie es für besser halten, unsere Zusammenarbeit zu beenden …«

»Nein, junger Mann«, rief er und sprang auf. »Ich gebe Sie noch nicht verloren.«

Unwillkürlich musste ich lächeln. Die Formulierung hatte etwas Rührendes.

»Okay«, sagte ich schließlich. »Vielleicht können wir uns arrangieren.«

Der Mann kämpfte um mich. Das sollte mir zu denken geben, überlegte ich auf dem Heimweg, schließlich war Golski für mich immer eine Art Mentor gewesen. Doch die Scheu, mit ihm zu brechen, gehörte zu dem alten Jakob. Der neue Ya'qub dachte anders, und da er nicht in Clubs und Kneipen ging, nicht auf Konzerte oder ins Kino, keinen Alkohol trank und keine Musik hörte, kam er mit erstaunlich wenig Geld aus. Nein, um Kohle ging es nicht. Aber der Gedanke, den Job bei Golski hinzuschmeißen, hatte etwas Endgültiges, das mich erschaudern ließ.

Andererseits – war ich ihm nicht inzwischen überlegen? Nie zuvor hatte ich mit einem erwachsenen Menschen so gesprochen. So als wäre ich der Boss und er der Mitarbeiter. Als wäre er achtzehn Jahre alt und ich weit über fünfzig. Als hätte ich Autorität,

Erfahrung, Weitsicht. So muss sich Anakin Skywalker gefühlt haben, als er schnallte, dass er es draufhat. Maschallah, die Macht war mit mir. Beziehungsweise *Baraka*, die Segenskraft Gottes. Leider drehte sich draußen auf der Straße niemand nach mir um, niemand erkannte den Rechtgeleiteten in mir, solange ich weiter in meinen alten, westlichen Klamotten herumlief. Das sollte ich dringend ändern.

Mein Handy brummte. Meine Mutter, zum x-ten Mal. Ich hatte sie immer weggedrückt. Aber jetzt nahm ich das Gespräch an; wer weiß, wann ich mich wieder mal derart souverän fühlen würde wie in diesem Augenblick.

»Gott sei Dank, dass ich deine Stimme höre«, rief sie atemlos. »Ich hab mir solche Sorgen gemacht. Wo bist du?«

»Na, wo schon? In Bonn.«

Sie seufzte erleichtert. Keine Ahnung, was sie erwartet hatte.

»Und stimmt es, was deine Schwestern sagen? Dass du jetzt so ein richtiger radikaler Moslem geworden bist?«

»Inschallah – ja.«

»Also ... Ich weiß gar nicht, was ich dazu sagen soll.«

»Wie wär's mit *Herzlichen Glückwunsch* oder was in der Art?«

»Bitte?«

»Immerhin habe ich für mich herausgefunden, was mir im Leben wichtig ist. Du kannst dich ruhig für mich freuen.«

»Das ...«

»Pass auf«, sagte ich. »Am besten, du sortierst dich erst mal in Ruhe. Wenn du dich sicherer fühlst, kannst du ja wieder anrufen. Alles Gute bis dahin.«

Mit einem Gefühl schierer Überlegenheit steckte ich das Telefon fort, das sich gleich darauf wieder meldete. Auch das noch – Liz schrieb: *Am 1.2. kommt dein Nachmieter. Schaff deinen Krempel hier raus!*

51. Tag

Na gut, der Eintrag von gestern war jetzt auch nicht erhellender als der von vorgestern. Kurz hab ich überlegt, die letzten drei Seiten aus dem Buch einfach rauszureißen. Aber das wäre ein bisschen gegen unser Versprechen gewesen. Also nicht direkt, aber indirekt schon. Ich wollte ja nicht rumposen und so. Und Sachen rauszureißen, das wäre schon so ähnlich, finde ich. Mein Gestammel soll mir vielmehr als Mahnung dienen, dass ich meine Gedanken unter Kontrolle halten muss. Seit dem Kampf gegen die Leute von der Nusra ist die Stimmung hier unter den Brüdern ein bisschen gedämpft. Aber Nasreddin sagt, das habe nichts mit dem Kampf zu tun; vielmehr sei das doch ganz normal – irgendwann verfliege eben die Anfangseuphorie und selbst im Dschihad könne sich so was wie Alltag breitmachen. Max raunte mir zu, Alltag sei ja okay, aber er frage sich seit ein paar Tagen, ob man als Kämpfer eigentlich auch Burn-out kriegen kann. Da musste ich echt lachen.

Mann, stell dir das mal vor: Wir schießen und töten, sprengen Panzer in die Luft und brennen Häuser nieder – und kriegen davon einen Burn-out!

Max fand es nicht witzig.

Aber ich.

Wir haben ja auch sonst nicht so viel zu lachen.

16. Januar/25. Rabi al-auwal

Im kleinen Flur unserer Wohnung ragte ein mannshoher Kartonstapel empor. Ich war online shoppen gewesen: zwei Dschellabas (eine weiß, eine grau), zwei schwarze Hoodies mit Schahada-Aufdruck, wie Adil sie oft trug, drei von diesen bauschigen Siebenachtel-Hosen, die kurz über dem Knöchel enden und in denen man wie Sindbad der Seefahrer aussieht; dazu Shampoo und Duschgel (vegan/halal) und einen Haufen anderer Sachen für Körperpflege, Mundhygiene, Haushalt und Alltag, außerdem eine gehäkelte Gebetsmütze und einen schlichten Gebetsteppich (Duftrichtung Olive).

Adil verfolgte meine Modenschau mit einer Spur von Stolz. Leider gab es in unserer WG keine weiteren Spiegel außer dem kleinen über dem Waschbecken im Bad.

»Lass uns spazieren gehen«, schlug er vor. »Du brauchst keinen Spiegel an der Wand, du musst dich in den Blicken der Menschen spiegeln. Dann spürst du erst richtig, wie dein Outfit wirkt.«

»Okay«, sagte ich und wiegte unschlüssig die graue Dschellaba und einen der Hoodies in den Händen.

»Geh aufs Ganze«, meinte er. »Al-Wala wa'l-bara – weißt du, was das heißt?«

»Loyalität und Lossagung«, antwortete ich. »Ich hab davon gelesen. Engster Zusammenhalt unter den Gläubigen und Abgrenzung gegen alle anderen.«

Ich legte den Hoodie weg und warf mir die Dschellaba über, setzte die Mütze auf. Auch Adil zog sich um, schlüpfte in das weiße Gewand, das ich an meinem ersten Tag bei ihm getragen hatte, an dem Morgen nach meinem Absturz in Köln. So verließen wir das Haus und hätten eigentlich unsere Jacken drüberziehen sollen, denn es pfiff ein eisiger Wind. Aber ich wollte ja die Wirkung meines neuen Outfits *spiegeln*.

Und das funktionierte. Die Leute gafften uns an, als hätten wir es nicht nur darauf angelegt, sondern trügen auch ein großes Schild mit der Aufschrift: *Bitte glotzen Sie völlig ungehemmt!*

Al-Wala wa'l-bara – jetzt erst begriff ich wirklich, was das bedeutet: loyal sein zu all unseren Brüdern weltweit, egal wo, ob in Mekka, Berlin-Kreuzberg oder Guantanamo. Und radikal verschieden von den ignoranten Idioten, den Kuffar um uns herum. Mann, wir waren Punks! Wenn ich die zudringlichen Blicke eine Weile lang unverwandt erwiderte, schlugen die anderen irgendwann ihre Augen nieder – aber nicht alle. Einige weideten sich unverhohlen an unserem Anblick, als könnten sie ihren Hass Gassi führen.

Den meisten braven Bürgern allerdings schien unsere Gegenwart einfach ein schweres Missbehagen zu bereiten. Sie fanden uns wohl irgendwie gruselig oder einschüchternd oder bloß auf unangenehme Art fremdartig, aber ihre Sozialisation verbot ihnen solche Empfindungen als tendenziell rassistisch. Ein Dilemma – die Ärmsten.

Wir fuhren ein paar Stationen mit der Straßenbahn, schlenderten die breite Allee hinauf und durchquerten – war es Zufall oder hatte ich uns unmerklich dorthin gelenkt? – jene Unterführung, in der ich Samira damals begegnet war. Kurz streifte mich der Blick der Alten hinter ihrem winzigen Fenster. Sie sah zwei junge Männer mit Bärten und fragte sich vielleicht wieder, was die wohl dahinter zu verstecken hatten. Bürste und Kapuze tauchten natürlich nicht auf. Fast schade.

53. Tag

Wusstest du, Akhi, dass man im Dschihad auch Urlaub machen kann? Wir werden es jedenfalls bald tun. Kein Witz. Ich hab ja schon erzählt, dass im Kalifat Recht und Ordnung herrschen. Wir schaffen einen richtigen Staat. Anfangs haben die Brüder vielleicht noch Banken ausgeraubt, um den geheiligten Kampf zu finanzieren, doch inzwischen sind wir dabei, eine eigene Zentralbank aufzubauen und ein richtiges Sozialsystem. Für viele Menschen hier ist es das erste Mal seit … ach, überhaupt das allererste Mal, dass sie Rente bekommen oder Sozialhilfe oder eine anständige Gesundheitsversorgung. Und dazu gehört auch Urlaub, selbst für Gotteskrieger.

So werden wir jetzt bald nach Raqqa fahren, in unsere derzeitige Hauptstadt, und dort ein paar Tage ausspannen. Und neue Kämpfer in unsere Einheit aufnehmen.

Mein Märtyrertod muss dann wohl ein weiteres Mal verschoben werden.

Ich weiß ja, dass es nicht mehr lange dauern wird. Was machen da ein paar Tage mehr oder weniger schon aus.

Ich freue mich immerhin darauf, unsere Hauptstadt kennenzulernen.

Und ein bisschen auch auf eine Dusche. ☺

22. Januar/1. Rabi ath-thani

Als wir meine alte WG betraten, trug ich Jeans und einen meiner neuen Hoodies. Es wäre sicher ein Spaß gewesen, Liz und den Ex-Mitbewohnern einen ordentlichen Schrecken einzujagen, aber eine Dschellaba ist nun einmal sehr unpraktisch beim Möbelschleppen. Und furchteinflößend wirkten wir auch so, zumal Adil und ich noch den Bruder Dawud mitgebracht hatten, der mit seiner vorspringenden Hakennase und dem sichelförmig gebogenen Kinnbart wie eine fleischgewordene Muhammad-Karikatur aussah.

Vicky sah mich bestürzt an, als hätte ich mir Nase und Ohren abgeschnitten. Liz machte ein undurchdringliches Gesicht. Es war komisch, sie wiederzusehen. Ich hatte ein bisschen Angst davor gehabt, vor meinen möglichen Gefühlen. Doch da war nichts mehr, als ich ihr jetzt im engen Flur der WG gegenüberstand, keine Sehnsucht, kein Bedauern. Als wäre sie die Exfreundin eines alten Kumpels, nicht meine. Vielleicht ging es ihr ebenso. Oder sie überspielte es. Umso überraschter war ich, als sie mich wie flüchtig am Ellbogen berührte und sagte: »Ich muss dich kurz sprechen. Unter vier Augen.«

Ich zuckte zusammen und zog den Arm weg. Das fand sie offenbar lustig, doch ihr Lächeln gefror, als Dawud sie zornig anfunkelte. Adil sah mich fragend an. Ja, ja, der Schaitan und so. Andererseits – verdammt, sie war meine Ex. Ich warf ihm den Schraubendreher hin, den ich gerade aus einer Werkzeugtasche genommen hatte, und sagte: »Ihr könnt schon mal das Bett auseinandernehmen.«

Dann sagte ich zu Liz: »Okay, kurz«, und folgte ihr in die Küche.

Sie bot mir einen Stuhl an und es kam mir nicht mal seltsam vor, in dieser Küche, die doch ein paar Monate lang mein Zuhause gewesen war, wie ein Gast behandelt zu werden. Ich hatte ja wirklich nur *vorübergehend* hier gewohnt. Ich schüttelte den Kopf, wollte lieber stehen bleiben. Liz setzte sich und ließ ihren Blick an mir hinauf- und hinabgleiten.

»Du hast dich verändert.«

»Vor allem innerlich«, sagte ich. »Das Äußere weist bloß darauf hin. Ibn Abbas berichtet, dass der Prophet – Segen und Frieden auf ihm – gesagt hat: *Dies sind die, bei deren Anblick an Allah gedacht wird.*«

»Mann, Jakob.« Sie schüttelte den Kopf. »Du klingst, als wärst du nicht du, sondern ein völlig anderer. Was ist aus dem Typen geworden, mit dem ich mal zusammen war? Habt ihr noch Kontakt? Hast du 'ne Ahnung, was er jetzt treibt?«

»Er ist ...« ... *tot*, wollte ich sagen, doch das kam nicht über meine Lippen. Und es stimmte ja auch gar nicht. »Er hat vermutlich niemals existiert«, sagte ich. »Ich muss ihn mir all die Jahre bloß eingebildet haben.«

Liz lächelte vor sich hin und meinte: »Für ein Phantom konnte er aber gut vögeln.«

Als hätte sie einen geheimen Knopf an meinem Körper gedrückt, wallte das Blut in meinen Adern auf, kochte hoch und flutete die Schwellkörper. Kurz war mir, als taumelte ich. Sie sah weiter vor sich auf die Tischplatte. War das Berechnung oder echtes Bedauern, wollte sie mich zurückerobern oder bloß ein bisschen aus der Reserve locken? Oder mich einfach nur spüren lassen, was ich verloren – nein: was ich aufgegeben, weggeworfen hatte?

In meine Gedanken hinein sagte sie: »Ich sollte es dir vielleicht lieber gar nicht erzählen ... aber – da hat neulich einer nach dir gefragt.«

»Bitte?« Fast war ich froh, dass ein Teil meines Blutes in den Kopf zurückzukehren gezwungen war. »Wer? Warum?«

»So ein Mann, er war wohl von der Polizei oder irgendeiner Behörde.« Sie knetete ihre Hände und vermied es, mich anzusehen. »Er hat mich ehrlich gesagt total überrumpelt und ich hab mir seinen Dienstausweis gar nicht richtig angesehen.«

»Aha«, machte ich ratlos. »Was wollte er denn?«

»Na, er hat halt nach dir gefragt. Ob du hier noch wohnst. Ob ich wüsste, wo du steckst. Und so Sachen zum Islam.«

»Was für Sachen?« Ich beugte mich vor. »Lass dir nicht alles aus der Nase ziehen, subhan Allah!«

»Herrgott noch mal!« Dumpf schlug ihre Faust auf die Tischplatte. »Da ist dein Freund von einem Moment auf den anderen wie vom Erdboden verschluckt, und ein paar Wochen später, dingdong, steht plötzlich irgend so ein Arsch vom BKA hier in der Küche, genau da, wo du jetzt stehst, und will mir nicht glauben, dass ich von deiner angeblichen *Radikalisierung* nichts bemerkt hätte.« Sie sprang auf. »Hast du eine Ahnung, wie demütigend so was ist?«

Für einen Moment glotzte ich sie blöde an.

»Nee, hab ich nicht«, knurrte ich dann, verließ die Küche und betrat mein altes Zimmer, wo Adil und Dawud am Gestell meines Bettes verzweifelten.

»Diese Schrauben sind uralt und drehen durch«, sagte Dawud, als müsse er sich entschuldigen, dass die beiden nicht längst fertig waren.

»Step aside, Butch«, sagte ich mit tiefer Stimme.

Adil erkannte das Zitat aus *Pulp Fiction*, grinste und machte mir Platz. Dawud verstand nicht die Worte, wohl aber meinen Blick und brachte sich ebenfalls in Deckung, bevor ich mit Anlauf auf einen der Querbalken sprang. Das Holz brach splitternd in zwei Hälften, als könne ich alle Erinnerung an Liz zertrümmern beziehungsweise die an sie und mich *in* diesem Bett.

Keine Stunde später hielt Adil den Kleinbus, den er von Ibn

Ibrahim geborgt hatte, neben einem riesigen Container auf dem Hof der städtischen Sperrmüllsammelstelle. Zusammen mit dem Schreibtisch, dem alten Korbsessel und dem Beistelltisch flogen die Reste des Bettes in hohem Bogen hinein. Ein kleiner materieller Rest meines alten Lebens. Natürlich hätte ich die Möbel mit in mein neues Zimmer nehmen können, aber ich brauchte sie nicht. Der Prophet saß auf dem Boden, aß auf dem Boden, schlief auf dem Boden – so ist es überliefert. Und so hielt es Adil und so hatte es auch mein Vormieter gehalten, dessen ganzer Besitz das Lesepult und die Wäschetruhe gewesen waren, die ich geerbt hatte.

»Du hast noch nie so richtig von deinem früheren Mitbewohner erzählt«, sagte ich zu Adil, nachdem wir Dawud heimgebracht und den Kleinbus auf Ibn Ibrahims Betriebshof abgestellt hatten. »Wie hieß er noch – Benjamin-Dschamal?«

Wir stiegen in den alten Volvo.

»Ich wollte dich damit nicht belasten«, meinte Adil und startete den Wagen. Zärtlich gesungene Qur'an-Verse wehten durchs Auto. Adil hatte in diese alte Schrottmühle ein topmodernes Radio eingebaut, mit dem er via Bluetooth Musik von seinem Handy abspielen konnte; er hatte sämtliche Suren des Qur'an als mp3-Files auf seinem Smartphone.

»Bevor wir uns kennenlernten«, sagte ich, »bevor ich dich und die anderen zum ersten Mal getroffen habe, bin ich zufällig auf einen Zeitungsartikel über euch gestoßen. Über Abu Tarek und die Gemeinde. Darin war von zwei Männern die Rede, von einem gewissen Hakan und eben von Benjamin-Dschamal, die angeblich in den Dschihad gezogen seien.«

Adil schaute konzentriert auf die Straße. Es war Nachmittag, dichter Berufsverkehr, etwas Schneeregen kam auf. Ich dachte schon, er wolle nichts weiter zu dem Thema sagen, da begann er: »Ben war ein Kafir, ein Ungläubiger wie wir alle anfangs. Ich kannte ihn von früher. Wir hatten uns über ein paar Jobs kennengelernt und dann aus den Augen verloren. Und als ich, alhamdulillah, rechtgeleitet worden war, tauchte er plötzlich bei mir auf. War selber Muslim geworden und hatte den Namen Dschamal angenommen. Ich saß damals praktisch auf der Straße, nachdem ich … ach, das würde jetzt zu weit führen, das erzähle ich dir an einem anderen Tag. Na, jedenfalls nahm er mich mit und meinte, ich könnte ein paar Tage bei ihm bleiben. Es gäbe da ein Zimmer.«

»Deine jetzige Wohnung? Unsere?«

»Genau. Er hat mich quasi aus der Gosse aufgelesen. Ein bisschen so, wie …«

»… du es mit mir gemacht hast.«

»Na, nee, das war schon anders. Egal; er besorgte mir dann auch den Job bei Ibn Ibrahim. Und nach einer Weile kriegte ich mit, dass er mit Leuten in Syrien Kontakt hatte. Sie chatteten oft, manchmal skypten sie. Und dabei wurde der Wunsch in ihm immer stärker, nicht länger bloß Zuschauer zu sein, sondern einzugreifen. Und irgendwann hat Mert – das ist der Typ, mit dem er Kontakt hatte, jedenfalls nennt er sich Mert, in Wahrheit heißt er anders – also, Mert hat ihm erklärt, dass er kommen kann, wenn er will. Und wie das geht. Also über die Türkei nach Syrien, zum IS. Und schließlich hat Ben sich auf den Weg gemacht. Zusammen mit Hakan, einem Bruder aus der Gemeinde. Plötzlich waren sie weg. Ich hatte das erst gar nicht geschnallt. Hatte die ganze Entwicklung nicht richtig mitbekommen.«

»Ach?«, wunderte ich mich. »Hat er das alles vor dir geheim gehalten?«

»Nicht direkt. Aber eingeweiht hat er mich eben auch nicht. Ich war vielleicht auch ein bisschen naiv und kapierte nicht, was abging. Das kam mir alles so unwirklich vor, verstehst du?«

»Nur zu gut«, brummte ich und schaute ihn skeptisch von der Seite an. »Wurde in der Moschee nicht darüber gesprochen?«

»Kein Wort. Nur selten erwähnt jemand ihre Namen, wie Ibn

Ibrahim das neulich dir gegenüber getan hat. Vermutlich aus Angst vor Streit.« Er warf mir einen kurzen Blick zu. »Als du damals zum ersten Mal bei uns warst, da hast du gesagt, Abu Tarek sei einer Antwort ausgewichen. Du hast recht, aber es geht nicht anders. Alles andere würde die Gemeinde spalten. Die einen halten zum Kalifat und finden das alles gut und richtig; die anderen sind voller Abscheu und Ekel vor diesen, wie sie es nennen: Gräueltaten.«

»Du nicht«, warf ich ein.

»Diese Spaltung geht nicht nur durch die Gemeinde, sondern mitten durch mein Herz«, sagte er und schaute wieder starr auf die Straße. »An manchen Tagen halte ich das alles für reinen Wahnsinn. An anderen frage ich mich: Warum sitze ich noch immer hier und vergeude meine Zeit mit YouTube-Videos, anstatt mit den Brüdern dort zu kämpfen und zu sterben?«

»Bist du denn so scharf aufs Sterben wie die Brüder in den Videos?«, fragte ich leise. Trotzdem konnte man es hören. Der Motor lief nicht mehr. Adil hatte den Volvo in unserer Straße geparkt, ich hatte gar nicht drauf geachtet. Wir blieben einfach sitzen.

»Nein«, antwortete er genauso leise. »Aber aufs Paradies. Auf Dschanna.«

Ich runzelte die Stirn.

»Die heißen Jungfrauen, hm?«

»Pah!« Er machte eine Handbewegung. »Das spielt doch keine Rolle. Nein. Weißt du …« Er schaute versonnen an die Windschutzscheibe, auf der Schneeflocken landeten, schmolzen und in Fäden hinabrannen. »Das Paradies stelle ich mir wie Irland vor.«

»Irland«, wiederholte ich überrascht.

»Natürlich kann niemand ermessen, wie wunderschön es im Paradies sein wird. Es übersteigt den menschlichen Verstand. Aber wenn ich die Augen schließe und meine Gedanken ziehen lasse, wenn ich an Dschanna denke, dann sehe ich diese satten grünen Wiesen vor mir, sanfte Hügel und schroffe Küsten, ich spüre einen kräftigen Wind um die Nase und schmecke den Duft des Ozeans. Warst du schon einmal dort? In Irland?«

»Nein, nie.«

»Als ich in der zehnten Klasse war, ging unsere Abschlussfahrt dorthin. Nach Kerry im Südwesten, wo der Golfstrom die Küste erwärmt, dass dir mitten im zerklüfteten Felsen plötzlich Palmen begegnen. Das ist der absolute Ort meiner Träume.«

Ich grinste ihn an und meinte: »Dir hat sicher nicht nur die Landschaft dort gefallen, oder? Komm, gib es zu – da spielte ein Mädchen eine Rolle.«

Er schüttelte den Kopf und sah auf einmal unendlich traurig aus.

»Ich bin gar nicht dabei gewesen.«

»Was? Du hast doch gesagt …«

»Du weißt ja, dass meine Mutter krank war. Damals, also zu der Zeit, als diese Klassenfahrt anstand, da ging es ihr sehr schlecht. Wir dachten, sie stirbt jeden Tag. Deshalb fuhr ich nicht mit nach Irland. Ich blieb zu Hause. Und hab natürlich jeden Tag an die anderen gedacht. Jeden Morgen beim Aufwachen stellte ich mir vor, wie jetzt auch meine Kumpels aufwachen, aus dem Fenster gucken und in das unfassbare Grün schauen. Plötzlich war die Woche vorbei und meine Mutter lebte immer noch. Beinahe hab ich sie dafür gehasst. In der folgenden Woche traf ich meine Klasse wieder. Natürlich redeten die Leute von nichts anderem als von Irland. Wer da mit wem und so weiter. Die ganzen Running Gags und Insiderwitze, du kennst so was. Und ich stand daneben und konnte nichts dazu sagen, denn ich war ja nicht dabei gewesen.«

Er atmete langsam aus. Die Scheiben des Volvo waren längst von innen beschlagen und hüllten uns in graue Dämmerung.

»Kennst du das Gefühl«, fragte er mich, »wenn du weißt, da geht irgendwo die Party des Jahrhunderts ab, aber du bist nicht dort? Du stehst sogar auf der Gästeliste, aber du hast aus irgendwelchen beknackten Gründen deinen Arsch nicht hochgekriegt? Und jetzt malst du dir aus, was du alles verpasst?«

»Ja«, sagte ich bloß. Dann schwiegen wir eine Weile, bevor ich fragte: »Wie ist Benjamin gestorben?«

»Weiß nicht. Eines Tages schrieb Mert, dass Dschamal jetzt ins Paradies eingegangen sei. Dass wir nicht traurig sein, sondern uns für ihn freuen sollten. Er schrieb es auf Dschamals Facebook-Seite und da steht es bis heute. Wie ein virtuelles Grabmal. Ich weiß gar nicht, ob er auch ein echtes Grab hat oder ob er vielleicht durch eine Rakete pulverisiert wurde.«

»Und was wurde aus dem anderen Bruder?«

»Hakan? Keine Ahnung. Er hat es anscheinend gar nicht erst über die Grenze geschafft.«

»Und du?« Ich fasste nach seiner Schulter. »Hast du auch Kontakt zu diesem Mert?«

Da lächelte er hintergründig, bevor er sagte: »Lass uns endlich aussteigen, ich krieg schon kalte Füße.«

»Na gut«, meinte ich.

Vielleicht wollte ich es auch lieber gar nicht so genau wissen, denn mir kam jetzt wieder dieser ominöse Besucher bei Liz in den Sinn. Ich hielt Adil zurück und sagte: »Apropos kalte Füße. Eine Sache muss ich dir noch erzählen.«

Und ich berichtete ihm, dass sich offenbar ein Vertreter unserer Sicherheitsbehörden nach mir umgehört hatte. Adils Lächeln wurde breiter.

»Hey, willkommen im Club«, sagte er. »Du bist in ihr Visier geraten. Vermutlich, als du bei mir eingezogen bist. Oder auch vorher schon, das weiß man bei denen nie so genau.«

»Dachte ich mir. Aber warum bloß?«

»Ist doch klar – Hakan und Ben, also Dschamal mein ich, die wollten nach Syrien. Und meinen Computer und mein Handy überwacht man sicher auch längst. Da machst du dich zwangsläufig verdächtig.«

»Ja, schon gut. Ich meinte: Warum taucht da einer bei Liz auf und stellt ihr beknackte Fragen?«

»Damit sie es dir erzählt.«

»Bitte?«

»Ja. Damit du weißt, dass die dich auf ihrem Radar haben. Die wollen dir ein bisschen Angst machen. Dich warnen. *Hey, wir wissen, was du nächsten Sommer tun wirst.* Und jetzt komm endlich.«

Er zog den Schlüssel aus dem Zündschloss und stieg aus. Ich verließ ebenfalls den Wagen und sah mich unwillkürlich um. Nirgends waren finstre Männer mit Schlapphüten und Knopf im Ohr zu sehen. Und niemand versteckte sich hinter einer Zeitung.

»Irgendwie gruselig, oder?«, sagte ich über das Autodach hinweg. »Also dass wir sowieso alle immer irgendwie überwacht werden, an diesen Gedanken hat man sich ja seit Edward Snowden längst gewöhnt. Aber das jetzt, das ist so konkret, weißt du?«

Adil zuckte mit den Achseln und folgte mir durch den Schneeregen zur Haustür. Ich schloss auf und wir betraten den Flur, schüttelten die feuchten Schneeflocken von den Köpfen und Schultern, gingen die Treppe hoch. Auf dem ersten Absatz blieb Adil unvermittelt stehen und sagte: »Das alles spielt am Ende keine Rolle. Klar, sie können unsere Telefongespräche abhören, unsere Mails und WhatsApp-Nachrichten lesen und all das. Aber sie können nicht in unsere Herzen sehen. Das kann nur Allah – Er ist groß und erhaben.« Er tippte mit dem Zeigefinger auf meine Brust. »Deshalb sollten wir uns nicht fragen, was der Verfassungsschutz oder das Bundeskriminalamt über uns denken. Sondern was Gott über uns denkt.«

Ich spürte, dass ich knallrot im Gesicht wurde. Es gab etwas, das den Behörden völlig egal wäre, Gott aber nicht. Ganz und gar nicht.

»Mit dem Herzen ist das so eine Sache«, murmelte ich. »Bisher fand ich es ja ganz einfach, der Zina aus dem Weg zu gehen ...«

»Ich verstehe.« Adil lachte. »Deine Ex wiederzusehen stellt dich auf die Probe. Die Alte ist absolut scharf, keine Frage. Tussen wie sie sind der Grund, weshalb es besser ist, dass Frauen sich verschleiern.«

»Hast du ...«, fragte ich gedruckst, »hast du überhaupt nie ein Problem damit?«

»Mit Ficken?«, entgegnete er freiheraus. »Also mit Enthaltsamkeit?«

Ich zuckte zusammen und sah mich um, nahm rasch die letzten Schritte zu unserer Wohnungstür und öffnete sie. In aller Öffentlichkeit oder zumindest im eigenen Treppenhaus über Sex zu reden hätte mir natürlich nichts ausgemacht. Enthaltsamkeit hingegen schien mir ein ungeheuer intimes, viel zu privates Thema zu sein.

Er schloss die Tür hinter uns, sah mich ernst an und sagte: »Ich hab in meinem jungen Leben genug gevögelt fürs gesamte Diesseits. Das klingt nach totaler Poserei, aber es ist wirklich so, wie ich es sage. Die nächste Frau, mit der ich es treibe, wird eine von diesen großäugigen Huris sein, eine Paradiesfrau. Im Gebet finde ich genug Ruhe und Kraft.« Er kratzte sich kurz am Kopf. »Wobei es natürlich keine Lösung ist, den Sexualtrieb auf Dauer zu unterdrücken. Wir sind ja keine Christen. Der Sexualtrieb ist ein Geschenk von Allah an die Menschen. Aber wenn du ihn halal ausleben willst, dann musst du eben sehr jung heiraten. Oder halt ... sehr jung sterben.«

Ich schluckte.

»Na ja«, schob er nach, »als Drittes gibt es die Möglichkeit zu wichsen.«

Ich lachte, aber er sagte ohne jede Ironie: »Nach Meinung vieler Gelehrter ist Masturbation nicht haram, sondern nur makruh, jedenfalls sofern es der Gefahr von Zina vorbeugt.«

»Subhan Allah«, entfuhr es mir. »Gibt es eigentlich irgendeinen Lebensbereich, zu dem noch nie irgendein Gelehrter irgendwas gesagt hat?«

Adil schien wahrhaftig kurz zu überlegen, bevor er antwortete: »Nee, glaub nicht. Jedenfalls fällt mir spontan keiner ein.«

»Okay, dann lass mich bitte rasch ins Bad, bevor dir noch irgendeine Fatwa gegen das Duschen einfällt«, witzelte ich.

Er lachte nicht.

Ich stellte die Dusche an, tauchte ins Nass ein und ertappte mich dabei, wie ich an Samira dachte.

55. Tag

Kommt bei euch da in Deutschland, in Dar al-Kufr, eigentlich noch immer so viel über uns in den Nachrichten? Über die bösen IS-Terroristen? Das geht mir durch den Kopf, während ich hinten in einem Kleinbus sitze, auf dem Weg nach Raqqa. (Es ist Nacht und ich schreibe im Schein einer winzigen Taschenlampe.) Was bin ich für dich? Ein Terrorist? Oder ein einfacher Bürger des Kalifats auf dem Weg in seine Hauptstadt?

Ich weiß natürlich noch gut, wie sie uns in den westlichen Medien darstellen: Hinterhältig und verschlagen kriechen wir durchs Zwielicht, plötzlich stoßen wir zu, grausam und gnadenlos. Unsere spitzen Nasen, die stechenden Blicke, die pechschwarzen Bärte und die Palitücher auf den Köpfen bedienen die tiefsten Ängste der westlichen Welt.

Dabei ist alles eine Frage des Standpunktes. Terrorist oder friedlicher Bürger – alles eine Frage der Definition. Aber wer definiert das eigentlich? Wer schreibt am Ende die Geschichte für die Nachwelt auf? Immer der Sieger.

Warst du je auf einer Hochzeit außer deiner eigenen? Meinetwegen auf so einer Kuffar-Hochzeit? Stell es dir vor. Lass die Bilder vor deinem inneren Auge entstehen: Das Brautpaar strahlt, die Eltern sind stolz, Verwandte und Freunde stehen Schlange zum Gratulieren, dazwischen wuseln Kinder herum; vielleicht wird gerade die Torte hereingetragen. Aber da – sssssssst … Boooom! Blut, Kreischen, Gestank von verbranntem Menschenfleisch, und die Gedärme der Braut landen mitten in der Sahnetorte, subhan Allah, was für 'ne Sauerei! Hörst du das Wimmern der Kinder? Kannst du sehen, wie sie auf den Stümpfen ihrer abgerissenen Beine über den blutig-glitschigen Boden zu den Kadavern ihrer zerfetzten Mütter robben? Kannst du es dir vorstellen?

Und kannst du dir auch den Typen auf irgend so einer Air Base vorstellen? In Amerika oder vielleicht sogar bei dir in Deutschland, in Ramstein, da sitzen die doch. Wie der da mit seiner Wampe im Kontrollraum hockt und mit seinen Wurstfingern via Satellit die Drohne ins Ziel gesteuert hat.

Ups, rülpst er bloß, während ihm fettiger Sabber von seiner Cheesy-Crust-Pizza aus dem Maul tropft, ups, das ging wohl daneben. Pech.

Und am nächsten Tag steht in deiner Zeitung irgendwo ganz hinten, ganz klein unter »Ausland«, eine Randnotiz: »... kamen rund hundert Zivilisten ums Leben, nachdem eine Drohne der internationalen Anti-Terror-Koalition irrtümlich die Gäste einer Hochzeitsfeier im Norden Syriens bombardiert hatte. Ein Militärsprecher drückte sein Bedauern aus ...«

Aber nein, der Ami-Fettsack in Ramstein ist kein Terrorist. Weil – WIR sind ja die Terroristen.

Aber auch nur, solange der Westen sich noch der Illusion hingibt, dass er sich uns vom Leibe halten kann. Doch wenn irgendwann die Drohnen nicht mehr reichen, wenn die Luftschläge zu nichts führen und sie für einen echten, fairen Krieg am Boden zu feige sind, dann werden ihre Außenminister anfangen, von Dialog und Annäherung zu sülzen. Irgendwann werden sie akzeptieren, dass wir keine dahergelaufene Räuberbande sind, sondern einen Staat aufbauen, eine neue, gerechtere Gesellschaft. Wir zahlen den Alten ihre Rente und den Jungs bauen wir Schulen, und wenn der Herbst kommt, werden die Leute heizen können. Wir haben einen Staat und eine Regierung.

Aaaaber – wenn die Außenminister der westlichen Staaten eines Tages kommen werden, um sich einzuschleimen, dann wird niemand sie empfangen. Denn das Kalifat hat keinen Außenminister. Das Kalifat verhandelt nicht. Wir führen keinen Dialog, wir brauchen auch keine diplomatischen Beziehungen, denn für uns gibt es gar kein Ausland. Am Ende, Akhi, wird kein anderer Staat auf diesem Planeten übrig bleiben als das Kalifat. Erst dann, mein Bruder, werden wir alle in Frieden leben. Erst dann werden die Kinder wieder spielen und singen, denn dann werden keine Drohnen mehr fliegen, dann werden die amerikanischen Fettärsche an ihrem Cheesy-Crust-Müll längst schon erstickt sein und einen friedlichen Bürger wird man an seinem Bart erkennen und seiner islamischen Kleidung.

As salamu alaikum wa rahmatullahi wa barakatuh.

3. Februar/13. Rabi ath-thani

Was ist Hass? Früher hatte ich gedacht, ich würde Schalke und den FC Bayern hassen und Helene Fischer. Echter, wirklicher Hass war mir ja früher nie begegnet. Ich kann mich gut an das Gefühl der ersten richtigen Liebe erinnern, das flirrende Erwachen. Es warf einen aus der Bahn, mit dreizehn oder vierzehn Jahren, die Welt würde niemals wieder so sein wie zuvor. Die erste Liebe vergeht zwar schnell, aber nicht das Bewusstsein, was Liebe ist. Beim Hass schien es ganz genauso zu sein. Ich hatte davon gekostet, hatte seine Kraft geschmeckt, war mir seiner bewusst geworden.

Und wusste trotzdem noch nicht genau, wonach ich hier eigentlich suchte.

Ich stand zwischen den Regalen eines Ladens für Autozubehör und schaute mich nach schwarzem Lackspray um. Drei Gänge weiter verglichen zwei Typen Alufelgen und diskutierten lautstark darüber in ihrem breiten Voreifelakzent. Der hagere Verkäufer lehnte am Tresen und blätterte in einem Katalog. Niemand beachtete mich, warum auch? Von der Decke hing eine Überwachungskamera. Seit dem Gespräch mit Liz fühlte ich mich andauernd beobachtet. Die Kürzel und Symbole auf den Dosen sagten mir gar nichts, ich griff einfach nach dem billigsten Produkt. Der Verkäufer sah erst auf, als ich die Dose vor ihm auf der Ladentheke abstellte. Kurz musterte er mich, bevor sein Blick durch die Fensterfront zum Parkplatz draußen huschte, wo außer einem tiefergelegten GTI in Metallicgrün nur Adils sandfarbener Volvo mit dem belgischen Kennzeichen stand, den ich mir ab und zu auslieh.

»Für 'n Freund«, sagte ich sinnloserweise, während der Verkäufer die Spraydose mit dem nachtschwarzen Lack in die Hand nahm, um den Barcode einzuscannen. Meine Finger wollten die

EC-Karte hervorziehen, doch dann suchte ich lieber meine Münzen zusammen. Wer bar bezahlt, hinterlässt weniger Spuren. Ein bisschen war es wie in einem Rollenspiel.

Noch einmal wandte ich mich zu der Überwachungskamera unter der Decke um, bevor ich den Laden verließ. Es war an der Zeit, endlich mal etwas zu tun. Nicht nur Videos zu glotzen und über Dschihad zu labern, sondern echten Einsatz zu zeigen.

»Der Volvo hat schon 'ne Farbe«, knurrte Adil, als ich die Spraydose vor ihn auf unseren Küchentisch stellte. »Was gefällt dir daran nicht?«

»*Gott hat Seine Religion aufgerichtet mit Argument und Beweis, mit Schwert und Speerspitze*«, zitierte ich. »Du kannst den Dschihad mit dem Schwert führen oder mit einem Stift.«

»Und welches von beiden ist das hier?«

»Beides zugleich.«

»Hm.« Er nahm die Dose in die Hand.

»Oder gibt es einen Hadith, der es verbietet, den Namen des einen Gottes mit Graffiti zu verbreiten?«, stichelte ich.

»Nee. Inschallah wohl nicht.«

4. Februar/14. Rabi ath-thani

Heute haben wir eine wichtige Lektion über die geheime Planung und Ausführung von Operationen in der Stadt. Es geht um eine Frage, die die jungen Brüder aufgebracht haben, und zwar die Art und Weise des Kampfes in den Städten.
(Aus einem Tutorial von al-Qaida)

Wir jagten lautlos wie Schatten durch die Nacht. Nur das Zischen der Spraydose zerriss ganz kurz die beinahe feierliche Stille. Dann spritzte der schwarze Lack auf eine Betonwand, eine Schaufensterscheibe, ein Garagentor oder eine Lkw-Plane: ALLAHU AKBAR! Er verströmte einen stechenden Gestank, der mir unmittelbar durch die Stirnhöhle in den Kopf drang und eine ätzende Spur im Rachen hinterließ. Anfangs rann der Lack in dicken Bächen hinab, als zöge eine geheime Macht alle Schriftzeichen nach unten, doch mit der Zeit bekamen wir Übung darin und der Strahl aus der Dose gehorchte unseren Bewegungen. Ich hatte stundenlang geübt, die elegant geschwungenen arabischen Zeichen nachzuziehen –

الله أَكْبَر
ALLAHU AKBAR

– erst mit dem Finger, dann mit einem Edding auf Papier, jetzt ging es mit dem schwarzen Lack leicht von der Hand. Wir trugen dunkle Klamotten, hatten die Kapuzen tief ins Gesicht und Halstücher bis über die Nase gezogen, trotzdem sah ich Adils Grinsen und er meines, unsere Augen funkelten einander an. Mit fast kindlicher Freude huschten wir heran, sprühten unseren Schriftzug auf, brachten mit Edding ein © **Dschihad Basterds** an und schossen rasch ein Foto davon mit unseren Smartphones. Das Blitzlicht brannte ein gleißendes Loch in die Nacht, bevor wir so rasch verschwanden, wie wir gekommen waren. Ein paar Spätheimkehrer aus einem Club blieben stehen und sahen uns kopfschüttelnd hinterher.

Der Mudschahid muss vermeiden, durch offene Räume wie Plätze, Gärten und Gassen ohne Ausgänge zu gehen. Er muss durch direkten Blick den nächsten Ort, der ihm Deckung gibt, auswählen, bevor er sich von seinem Platz aus dorthin begibt. Er muss seine Bewegungen verbergen. Es obliegt ihm auch, dass seine Bewegung so schnell wie möglich geschieht. Jusuf al-'Ujairi, Gott erbarme sich seiner, hat gesagt: »Die Gefahren, die den Mudschahid in den Städten umgeben, sind doppelt so groß wie in den Bergen oder im Dickicht.«

Ein Typ stand auf der anderen Straßenseite und kam mir bekannt vor. Dieser Bürstenhaarschnitt. Er schaute hoch und sah uns auch, zog sein Handy raus und tippte etwas hinein.

»Hey.« Ich berührte Adil leicht am Arm. »Das ist einer der beiden, die Samira damals angemacht haben.«

»Sicher?« Er kniff die Augen zusammen. »Den holen wir uns.«

»Halt, warte, ich …«

Zu spät, schon ging er los. Nicht schnell, schon gar nicht aggressiv; es wirkte wie zufällig, doch Bürste hatte verstanden und wandte sich zum Gehen, wobei er das Handy ans Ohr hielt.

»Kacke, der ruft seine Homies«, zischte ich.

»Umso besser«, knurrte Adil.

Gemessenen Schrittes ging er hinter Bürste her und ich folgte ihm wohl oder übel.

Der Mudschahid muss wissen, dass die kollektive Bewegung in den Städten in alternierenden Sprüngen geschieht. Er muss sicher sein, dass er sowohl links als auch rechts schießen kann. Er muss sich auch darum sorgen, dass seine Schatten nicht sichtbar sind.

Kapuze hatte heute keine Kapuze auf, aber ich erkannte sofort das Drachentattoo an seinem Hals. Bürste mahlte zähnefletschend mit dem Unterkiefer, was die Ader an der rasierten Schläfe eindrucksvoll hervortreten ließ. Sie hatten noch zwei Buddys mitgebracht. Einer hatte seinen mächtigen Wanst in ein Sweatshirt mit HoGeSa-Aufdruck gepresst: Hooligans gegen Salafisten, na super. Der andere trug eine Pitbull-Visage auf dem Hals sowie eine zweite auf dem Ärmel seiner Bomberjacke. Und ich Idiot hatte die Hools immer für unpolitisch gehalten.

Keine Ahnung, wie es hatte kommen können, dass sie uns plötzlich umringten – wir waren ganz lässig hinter Bürste hergeschlendert, hatten auf einmal Schritte gehört und im nächsten Moment standen sie da wie ein Todeskommando. Es kribbelte überall auf meiner Haut. Ob ich es noch schaffen würde, *Allahu akbar!* zu rufen, bevor sie meinen Schädel zu Brei traten? Ich spürte meinen Herzschlag schwer gegen meinen Rachen wummern und war mir sicher, kein einziges Wort rauszukriegen, nicht mal für eine neue paradoxe Intervention, selbst wenn mir eine eingefallen wäre, aber das war diesmal nicht der Fall. Bürste und Kapuze schienen mich allerdings nicht wiederzuerkennen. Viel mehr als meine Augen konnten sie ja auch nicht sehen. Ich blinzelte zur Seite, um zu schauen, wie Adil sich verhielt, doch der war gar nicht mehr da. Eine beängstigende Maschine hatte seinen Körper übernommen und seine Augen waren zu schmalen Schlitzen geworden, als könne er damit tödliche Laserstrahlen verschießen.

Bürste fixierte mich und zischte: »Was genau zieht ihr Ziegenficker hier ab?« Er zeigte auf die Spraydose in meiner Hand. »Was schreibt ihr da an die Wände? Irgendwas über euren Propheten, den alten Kinderschänder?«

Aus meiner Kehle kam kein Laut.

»Du bist tot«, sagte Adil kaum hörbar.

»Was?«, blaffte Kapuze.

»Dein Kumpel ist tot«, wiederholte Adil, »der weiß es nur noch nicht.«

»Das werden wir ja sehen.«

Stahl blitzte auf. Bürste hielt ein Jagdmesser mit gedrungener Klinge in der Hand. Die Zeit gefror. Dann machte Bürste einen schnellen Schritt nach vorn, die Faust mit dem Messer schnellte auf Adils Gesicht zu, doch während der leicht zurückfederte, öffnete sich in seiner Rechten mit drei-schnellen-Handbewegungen-fließend-wie-eine-einzige ein Butterfly, längst hatte seine Linke schon Bürstes Unterarm gepackt und seine Klinge schnitt tief. Haut und Muskel platzten auf, schienen für den Bruchteil eines Augenblicks wie ein zahnloses Krokodil ins Nichts zu schnappen, während Bürste entgeistert die Augen aufriss – dann erst schoss das Blut hervor, lösten sich die Finger und ein spitzer Schrei, das Messer fiel scheppernd zu Boden. Niemand rührte sich. Kapuze funkelte Adil bloß aus hasserfüllten Augen an, während ich den Dicken fixierte. Ein Mexican Standoff ohne Knarren. Es war so geil. Es war so abgefahren. *Könntest du nur sehen, wenn sie erschrecken!*, sagt Allah im edlen Qur'an. *Da gibt es kein Entrinnen.* Bürste presste den blutenden Arm an seinen Bauch, Schmerz und Hass verzerrten seine Fratze. Und, ja, Angst. Auch die Blicke seiner Buddys hatten sämtliche Selbstsicherheit eingebüßt. Ich würde nicht sterben. Nicht hier und heute, denn wir waren ihnen so was von überlegen.

Das ist die Hölle, die euch immer wieder angedroht wurde, sagt Allah. *Ihr sollt heute darin brennen dafür, dass ihr ungläubig wart.*

Meine Fingerspitzen zuckten, als hätte ich einen elektrischen Zaun berührt. Sie wollten sich zur Faust ballen, wollten zuschlagen, wollten plötzlich wissen, wie sich das anfühlt. Macht! Ich spürte die Macht. Ja, ich würde zuschlagen.

Da senkte der Dicke mit dem HoGeSa-Shirt den Blick. Adil trat auf ihn zu und der Hool machte einen Schritt zur Seite. Eine Gasse hatte sich geöffnet, durch die hindurch wir nicht gingen, sondern geradezu stolzieren. Fast bedauerte ich, dass meine Faust nun doch nicht zum Einsatz kommen würde. Adil wandte sich noch einmal zu dem verlorenen Haufen um. Ohne Worte stand er da, während sich das Butterfly mit drei-schnellen-Handbewegungen-fließend-wie-eine-einzige schloss und in seiner Hosentasche verschwand. Kein Laut war zu hören außer dem unterdrückten Stöhnen von Bürste. Und einem Motorengeräusch. Scheinwerferlichtkegel flogen über die einsame Häuserfront heran und tauchten uns in kaltes Weiß. Ein Taxi.

Kurz entschlossen streifte ich mein Halstuch aus dem Gesicht, um etwas zivilisierter zu wirken, und winkte den Fahrer heran. Adil tat es mir gleich und tatsächlich bremste der Wagen ab und hielt an. Der Fahrer beäugte uns kurz und scannte die Hools ein paar Meter weiter, dann legte er rasch den ersten Gang ein, um sich eines Bessern zu besinnen. Doch da hatten wir schon die Türen aufgerissen und sprangen in seinen Wagen. Seine Hand fuhr unter seine Lederjacke.

»Wir sind die Guten«, rief ich, »drück lieber aufs Gas.«

Das tat er – und keine Sekunde zu früh. Denn unvermittelt

hatte sich die Schockstarre unserer Widersacher gelöst, sie stürmten lärmend auf uns zu und rannten vor Wut brüllend noch ein Stück die Straße hinab hinter unserem Taxi her wie eine Meute kläffender Hunde.

Unser Fahrer schaute ihnen im Rückspiegel nach, bis sie verschwunden waren.

»Wo soll's denn hingehen?«, fragte er mit starkem osteuropäischem Akzent.

»Egal«, brummte Adil.

Ich sagte: »Irgendwohin, wo's Döner gibt.«

Ich fühlte mich großartig und verspürte plötzlich einen Bärenhunger.

»Okay.« Im Rückspiegel musterte er Adil auf dem Rücksitz, dann mich, der neben ihm saß, und begann: »Es geht mich natürlich nichts an, aber …«

»Dann lass es doch besser«, unterbrach ihn Adil.

»Na gut.« Unser Fahrer zuckte mit den Achseln und sah auf die Uhr. »Versuchen wir es am Bahnhof«, meinte er. »Mit dem Döner. Vielleicht hat dort noch was auf.«

Für den Rest der Fahrt schwiegen wir, bis wir den Bahnhof erreichten. Ich drückte dem Fahrer das Geld in die Hand und wir stiegen aus.

»Eins noch«, rief er. »Manche Leute kommen hierher in euer kaltes Land, weil sie zu Hause nichts mehr haben, nur Krieg und Zerstörung. Ihr hier habt Frieden und Freiheit. Ist es da nicht dumm, aus lauter Langeweile gegeneinander zu kämpfen, bis Blut kommt?«

»Wir sind hier nicht frei«, entgegnete Adil. »Und Frieden haben wir schon gar nicht.«

»Und auch keine Langeweile«, schob ich nach, vermutlich weil ich einfach auch was sagen wollte.

Später, als wir mit viel scharfer Soße unsere Döner verschlangen, sagte ich: »Deine Messerkünste hauen mich um. Gut, dass wir Freunde sind, sonst müsste ich Angst vor dir kriegen. Woher hast du das?«

»Ach, das war doch easy«, meinte er. »Der Scheißhool hat mir die Innenseite seines Unterarms angeboten. Anfängerfehler. Es war kein Kunststück.«

»Ich meinte – wo hast du das überhaupt gelernt?«

»Hm … okay.« Er legte seinen Döner auf den Teller und wischte sich die Finger ab. »Ich hatte dir sowieso versprochen, dass ich dir eines Tages meine Geschichte erzähle. Und um es nicht zu spannend zu machen: Ich war früher mal im Knast. Und davor war ich Zuhälter. Da hab ich gelernt, wie man sich wehrt, wenn einem einer blöd kommt.«

»Zuhälter?« Unwillkürlich rechnete ich im Kopf hoch, was ich von seiner Biografie wusste. »Wie lange ist das her? Wie alt kannst du da gewesen sein? Siebzehn oder was?«

»Sechzehn. Ich kannte ein paar Leute, die wiederum welche kannten … wie das eben so läuft. Erst hab ich ein bisschen gedealt, dann traf ich einen gewissen Nick, der im Business war und mich fragte, ob ich für ihn arbeiten wollte. Der Job war denkbar einfach. Ich musste abends durch die Clubs streifen und Mädchen aussuchen. Mit ein wenig Übung erkennst du sie sofort – labil, keine Freunde, kein Selbstvertrauen. Du flirtest ein bisschen, machst ihr Komplimente, kaufst ihr Blumen; nach zwei, drei Wochen frisst sie dir aus der Hand. Das sind so Mädchen mit scheiß Elternhaus, die ihr Leben lang nur abgelost haben, und jetzt kommst du. Der Märchenprinz, der Hauptgewinn. Sie klammert sich an dir fest, sie würde alles für dich tun. Du gibst ihr noch ein oder zwei Wochen mehr, dann gestehst du es ihr: dass du dich verzockt hättest. Wär 'n todsicherer Tipp gewesen, deshalb hättest du nicht nur deine ganze Kohle verballert, sondern auch noch die

Kohle, die du dir bei – sagen wir mal – Pawel geliehen hättest. Russische Namen kommen immer gut. Pawel ist natürlich voll sauer und will sein Geld zurück, und du, tja, was nun? Wer hilft dir aus der Scheiße? Dein Mädchen könnte schon was für dich tun. Aber würdest du das zulassen können, dass sie so was für dich macht? Hm, eine Möglichkeit wäre es ja schon, denn du kennst da rein zufällig sogar jemanden, der ihr einen Wohnwagen verschaffen könnte, unten an der Ausfallstraße. Aber kannst du das annehmen, dass sie sich für dich opfert? Du zierst dich ein bisschen. Na gut, es wäre ja nicht für lange. Sie verdient bestimmt an die fünfhundert am Tag, bei ihrem geilen Körper, da wäre die Kohle nach höchstens einem Monat wieder drin. Und sie …« Er schob den Teller von sich und sagte: »Bei der Ersten hab ich noch damit gerechnet, dass sie mir eine knallt und abhaut. Aber das geschah nicht. Ich erzählte ihr die Schuldenstory und sie stimmte sofort zu. Einfach so. Hockte sich in einen stinkenden Wohnwagen an der Autobahnauffahrt und machte für 'n Fuffi die Beine breit. Aus Liebe, sagte sie. Also zu mir.«

Ich glotzte ihn an.

»Wenn es einmal klappt, klappt es auch wieder, dachte ich mir«, fuhr er fort. »Und es klappte wieder. Und wieder. Und wenn ich es für Nick tun kann, dann kann ich es auch für mich selber tun, auf eigene Rechnung, fand ich. Niemand im Milieu stört sich daran, wenn du zwei oder drei Frauen am Start hast, sofern du sie gut übers Stadtgebiet verteilst. Da kommst du keinem von den großen Playern in die Quere. Aber mein aufgepumptes Ego hatte keinen Platz für Regeln. Mann – ich machte einen Tausender am Tag, ich fickte mir die Seele aus dem Leib, ich kokste und kaufte mir, was ich wollte, ich brauchte dringend mehr von allem und kannte kein Limit. Da fing der Ärger an. Nick machte Stress, die Türken, die Russen, alle. Da bin ich aus Hamburg weg und nach Köln, hab von vorn angefangen. Bis es auch da wieder Stress gab. So was wie mit dem Messer lernst du dann von ganz allein. Und eines Tages hab ich einen abgestochen. Keine Sorge.« Er lachte, als er mein Gesicht sah. »Der Pisser hat es überlebt. Jedenfalls bin ich dann in den Knast eingefahren. Und da drin, in einer räudigen versifften Gefängnisbücherei, hab ich zum ersten Mal in meinem Leben den edlen Qur'an in Händen gehalten. Ich las. Und las. Und alles wurde anders. Alles, alhamdulillah.«

Er schaute an mir vorbei auf die von innen beschlagene Dönerbudenfensterscheibe.

»Ich habe diesen Frauen unsagbar schreckliche Dinge angetan«, murmelte er. »Und es gibt keinen Tag, an dem ich nicht zu Allah um Vergebung flehe. Ich weiß aber auch …«, er wandte sich mir wieder zu, »dass so etwas in einem islamischen Land, inschallah, niemals geschehen könnte. Wo die Frauen sich verschleiern. Es ist absolut wichtig, dass sie das tun. Ich hätte das früher nie für möglich gehalten. Aber heute weiß ich, wie schnell sich eine Frau zur Schlampe machen lässt.«

Selber Schlampe, dachte ich, wagte aber nicht, es auszusprechen. Seine Geschichte war widerlich und faszinierend zugleich. Ich versuchte mir vorzustellen, wie er mit Goldkettchen und Brilli an den Fingern zugekokst in einem Club abhängt, noch nicht mal volljährig und schon Zuhälter, der absolute Oberazzlack. Kaum zu glauben, dass dies derselbe Mensch sein sollte wie jener abgeklärte junge Mann, der mir mit ernstem Blick gegenübersaß. Er hatte in sämtliche menschlichen Abgründe gesehen; vielleicht war es von dort aus gar nicht mehr so weit bis in den Krieg. Er hatte schon einmal alle Brücken abgebrochen und konnte es leicht wieder tun. Ich hätte niemals mit ihm tauschen mögen und trotzdem beneidete ich ihn um die Festigkeit seines Entschlusses.

Ich fragte: »Und du siehst für dich keinen anderen Weg als diese … Märtyrer-Sache?«

»Hast du mir nicht zugehört?« Er sah mich an, als hätte ich was unglaublich Dummes gesagt. »Bei der Scheiße, die ich in meinem Leben gebaut habe, ist das eben der sicherste Weg für mich ins Paradies. Vielleicht der einzige. Und für meine Eltern. Sogar für Samira. Ich weiß, sie führt ein Leben nach Qur'an und Sunna, jedenfalls solange sie nicht dauernd mit dir telefoniert.« Er grinste kurz und wurde sofort wieder ernst. »Aber selbst bei ihr kann man nicht sicher sein. Das kannst du ja nie. Nur halt als Märtyrer. Inschallah.«

Ob Samira es tatsächlich nötig hatte, von ihrem kleinen Bruder ins Paradies geholt zu werden? Ich schwieg und aß meinen Döner auf. Adil hatte seinen gar nicht mehr angerührt.

»Isst du dein Teil nicht mehr?«, fragte ich und langte nach seinem Döner. »Deine Geschichte sollte einem eigentlich den Appetit versauen, aber ich hab irgendwie voll den Fressflash, als hätte ich gekifft.«

»Normal«, meinte er. »Der totale Adrenalinkick, so ein kleiner Fight.«

Da hatte er recht. Die nackte Angst von vorhin, die sich in brennenden Hass verwandelte, der plötzliche Mut, ja Übermut – als hätte ich eine neue Droge ausprobiert. Unwillkürlich dachte ich wieder an Samira und das Paradies. Und überhaupt – was machten Frauen eigentlich dort? Dazu hatte ich noch nirgends was gehört oder gelesen. Jedenfalls konnte ich mir nicht vorstellen, wie Samira sich mit zweiundsiebzig knackigen Jungs vergnügte. Das heißt – scheiße, doch, ich konnte es mir vorstellen, denn meiner Fantasie war anscheinend nichts zu abwegig. Subhan Allah. Ich schaute auf meine Finger, zwischen denen die Dönersoße auf die Serviette tropfte.

Wie schade, dass ich nicht zugeschlagen hatte. Ich hätte einfach zu gern gewusst, wie sich das anfühlt.

56. Tag

Das nenne ich Urlaub! Sie haben uns in einem ehemaligen Hotel einquartiert. Eigentlich ist es immer noch ein Hotel, aber nicht für Touristen, sondern für Kämpfer. Es unterscheidet sich von einem normalen Touristenhotel auch dadurch, dass auf der Vorderseite gleich neben dem Eingang auf die eisernen Zacken eines Gartenzaunes drei Männerköpfe aufgespießt sind. Die Körper liegen auf dem Bürgersteig. Schon seit zwei Tagen, heißt es. Niemand achtet weiter darauf, alle Passanten gehen einfach in einem Bogen daran vorbei. Angeblich sollen es ehemalige Brüder von uns gewesen sein. Ausländer wie wir, denen Zweifel am Kampf gekommen sind. Sie hätten versucht abzuhauen und seien deshalb getötet worden. Und sollten uns nun zur Mahnung dienen.

Ich hab Nasreddin danach gefragt, aber der sagt bloß, das würde uns nichts angehen. Er ist irgendwie nicht mehr so gut auf mich zu sprechen. Vielleicht mag er nicht die Art, wie ich kämpfe. Oder er misstraut mir tatsächlich wegen des Tagebuchs. Ich trage es jedenfalls Tag und Nacht bei mir. Hab keinen Bock, dass er oder sonst wer einen heimlichen Blick hineinwirft.

Na ja, ich hoffe jedenfalls, dass diese Leichen doch bald weggeräumt werden. Immerhin geht unser Balkon zur hinteren Seite des Gebäudes hinaus. Hier sitze ich jetzt gerade im Schatten und schaue über die weißen Dächer der Stadt, die sich in der flirrenden Hitze an den Fluss schmiegt. Ich hatte mir nichts Besonderes vorgestellt, irgendein Wüstenkaff halt, aber das hier ist eine moderne Großstadt mit pulsierendem Leben. Islamischem Leben. Wo früher auf großen Plakatwänden für Alkohol oder Zigaretten geworben wurde, stehen jetzt Mahnungen, sich an die Gebetszeiten zu halten, oder Hinweise für Frauen, wie sie sich vorschriftsmäßig verschleiern sollen. Allerdings sieht man gar nicht so viele Frauen auf der Straße – und wenn, sind sie tatsächlich vollkommen in schwarze Niqabs gehüllt. Es gibt hier auch eine ziemlich strenge Sittenpolizei, al-Khansa'a – sie besteht nur aus Frauen und ist für die Kontrolle der Frauen in der Stadt zuständig. Es kursieren ein paar Gräuelmärchen über die Khansa'a. Max will von einem der Brüder erfahren haben, dass die Khansa'a-Wächterinnen verhaftete Frauen foltern, indem sie ihnen mit ... subhan Allah, so was will ich gar nicht hinschreiben. Weil es ja ganz bestimmt auch nur eine Lüge ist! Es MUSS eine Lüge sein, alles andere will ich gar nicht in meinen Kopf reinlassen.

Ich glaube, die Khansa'a-Brigade hat auch deshalb keinen so guten Ruf hier, weil die Wächterinnen nicht aus Raqqa stammen oder überhaupt aus Syrien, sondern aus der ganzen Welt, so wie wir männlichen Kämpfer eben auch. Und manche von den Einheimischen fühlen sich dadurch irgendwie benachteiligt. Oder angeblich wie von einer ausländischen Macht besetzt. Aber das ist natürlich so diese Art von Propaganda, die unsere Feinde überall verbreiten.

Wir müssen uns einfach alle noch viel besser kennenlernen, denke ich. Es ist ja für alle eine neue Situation, dass wir jetzt hier herrschen. Also der IS, meine ich. Jedenfalls haben das auch die Emire erkannt, denn sie fördern sehr die Vermischung von einheimischen Familien und ausländischen Kämpfern. Man hat sogar einen neuen Brauch eingeführt, dass manche unverheiratete junge Frauen ein weißes Untertuch unter ihrem Schleier tragen, um zu zeigen, dass sie als Braut zu haben sind. So offen ist man hier für uns Mudschahidin! Und sie haben eine Art Singlebörse eröffnet, um Frauen aus Raqqa mit Kämpfern zusammenzubringen. Max und die meisten anderen wollen sich dort eine Frau »besorgen« – so hat Max es ausgedrückt. Ich fragte ihn, was er mit einer Frau aus Raqqa überhaupt will.

»Du kannst dich noch nicht mal mit ihr unterhalten«, sagte ich, »so mies, wie dein Arabisch noch immer ist.«

Da lachte er nur.

»Mann, Dummkopf, denkst du, ich will mit der reden?«

Nee. Wohl nicht. Subhan Allah, der scheint es ganz schön nötig zu haben. Aber er hat ja von Anfang an gesagt, dass er es darauf anlegt. Von wegen jesidische Sklavinnen und so, du weißt schon.

Es gibt allerdings auch einige Familien, die versuchen, ihre Töchter aus der Stadt herauszuschaffen. Als wir gestern Raqqa erreichten, mussten wir ziemlich lange an einem Checkpoint warten. Ich dachte, es würde vor allem darum gehen, zu kontrollieren, wer in die Stadt hinein will und warum. Aber dann hab ich geschnallt, dass sie mindestens ebenso gründlich kontrollieren, wer hinaus will. Die Regierung hat für Frauen unter fünfzig ein Verbot verhängt, Raqqa zu verlassen; es sei denn aus gesundheitlichen Gründen. Und weil man einer vollverschleierten Frau natürlich ihr Alter nicht ansieht, braucht man auch hier die Khansa'a-Brigade. Ich muss sagen, dass mich diese Polizistinnen – diese Kämpferinnen, kann man sagen – sehr beeindrucken. Sie sind mit demselben Mut und Einsatz bei der Sache wie wir Männer auch. Und angeblich sind uns manche von ihnen auch am AK-47 mindestens ebenbürtig, so heißt es. Während wir also gestern an diesem Checkpoint darauf warteten, in die Stadt gelassen zu werden, hab ich ein bisschen auf die Gespräche der Frauen gelauscht, denn plötzlich hörte ich eine deutsche Stimme. Sie wechselte zwischen perfektem Arabisch (soweit ich das mit meinen bescheidenen Kenntnissen beurteilen kann) und echter Berliner Schnauze (soweit ich das als Hamburger beurteilen kann). Es war ein komisches Gefühl, so weit weg ~~von zu Hause~~ von Dar al-Kufr und nach all den Wochen ausschließlich unter ~~Kerlen~~ Brüdern plötzlich so eine weiche, helle Mädchenstimme in meiner Muttersprache reden zu hören.

Die Schwestern sagten Siham zu ihr.

18. Februar/28. Rabi ath-thani

Samira, stand auf dem Display. Ich hatte seit Tagen überlegt, sie anzurufen, hatte mich aber nicht entschließen können. Jetzt lag das Smartphone neben meinem Notebook auf dem Küchentisch und hörte nicht auf zu brummen. Zum x-ten Mal streckte ich die Hand danach aus und zog sie wieder zurück. Ich war allein zu Hause. Als ob das eine Rolle spielte …

Endlich griff ich zu.

»As salamu alaikum, Ukhti.«

»Wa-'alaikum as salamu, Akhi«, sagte sie in süffisantem Ton. »Können wir reden oder bin ich immer noch eine Versuchung für dich?«

»So habe ich das nie gesagt«, erwiderte ich. »Und außerdem wollte ich dich auch anrufen.«

»Ach.«

»Ähm – ja.« Es gefiel mir, ihre Stimme zu hören, auch wenn die zwischen belustigt und distanziert schwankte. »Ich habe eine Frage, die ich nicht so gut einem Mann stellen kann.«

»Da bin ich gespannt.«

»Was, glaubst du, erwartet dich im Paradies?« Ich räusperte mich. »Also – weil den Männern ja die Paradiesmädchen versprochen sind. Aber was erwartet die Frauen?«

Sie lachte. Dann entgegnete sie: »Glaubst du überhaupt ans Paradies? Kann man an Dschanna glauben, wenn man nicht an Dschahannam glaubt?«

»Vielleicht glaube ich mittlerweile doch an die Hölle«, sagte ich. »Mir sind viele Sachen durch den Kopf gegangen. Es gibt doch tatsächlich Verbrechen, die nicht ungesühnt bleiben dürfen. Menschen, die niemals bereuen. Insofern hat die Hölle schon ihre Berechtigung. Hast du mir ja selbst erklärt.«

»Nein«, erwiderte sie bestimmt. »Ich erinnere mich sehr gut an dieses Gespräch. Soweit ich weiß, habe ich gar nichts erklärt. Bloß Fragen gestellt.«

»Was soll das? Willst du mich verunsichern?«

»Genau, Akhi. Falls das überhaupt noch möglich ist. Du und Adil, ihr scheint euch eurer Sache ziemlich sicher zu sein.«

»Welcher Sache?«

Für den Moment wusste ich tatsächlich nicht, was sie meinte.

»Dschihad Basterds«, antwortete sie.

»Ah«, rief ich, »du warst auf meinem Facebookprofil.«

»Nicht nötig. Die Fotos, die ihr von eurer Aktion geschossen habt, sind doch hundertfach geteilt worden. Habt ihr eigentlich keine Angst vor irgendwelchen Konsequenzen, du und Adil?«

»Denkst du, der Verfassungsschutz belangt uns ausgerechnet wegen ein paar Graffiti? Die warten doch darauf, dass wir irgendwelche Anschläge planen oder in den Kampf ziehen oder so was.«

Ich grinste versonnen in mich hinein und ließ die Worte nachklingen, im Bewusstsein meiner absoluten Ausnahmestellung als hochrangiger Staatsfeind.

»Man hat auch schon Leute schlicht wegen Sachbeschädigung belangt, nachdem sie auf Facebook damit herumgepost haben.« Und eine Spur schärfer fuhr sie fort: »Der Name des Allerhöchsten ist dazu da, ihn anzubeten und zu preisen. Nicht um ihn auf Häuserwände zu schmieren.«

»Aber das …«

»Wehe, du sagst jetzt, das sei Da'wa«, knurrte sie. »Das ist nicht Da'wa, sondern Kindergarten. Angeblich habt ihr euch mit Hooligans geprügelt, du und Adil. Dabei benehmt ihr euch selbst wie welche.«

»Woher weißt du das? Das mit den Hools?«

»Weil ihr es sämtlichen Brüdern erzählt habt, Mann.« Sie lachte hohl. »Und die Verheirateten haben es ihren Frauen erzählt und die Schwestern erzählen es weiter. Dass ihr euch mit mindestens sieben glatzköpfigen Nazis angelegt habt, genau den Typen, die letzten Herbst versucht hätten, mich zu vergewaltigen. Oder waren es siebzehn? Subhan Allah, ihr benehmt euch, als wäre der Islam eine Dorfdisko und ihr beiden wärt da die Obermacker. Ich habe dir nicht all diese Abende und Nächte geopfert, dir zugehört, dir den Glauben erklärt, damit du jetzt anfängst, von Dschihad zu faseln wie mein gestörter Bruder.«

»Bitte?« Mir blieb die Luft weg. Was ging hier ab?

»Mann, Adil ist ein schwer traumatisierter Junge, der dringend in Therapie gehört. Vielleicht lässt er sich retten, vielleicht auch nicht, das geht nur ihn und mich was an. Aber ich will nicht, dass er dich in seine Todessehnsucht hineinzieht.«

»Ist das etwa der Grund, warum du mich anrufst?«

»Du bist ja ein Blitzmerker. Ich weiß, dass Adil mit dem Gedanken spielt, nach Syrien zu gehen zum Islamischen Staat, und ich werde alles tun, um das zu verhindern. Er ist krank, Jakob, das musst du doch sehen! Du kannst doch nicht so blind sein, ihm nachzulaufen.«

»Ich laufe deinem Bruder nicht nach«, sagte ich kühl. »Das mit den Graffiti war meine eigene Idee.«

»Umso schlimmer«, stöhnte sie. »Wolltest du ihn damit beeindrucken oder was?«

»Nee, dich«, gab ich zurück und biss mir auf die Zunge. Es war schlagfertig, witzig, trotzig und nicht ernst gemeint. Oder doch? Ich wusste es selber nicht. »Ich wollte einfach mal was tun«, brummte ich. »Anstatt immer nur diese Videos zu glotzen. Oder in der Moschee herumzusitzen und sich darüber aufzuregen, wie scheiße wir Muslime behandelt werden. Ich wollte mal ein Zeichen für den Islam setzen.«

»Du solltest nicht versuchen, mich mit *so was* zu beeindrucken. Ich wäre beeindruckt, wenn du dich um Bedürftige kümmern, dich für Benachteiligte einsetzen würdest. *Das* wäre ein Zeichen für den Islam.«

»Was willst du von mir?« Ich war selbst überrascht, wie schroff ich plötzlich klang. »Soll ich Adil für dich umdrehen oder was?«

»Wie kann man sich nur so dumm stellen«, rief sie. »Mir geht es um *dich,* Jakob! Kriegst du das in deinen hübschen Kopf? Verdammt, ich hab dich gern, das musst du doch spüren.«

Getroffen hielt ich die Luft an. Alles, was ich ihr gerade noch an Argumenten um die Ohren hauen wollte, war plötzlich fort.

»Ich will nicht, dass du gleich alles wegschmeißt, was du gerade erst gewonnen hast«, fuhr sie fort. »Der Islam ist eine so große und vielfältige Welt und du stehst doch erst ganz am Anfang, alles zu entdecken. Mit manchen Konvertiten ist es, als ob jemand neu in ein großes Haus einzieht, einen winzigen Teil der Hausordnung gelesen hat und jetzt alle Hausbewohner mit irgendwelchen Regeln tyrannisiert, die er aus dem Zusammenhang gerissen hat. Verstehst du, was ich sagen will? Hallo? Bist du überhaupt noch da?«

»Ich hab dich auch gern«, murmelte ich. »Es hat mir gefehlt, mit dir zu telefonieren. Jedes Mal, wenn ich dich beim Gebet oder beim Essen aus der Ferne sehe, denke ich das.«

Sie zündete sich eine Zigarette an, inhalierte tief, blies den Rauch aus. Ich hörte ihr für eine Weile dabei zu. Ich verstand sie nicht, nicht ihre Kritik an unserer Aktion, nicht ihren Unmut. Ich hatte doch nichts weiter getan, als all das, was sie mir in der Theorie erklärt hatte, einfach mal in eine echte Tat umzusetzen. Was konnte denn daran so falsch sein?

Ich verstand es nicht und würde es heute auch nicht mehr verstehen. Sekunden vergingen oder auch Minuten, keine Ahnung, ich sah nicht auf die Uhr, sondern nur aus dem Fenster. Draußen fiel Schnee und ich lauschte ihrem Atem. Plötzlich stand Adil in der Tür. Ich schrak hoch, räusperte mich und sagte: »Ich werde über alles nachdenken, was du gesagt hast. Vielen Dank für deinen Anruf.«

»Verstehe.« Ich konnte sie grinsen hören. »As salamu alaikum wa rahmatullahi wa barakatuh.«

Ich legte das Handy weg.

»Hi, Adil.«

»Wer war das? Samira?«

»Tolle Begrüßung, Akhi. Willst du mich kontrollieren? Kommst du mir wieder mit dem Schaitan?«

»Vor allem will ich nicht, dass der Schaitan einen Keil zwischen uns beide treibt, dich und mich. Wenn wir anfangen, Dinge voreinander zu verbergen, dann öffnen wir ihm die Tür zu unserer Seele. Al-Wala wa'l-bara, vergiss das nicht, Ya'qub.«

Loyalität und Lossagung – al-Wala wa'l-bara – die Pfeiler des bewaffneten Dschihad. Zusammenhalt der Brüder und Abgrenzung gegen alle anderen. Natürlich vergaß ich das nicht. Aber am Anfang war es für mich ein theoretisches Konzept gewesen, einfach eine allgemeine Grundhaltung. Und dann, bei unserem nächtlichen Zusammenstoß mit den Hools, fast eher ein Spiel, ein Action-Adventure. Doch für Adil war es bitterernst. Er hatte sich innerlich längst auf den Weg nach Syrien gemacht. Und mich in seinen Gedanken mitgenommen. Aber wollte ich das?

Subhan Allah – dass ich mich das fragte, zeigte doch, dass ich es zumindest nicht ausschloss. Mir wurde beinah schwindelig.

»Ja, es war Samira«, sagte ich endlich. »Sie wollte mich wissen lassen, dass sie nichts von den *Dschihad Basterds* hält.«

»War ja klar.« Adil verdrehte die Augen.

»Was war klar?«

»Ach«, meinte er achselzuckend, »Samira spinnt in letzter Zeit ein bisschen.« Er wischte sich mit der Hand vor dem Gesicht herum. »Vielleicht hältst du dich für eine Weile besser von ihr fern, okay?« Es sollte beiläufig klingen. Tat es aber nicht.

Er sah, dass mir seine Antwort nicht reichte. Also stützte er sich mit beiden Händen auf die Tischplatte vor mir auf, beugte sich zu mir herab und sagte eindringlich: »Samira denkt im Moment ein bisschen zu viel nach, wenn du mich fragst. Sie kommt mir richtig verwirrt vor. Und ich will nicht, dass sie dich auch verwirrt. Es reicht schon, dass sie *mich* ständig nervt.«

»Nervt?«, setzte ich nach. »Womit? Worüber spricht sie mit dir?«

»Ist doch kackegal«, brummte Adil und richtete sich wieder auf. »Es spielt keine Rolle.«

Doch, spielt es, dachte ich. Was ging in der Frau vor? Wie viel davon hatte mit mir zu tun? Adil wusste es, aber es hatte jetzt keinen Sinn, ihn zu bedrängen; er würde es mir nicht sagen.

Stattdessen fragte ich: »Spielt es denn eine Rolle, was du zurzeit mit Mert ausheckst?«

»Bitte?«

»Na – er ist es doch, mit dem du neuerdings jeden Abend chattest, oder? Und da sagst du mir, dass wir nichts voreinander verbergen sollen …«

»Meinetwegen.« Adil ließ sich auf einen Stuhl fallen. »Ich wollte es dir eh sagen. Wir werden Besuch bekommen. Ich weiß nicht genau, wann. Ein Bruder ist auf der Reise durch Deutschland, um Mitstreiter zu gewinnen, die mit nach Sham gehen.«

»Und er kommt, um uns abzuholen?«, fragte ich spöttisch.

»Zuerst mal braucht er einen Schlafplatz für ein paar Tage«, stellte Adil sachlich fest. »Ich gebe ihm mein Zimmer und penne solange bei dir, wenn du nichts dagegen hast.«

»Könnte ich denn? Du scheinst ja alles schon abgesprochen zu haben.«

»Nicht so sehr ich«, erwiderte er. »Das Organisatorische läuft sowieso über das Büro von Ibn Ibrahim.«

Verdutzt sah ich ihn an. Mann, ich war echt naiv.

»Geht klar«, murmelte ich. »Und jetzt muss ich weiterarbeiten.«

Mein Mitbewohner trollte sich und ich weckte mein Notebook aus dem Stand-by, um den halb fertigen Text anzuglotzen, bei dem ich schon stecken geblieben war, bevor Samira mich angerufen hatte. Ich arbeitete immer noch für Golski, obwohl wir uns seit Wochen nicht gesehen hatten. Er schickte mir Texte, ich schickte sie redigiert zurück und eine Rechnung hinterher, er bezahlte; ganz selten telefonierten wir kurz. Ein erträglicher Status quo, jedenfalls für ihn. Ich aber konnte es, wenn ich ehrlich zu mir war, immer schlechter ertragen. Hätte Golskis Agentur für irgendwelche Arschlöcher gearbeitet, dann hätte mir vielleicht alles egal sein können. Weil seine – unsere – Kunden aber sämtlich Idealisten waren, musste ich mich innerlich mit ihnen auseinandersetzen. All diese Leute von der Flüchtlingshilfe oder dem Umweltschutzverein oder dem Jugendclub, all diese Pädagogen und Aktivisten, diese Happening-Künstler und Sozialarbeiter wollten die Gesellschaft verändern. Der alte Jakob wäre vielleicht gern einmal so geworden wie sie. Die Arbeit bei Golski war sein Traumjob gewesen und er hatte sich ausgemalt, nach dem Studium in der Agentur einzusteigen, sie vielleicht sogar eines Tages zu übernehmen. Aber Ya'qub hatte inzwischen durchschaut, dass es nichts brachte, die Gesellschaft zu verändern. Man hatte nur die Wahl, sie zu erdulden oder zu ihrer Vernichtung beizutragen. Diese Erkenntnis hatte ich schon länger, fiel mir auf, spätestens seit Weihnachten. Aber erst gerade eben war sie mir ausformuliert durch den Kopf gegangen. Genau das hätte ich Samira antworten müssen. Von wegen *sich für Benachteiligte einsetzen*. Das war doch nur Kosmetik. Wer ein anderes Leben wollte, musste eine andere Welt erschaffen, eine Welt nach Qur'an und Sunna, dann gäbe es keine Benachteiligung mehr. *Herr Golski,* schrieb ich, *leider kann ich Ihre dreckige Kuffar-Scheiße nicht länger unterstützen. Danke für die Kohle und machen Sie's gut.*

Ich löschte die Mail und begann eine neue. *Heute habe ich mich endgültig gegen Anpassung entschieden,* schrieb ich. *Deshalb können wir leider nicht länger zusammenarbeiten. Danke für die Chance, die Sie mir gegeben haben. Mein altes Ich hat das sehr zu schätzen gewusst. Mein neues muss eine andere ergreifen. Leben Sie wohl.*

Keine drei Minuten später kam seine Antwort.

So schnell nicht, junger Mann. Bitte kommen Sie am Montag noch einmal zu mir ins Büro, damit wir es anständig zu Ende bringen.

Na gut, ich komme, schrieb ich zurück.

58. Tag

Ich muss dir von sehr krassen, verrückten, unglaublichen Dingen berichten und weiß gar nicht, wie ich das alles in Worte fassen soll, denn es prallen extrem verschiedene Gefühle aufeinander, alles ist zugleich schön und totaler Horror. Wo fange ich an?

Am besten damit, dass ich im Augenblick mit einigen Brüdern im Keller unseres Hotels hocke. Von draußen hören wir entferntes Donnergrollen. Die Amis und ihre arabischen Speichellecker bombardieren unsere Stadt. Aber die Leute hier scheinen daran gewöhnt zu sein, alle bleiben ziemlich cool. Vielleicht ist cool auch nicht der richtige Ausdruck, es ist eher so eine Art Gleichgültigkeit bei den Einheimischen. Fatalismus nennt man das, glaub ich. Man könnte auch denken, dass sie uns hassen, denn das alles geschieht ja nur deswegen, weil wir hier sind, die Kämpfer des Kalifats. Aber sie scheinen zum Hass gar nicht fähig zu sein. Sie ertragen uns, wie sie zuvor den Terror des Assad-Regimes ertragen haben. Immerhin hat endlich jemand draußen vor der Tür die Köpfe vom Zaun verschwinden lassen. Und die kopflosen Körper auch.

Ja, was ich schreibe, klingt ein wenig ernüchtert, und ich gebe zu: Das bin ich. Unsere Brüder tun schlimme Dinge hier. Ich erinnere mich an eines unserer ersten Gespräche, Akhi, als ich dir erklärte, dass der Kampf für die richtige Sache manchmal Grausamkeit erfordert … Ich kann bloß hoffen und mache Du'a dafür, dass einiges von dem, was hier geschieht, wirklich bloß eine Art »Jugendsünde« unseres neuen Staates ist. Ich versuche das nüchtern zu sehen: Wir sind im Krieg, wir werden von aller Welt bedroht und angegriffen; kein Wunder, dass es dann bei uns auch mal zu Fällen von übertriebener Gewalt kommt. Oder Bestialität ...

Gestern Vormittag waren wir in der Stadt unterwegs. Max und ich und Mirza, der Bruder aus Bosnien, und ein paar andere. An einer Kreuzung sammelte sich eine aufgeregte Menschenmenge. Das heißt: Männer. Frauen sind ja auf der Straße kaum zu sehen, und die wenigen, die man doch sieht, mit Kinderwagen oder Einkaufstasche, die gehen rasch vorüber, wenn irgendwo ein Menschenauflauf ist. Und solche Aufläufe hab ich in den paar Tagen unseres Aufenthalts häufiger gesehen. Fast immer bedeuten sie, dass irgendwo jemand für irgendwas bestraft wird.

Da drängten sich also die Männer an dieser Kreuzung. Und nicht nur erwachsene Männer, es waren viele Jungs dabei, manche noch richtig klein, so Kindergartenkinder. Alle hatten sie ihre Köpfe in den Nacken gelegt und guckten nach oben. An der Kreuzung steht ein Hochhaus. Also noch kein fertiges Hochhaus, es ist ein Rohbau. Die unteren Etagen sind schon fertig, mit voll verglasten Fassaden, die höheren Geschosse existieren nur als Gerippe; die Betonböden und -decken ruhen auf Säulen und Stahlträgern und du kannst hindurchschauen wie durch ein Gerüst. Jedenfalls gibt es zehn oder elf Stockwerke, und als wir näher kamen, sahen wir, was die Blicke der Männer und Jungen auf sich zog: Im obersten Stockwerk war ein einfacher Plastikstuhl, wie man ihn als billiges Gartenmöbel kennt, hart an den Rand der Betonplatte geschoben, die kein Geländer und auch sonst keine Absperrung hatte. Auf dem Stuhl saß ein Mann. Seine Augen waren verbunden und die Arme offenbar auf den

Rücken gefesselt. Hinter ihm standen vier vermummte Brüder. Einer schwenkte unsere Fahne, zwei hielten demonstrativ ihre Kalaschnikows in die Luft, der vierte filmte alles mit seinem Smartphone.

Da musste ich ganz plötzlich an deine Worte denken. Was du bei unserem allerletzten Gespräch zu mir gesagt hast. Ja – fast war es, als würdest du neben mir stehen und mir das zuflüstern, was du damals sagtest: »Und wenn es tausendmal haram wäre, einem anderen Mann den Schwanz zu lutschen«, hast du gesagt, »dann ist es trotzdem noch zehntausendmal schlimmer, ihn deswegen von einem Hochhaus zu stürzen.«

Aber du standst gestern Morgen nicht neben mir, an dieser Straßenkreuzung in Raqqa; du nicht, sondern Max und Mirza.

»Alter, guck mal, 'ne Schwuchtel, oder?«, raunte Max. »Das ist doch die Strafe für Schwule, stimmt's?«

Ich zuckte nur mit den Schultern und wandte mich zum Gehen.

»Warte«, rief Max, »das müssen wir uns angucken.«

Aber ich gab schroff zurück: »Mann, du hast doch schon reichlich Tote gesehen. Und wirst noch mehr sehen, wenn wir wieder an die Front gehen.«

Etliche Leute drehten sich nach uns um. Ich war eine Spur zu laut gewesen, aber ich hatte natürlich Deutsch gesprochen und so guckten sie nur fragend, bevor sie sich wieder dem Spektakel auf dem Hochhaus zuwandten.

»Viel Spaß noch«, knurrte ich und ging.

Keiner meiner Brüder folgte mir. Sie hatten sich in die gaffende Menge eingereiht und glotzten mit offenen Mündern nach oben. Nur Mirza sah mir mit einem fast flehenden Blick nach, als wollte er, dass ich ihn mitnehme, weil er sich selber nicht von den andern lösen konnte. Aber ich bin doch nicht sein Babysitter, dachte ich und ging weiter.

Ich erreichte die nächste Straßenecke und hielt inne. Etwas zwang mich, mich noch einmal umzudrehen. Und als hätten sie nur auf mich gewartet, taten sie es in diesem Augenblick: Die zwei mit den Gewehren gaben gleichzeitig dem Stuhl einen Tritt, der erste schwenkte ~~seine~~ unsere Fahne, der vierte beugte sich vor, damit seiner Handykamera nichts entging. Der Verurteilte mit seinen verbundenen Augen und gefesselten Armen schlug einen unfreiwilligen Salto in der Luft und stürzte wie ein Geschoss in die Tiefe. Er schrie nicht. Alles war totenstill, als hätte einer den Ton abgestellt. Der Plastikstuhl segelte hinterher. Ich sah nicht, wie der Mann auf dem Boden aufschlug. Ich hörte nur einen kollektiven dumpfen Laut, als würden alle, die da herumstanden, gemeinsam einen tiefen Seufzer ausstoßen. Ich hatte einen lauten Aufschrei erwartet, vielleicht auch Jubelrufe oder im Gegenteil Ausrufe des Entsetzens. Aber dieser dumpfe Ton verwirrte mich und auch, dass ich nicht das Geräusch hörte, mit dem der Körper des Mannes am Boden zerschmettert wurde. Klar – ich war ja weit genug weg, aber etwas in mir wartete trotzdem auf einen lauten Aufprall. Und, so verrückt es klingt, ich warte immer noch. Als wäre der Mann noch immer in der Luft, würde seinen stummen Salto schlagen und dem tiefen Nichts entgegenrasen ohne ein Ende oder irgendeine Hoffnung.

Das ist gestern Vormittag gewesen. Gestern Abend dann quatschte mich Nasreddin an. Er hätte gehört, ich sei plötzlich so »zart beseitigt«, meinte er. Und ich so: »Besaitet, meinst du?« Und er so: »Kackegal, wie man das in eurer Sprache sagt.« Jedenfalls hätte er gehört, ich hätte neuerdings ein Herz für Schwule. Und ich meinte darauf nur, ob er das daran festmacht, dass ich kein Bock hatte zuzusehen, wie der Typ als Matschklumpen auf dem Asphalt endet. Und Nasreddin meinte, das sei eben der Wille von Allah (swt) und dass Allah (swt) auch will, dass die Kämpfer nicht alleine bleiben, sondern dass wir uns Frauen nehmen. Denn was mit denen passiert, die nicht auf Frauen stehen, davon hätten wir ja gerade gesprochen.

Da wurde ich richtig sauer und hätte ihm am liebsten an den Kopf geworfen, dass er nicht mal im Paradies so viele Tussen flachlegen wird wie ich während der paar Monate, wo ich im Business war. Aber, hey, ich wollte doch nicht posen. ☺

Ich hab ihn einfach angeschwiegen. Irgendwann zuckte er mit den Achseln und brummte was von wegen, ob ich denn wenigstens irgendeine Idee hätte, wo Mirza sich rumtreibt. Angeblich wär er verschwunden. Nee. Hatte ich nicht.

»Vergiss nicht«, knurrte er noch, »al-Wala wa'l-bara – denk immer dran.«

Loyalität und Lossagung … aus seinem Mund klang das fast nach einer Drohung.

Zwei Dinge sind mir durch das Gespräch klar geworden. Erstens hat Nasreddin sich offenbar schon wieder nach mir erkundigt. Genau wie neulich, als es um mein Tagebuch ging. Wen er wohl aushorcht – Max? Oder einen anderen? Es waren schließlich mehrere Brüder von unserer Einheit dabei. Er traut mir nicht. Und zweitens haben sie uns nicht nach Raqqa gebracht, damit wir Urlaub machen. Wir sind zum Heiraten gekommen. Wir sind Teil eines Zuchtprogramms. Während die Schwulen von den Dächern segeln, sollen die Heteros ihr Erbgut über die Töchter Raqqas verteilen, auf dass wir Kämpfer aus aller Welt untrennbar mit diesem Land verschmelzen.

Na gut. Vielleicht wollte ich bloß Nasreddin beruhigen oder vielleicht war ich einfach neugierig, vielleicht ging es mir aber auch ein kleines bisschen so wie Max, der es so furchtbar nötig hat. Jedenfalls wandte ich mich heute Morgen tatsächlich an diese verkappte Singlebörse – und was glaubst du, mit wem die mich zusammenbringen wollen? Mit Siham, dem Mädchen aus Berlin. Natürlich hab ich nicht allein mit ihr geredet und sie schon gar nicht ohne Schleier gesehen; nicht mal ihre Hände hab ich zu Gesicht gekriegt, weil sie schwarze Handschuhe trägt. Wir haben nur kurz und unter Aufsicht eines Richters gesprochen, der als Sihams Vormund fungiert und mit dem ich nachher noch über das weitere Prozedere verhandelt habe. Jedenfalls haben sie und ich halt ein paar züchtige Floskeln ausgetauscht, aber ich sah im Funkeln ihrer Augen, dass sie dabei an was völlig anderes dachte. Und das tat ich auch. Früher hieß sie übrigens Jenny. »Siham« heißt auf Deutsch so was wie »Pfeil«. Passt ganz gut. Mich hat sie jedenfalls voll abgeschossen. ☺

Akhi! Verstehst du, was ich da schreibe? Ich werde heiraten, Mann! Eine Frau haben! Ja, ich kann es selber noch kaum glauben. Deshalb muss ich es hier hinschreiben, um zu begreifen, dass es wahr ist.

Absolut verrückt, oder? Ich bin doch hergekommen, um den Märtyrertod zu suchen und durch den Tod hindurch ins Paradies zu gehen …

Und jetzt sitze ich hier im Keller, während oben die Raketen pfeifen und knallen, habe verliebte Gefühle im Herzen und im Kopf lauter verwirrende Fragen. Zum Beispiel, wie man hier überhaupt zusammenleben soll als Ehepaar. Oder wo Mirza eigentlich steckt, denn der ist jetzt echt langsam überfällig. Oder wann endlich der Aufprall kommt.

Ich mach jetzt gleich Schluss, denn ständig schleicht wieder Nasreddin um mich herum und beäugt mich beim Schreiben. Von wegen Loyalität und Lossagung. Überwachung und Misstrauen wäre treffender. Jedenfalls für Nasreddins Auslegung dieser Formel.

Loyalität und Lossagung. Dumme Menschen mochten so was als Schwarz-Weiß-Denken abtun, weil sie nicht verstanden, dass es in den entscheidenden Fragen des Lebens kein *Sowohl-als-auch* gibt, kein *Vielleicht*. Es klang logisch, es klang richtig, es klang vollkommen wahr für mich … nur leider fühlte es sich noch immer nicht so an. Ich konnte all das zwar *denken*, all die Theorien des Dschihad, aber richtig *spüren* konnte ich es nicht. Vielleicht war das der Grund, warum ich Golskis Einladung folgte. Um es mir selber zu beweisen. Mir und irgendwie auch Samira. Doch er war nicht allein, als ich Montagvormittag bei ihm eintraf.

»Sorry«, sagte ich, »ich kann später wiederkommen.«

»Nein, im Gegenteil.« Golski winkte mich herein. »Ich will, dass Sie jemanden kennenlernen.«

Aus dem Besuchersessel erhob sich ein leicht ergrauter Mann, dessen Designerbrille im schönen Kontrast zu seinem langen Ziegenbart stand und zu dem Palituch, das er um den Hals trug. Seine wachen Augen taxierten mein Outfit; ich hatte zur Feier des Tages eine Dschellaba angelegt.

»Klaus Abdallah Sellring«, stellte Golski vor. »Von der Flüchtlingsinitiative, die wir beraten. Sie haben seinerzeit ein paar Pressemitteilungen des Vereins redigiert, erinnern Sie sich?«

Ich nickte bloß und wir setzten uns.

»Ich engagiere mich schon sehr lange für Flüchtlinge«, begann der Mann. Offenbar sprach er zu mir und wollte mir was erzählen. »In den Neunzigern waren es vor allem Leute aus Ex-Jugoslawien, die zu uns kamen. Eine von ihnen war Edina aus Bosnien, meine heutige Frau. Durch sie lernte ich den Islam kennen und verliebte mich in die Religion genauso intensiv wie in Edina selbst. Als wir heirateten, habe ich den Glauben angenommen.«

»Verstehe. Sie sind schon konvertiert, *bevor* es cool war«, warf ich ein.

»Es war weder cool noch uncool, sondern für die meisten Leute völlig irrelevant«, antwortete er, ohne auf den spöttischen Unterton meiner Bemerkung einzugehen. »Ich hatte bis dahin konfessionslos gelebt. Mein Schritt kam den Leuten als kleine Spinnerei vor. Genauso gut hätte ich mich dem Briefmarkensammeln zuwenden oder mir ein seltenes Haustier kaufen können. Es regte niemanden auf, denn der Islam war hierzulande völlig unpolitisch bis auf ein paar Sektierer, und so etwas wie Nine/Eleven hätte sich niemand vorstellen können. Sie haben recht, es gab nicht viele Konvertiten damals. Und die, die es gab, gehörten eher dem liberalen Islam an. Vor allem, was die Frauen betrifft, haben sich …«

»Wo soll das hinführen?«, unterbrach ich ihn. Ich hatte geduldig zugehört, aber ich wusste ohnehin, worauf es hinauslief, und wollte die Sache abkürzen.

Er beugte sich vor und sagte: »Ich habe einiges von dem gelesen, was Sie auf Ihrer Facebook-Seite über den Islam schreiben. Und über die Ungläubigen und den Dschihad. Sie schreiben von Armut und Unrecht, Leid und Gewalt auf der Erde und haben mit vielen Dingen völlig recht. Darum bin ich der Bitte von Martin Golski gefolgt, mich mit Ihnen zu unterhalten. Haben Sie schon einmal mit Leuten, die Sie als Ungläubige bezeichnen, über all das gesprochen?«

»Am Anfang schon«, winkte ich ab. »Aber mit Kuffar kann man nicht diskutieren. Ist ja auch logisch – sie sind nun mal total verstockt; denn wären sie es nicht, würden sie ja zum Islam kommen.«

Ich warf Golski einen Seitenblick zu, doch der lehnte bloß reglos in seinem Schreibtischstuhl und verfolgte die Szene wie ein Zuschauer.

»Ich bewundere Ihre Selbstsicherheit«, sagte Sellring. »Sie und Ihre Brüder wären vermutlich mutig genug, sich in ein Flugzeug nach Syrien zu setzen und dort für den Islamischen Staat zu kämpfen. Aber hätten Sie auch den Mut, einfach mal bei Ihrem Nachbarn zu klingeln und mit ihm über diese Sachen zu reden? Ihm die Augen zu öffnen? Ihr sprecht doch andauernd von Da'wa.«

»Und als Nächstes erzählen Sie mir, dass der Islam Frieden ist«, ätzte ich. »Doch Allah – subhanahu wa-ta'ala – ruft uns zum Kampf. Und er hat den Muslimen den Sieg versprochen, was solche – sorry! – Weichei-Muslime wie Sie einfach ignorieren.«

»Wahrlich, er hat uns den Sieg versprochen. Doch wer bist du, dass du denkst, er hätte mit seinen Worten ausgerechnet dich und deine Freunde gemeint? Dass du denkst, bestimmen zu können, wie der Sieg aussieht – ob er sich in Strömen von Blut verwirklicht oder nicht doch in einer freien Gesellschaft, in der alle zusammenleben können? Wer bist du, dass du glaubst, du könntest die Prinzipien des Islam außer Kraft setzen, nach denen es verboten ist, Frauen und Kinder und Unschuldige zu töten?«

Ich holte Luft, um zu einer Gegenrede anzusetzen, doch Sellring schnitt mir mit einer knappen Geste das Wort ab und fuhr fort: »Du wirst mir sagen, dass die Feinde das doch auch tun. Die Israelis in Gaza und die Amerikaner überall in der Welt. Aber die berufen sich dabei auch nicht auf den Koran. Du schon. Deshalb ist deine Sünde im Zweifel noch viel größer.«

Wieder wollte ich dazwischengehen, wieder ließ er mich nicht zu Wort kommen.

»Was du über die namenlosen Grausamkeiten des Assad-Regimes gegen kleine Kinder geschrieben hast, ist leider die Wahrheit! Aber hast du jemals mit einem dieser Kinder gesprochen?« Er schrie jetzt beinahe. »Oder mit den Eltern dieser Kinder? Glaubst du denn, das, was die jetzt brauchen, sind verblendete

Mudschahidin mit schwarzen Flaggen und Kalaschnikows? Komm mit mir, ich mache dich mit ihnen bekannt. Es leben viele syrische Flüchtlinge in der Stadt. Komm einfach mit, hör dir ihre Geschichten an. Frag sie doch, ob sie es brauchen, dass du dich für sie abknallen lässt. Oder ob du nicht was Sinnvolleres für sie tun kannst!«

Endlich versiegte sein Redeschwall. Er musste durchatmen und ich musste zum Gegenangriff übergehen, doch alles, was ich zwischenzeitlich hatte dagegensetzen wollen, war plötzlich weg. Genau wie bei meinem letzten Telefonat mit Samira ein paar Tage zuvor. Ich kam nicht mehr drauf. Stattdessen sagte ich bloß: »Ich habe Ihnen nicht das *Du* angeboten.«

Damit erhob ich mich und wandte mich zum Gehen. Aber es wurmte mich, dass ich so trotzig klang. Ich wollte nicht wie ein schmollendes Kind aus diesem Laden hier verschwinden. Da fiel mir was ein und ich drehte mich noch einmal zu Golski um.

»Wo war der Typ hier vor einem Jahr?«, fragte ich scharf.

»Bitte?« Golski richtete sich auf und sah mich ratlos an.

»Ja, vor einem Jahr«, wiederholte ich. »Da wusste ich noch nichts vom Islam. Da war ich auf der Suche nach einem Ziel im Leben. Wer weiß, vielleicht hätte ich dann bei so was angebissen. Aber solange man keine Probleme macht, interessiert sich doch keine Sau für einen. Abi machen, Fresse halten, studieren und funktionieren, mehr wollt ihr doch gar nicht von einem. Aber wenn einer nicht mehr mitmacht, sondern aus der Reihe tanzt, dann seid ihr plötzlich alle da und wollt *reden*. Ha! *Die Radikalisierung junger Leute verhindern.* Aber dafür ist es zu spät, was mich betrifft. Ja, meine Herren, ich *habe* mich radikalisiert. Denn Radikalsein heißt doch wörtlich übersetzt, zurück zur Wurzel zu gehen. Die echten Wurzeln des Islam kennenzulernen. Und das Böse an der Wurzel zu packen und auszureißen.« Ich fixierte Sellring und sagte: »Sie sind ein netter Typ, aber Sie halten uns nicht auf. Es ist zu spät.« Sellring sah zu Golski und der starrte mich nur mit offenem Mund an. »Von mir aus können Leute wie Sie mit einer Armee aus Sozialarbeitern und Psychologen hinter uns herrennen, aber Sie würden sich doch nur lächerlich machen. Schauen Sie mich an. Ich bin ein Produkt Ihrer Gesellschaft. Ich bin Ihr Spiegel, Ihr Gegenentwurf. Und genau deshalb Ihr Produkt. Ändern Sie nicht uns. Ändern Sie sich selbst. Auf Wiedersehen.«

Ich schritt hinaus und ließ die Tür offen, schritt die Treppe hinab und durch die Haustür auf die Straße hinaus, schritt so unangreifbar einher wie neulich nachts aus dem Kreis der Hools; es war haargenau dasselbe Gefühl. Ich schritt durch die Stadt und genoss die irritierten Blicke, die verstohlen meiner leicht im Wind wehenden Dschellaba folgten. Meine Füße trugen mich zur U-Bahn und wieder heraus und die Allee hinab zum Juridicum, jenem Betonklotz, in dessen Eingeweiden der Staat seine künftigen Juristen und Volkswirte züchtete. Hier war ich zuletzt immer seltener gewesen. Nun war vorlesungsfreie Zeit, die ich zur Prüfungsvorbereitung hätte nutzen sollen, und mir wurde jäh bewusst, dass ich die Klausuren Ende März nicht schreiben würde. Ich würde nie wieder einen Fuß in dieses Gebäude setzen.

Der Handyalarm riss mich aus meinen Gedanken. Zeit für das Mittagsgebet. Es gehört nicht zu den fünf Pflichtgebeten, aber wenn es ging, verrichtete ich es trotzdem. Zumindest, wenn ich zu Hause war oder ungestört. Und wer sollte mich hier schon stören?

Mitten auf der Hofgartenwiese legte ich meine Tasche ab und zog Schuhe und Strümpfe aus. Ich holte eine Wasserflasche hervor, goss mir etwas in die Hand und rieb mir Gesicht, Hände und Arme ab, strich mir über den Kopf und verteilte den Rest auf die Füße. Das Smartphone zeigte mir die Qibla; sie wies genau über die Unibibliothek hinweg. Ich warf meine Jacke vor mich auf den

Boden, hob die Arme und begann mit dem Gebet. Als ich in der Niederwerfung zur Du'a kam, hielt ich einen Augenblick inne. Wie immer fiel es mir schwer, mich auf eine Bitte zu konzentrieren.

»Oh, Allah, Wender der Herzen«, murmelte ich, »zeige mir, wohin ich gehöre.«

Hatte ER das nicht längst getan? Was ließ mich denn immer noch zweifeln? Hatte es sich nicht wunderbar angefühlt, wie ich vorhin den beiden alten Herren ihre Selbstgerechtigkeit in den eigenen Rachen zurückgestopft hatte? Nein, nicht wunderbar … sondern sogar richtig geil hatte es sich angefühlt! Samira konnte so was von stolz auf mich sein. Wäre sie aber vermutlich nicht. Warum nur musste diese Frau ausgerechnet jetzt damit anfangen, mich zu verunsichern? Gerade jetzt, wo ich drauf und dran war, mich vollständig dem Glauben zu verschreiben, vielleicht sogar dem Dschihad, mit Haut und Haar, wie man so sagt?

Grübelnd beendete ich das Gebet, zog Strümpfe, Schuhe und Jacke wieder an und schritt unter den Augen der gaffenden Ungläubigen zur U-Bahn.

Zu Hause traf ich Adil.

»Oh, wozu hast du dich denn so herausgeputzt?«, fragte er.

»Hab ich nicht«, entgegnete ich. »Das sind doch normale Klamotten für einen Gläubigen. Sag mal … hast du eine Ahnung, ob Ibn Ibrahim vielleicht noch ein paar Hiwis sucht? Ich bräuchte nämlich einen neuen Job.«

60. Tag

Heute bin ich einkaufen gewesen. Ich brauchte eine Morgengabe für meine Braut Siham. Und ich hab mich nicht lumpen lassen. ☺

Fast mein ganzer Sold ist draufgegangen für Schmuck. Andere Brüder, die ebenfalls bald heiraten werden, haben es auch so gemacht, sie meinten, mit Schmuck könnte man nicht viel falsch machen. Ist ja nicht so einfach, ein Geschenk für jemanden zu kaufen, den man überhaupt nicht kennt.

Ich hätte mich gern beim Kauf von einer Frau beraten lassen, was den Geschmack von Frauen betrifft, aber das geht natürlich nicht, weil Frauen hier ja logischerweise nicht arbeiten. Und der Verkäufer, den ich um Rat fragte, lachte nur und meinte, ich solle einfach das kaufen, was mir selbst am besten gefällt. Schließlich wäre ich ja sowieso der Einzige, der das Zeug jemals an ihr zu sehen kriegt. Da hatte der Mann natürlich recht.

Bezahlt habe ich teilweise mit flammneuen, goldglänzenden Münzen, die unser Staat seit Kurzem prägen lässt. Es sind Dinare wie zur Zeit der ~~echten~~ früheren Kalifen. Nasreddin hat uns erklärt, wie wichtig eigenes Geld für unseren Staat ist. Wir würden dadurch unabhängig werden vom Zinskapitalismus der westlichen Welt. Ich überlegte, ob es dann nicht besser wäre, gleich das Geld an sich abzuschaffen. Aber das würde jetzt zu weit führen …

Max hat sich übrigens gegen eine Hochzeit entschieden. Ihm reicht erst mal eine Sklavin, sagt er. Natürlich hat er kein Geld, um eine zu kaufen und anständig für sie zu sorgen, denn so gehört es sich schließlich nach Qur'an und Sunna. Aber sein Plan ist, dass er sich Geld leiht und sich ein Mädchen kauft, um sie am nächsten Tag weiterzuverkaufen und das Geld dann zurückzugeben. Das ist so ähnlich wie Leasing, meinte er noch und lachte.

»Genauso gut kannst du in den Puff gehen«, hab ich zu ihm gesagt. Ich konnte einfach nicht glauben, dass das halal ist, was er vorhat.

Da hat er mir ein zerfleddertes Heftchen gezeigt, angeblich eine Art Ratgeber unserer Regierung zum richtigen Umgang mit Sklavinnen. Natürlich auf Arabisch. Weder er noch ich können das gut genug lesen und verstehen, um seine Behauptung zu bestätigen oder zu widerlegen. Soll er halt machen, was er für richtig hält. Er oder sein Schwanz.

Mirza dagegen ist immer noch nicht wieder aufgetaucht.

So langsam mache ich mir Sorgen um ihn.

8. März/17. Dschumada l-ula

Endlich noch mal Basketball. Ein einsamer Korb auf einer kleinen Betonfläche, darum herum Wiesen und Büsche, ein kleiner Park, der erste richtig schöne Tag in diesem Jahr. Die Schwestern hatten Picknick mitgebracht, saßen auf Decken und erzählten sich was. Die Kinder tobten und wir Brüder jagten unter dem Korb nach dem Ball. Wie ich das vermisst hatte!

Natürlich schauten uns die Frauen nicht richtig zu, aber irgendwie taten sie es doch. Zumindest Samira. Jedenfalls wollte ich, dass es mir so vorkam. Früher hatte ich es gemocht, die Luft an den nackten Oberarmen zu spüren und die Muskeln spielen zu lassen. Jetzt spielten wir natürlich auf islamische Weise, trugen Sweatshirts und lange Schlabberhosen, um die Knie zu bedecken, wie es der Prophet vorgesehen hat. Es passte trotzdem gut zusammen – die coolste Religion und der coolste Sport. Ich streichelte den Ball mit den Fingerspitzen, dribbelte ihn lässig durch meine Beine und hinter dem Rücken, ließ den bulligen Qasim ins Leere laufen und mit einer eleganten Drehung den flinken Hamza aussteigen, wollte zum Korb hochgehen und den Ball ganz easy ans Brett legen, als Qasim mir von hinten einen Push verpasste. Der Ball sprang an den Ring und Adil ging zum Rebound hoch.

»Foul!«, protestierte ich, was natürlich niemanden interessierte.

Schon schlug ich Adil den Ball aus der Hand, worauf der wegsprang und ins nächste Gebüsch rollte. Während Hamza hinterherflitzte, stützte ich meine Hände auf die Knie, um durchzuatmen. Es tat einfach gut, sich auszupowern. Und als ich mich wieder aufrichtete, stand ein Typ meines Alters neben einem Baum: ziemlich untersetzt, kurze Haare, heller Bart am üppigen Doppelkinn, Hoodie und weite Hosen, ein großer Rucksack lehnte an seinem Bein. Ich kannte den Bruder nicht, aber er schien zu uns zu gehören.

»Das muss Walid sein«, sagte Adil leise, der plötzlich neben mir stand. »Komm.«

Er ging auf ihn zu und ich folgte ihm. Wir begrüßten uns mit den üblichen Wangenküssen, dann stellten wir einander vor.

»Salam alaikum, ich bin Moritz.«

»Ach …«, machte ich.

»Mein islamischer Name ist Walid«, antwortete er und lächelte hintergründig. »Getauft wurde ich auf Moritz. Manchmal nenne ich mich auch Max. Ich meine – hey, man weiß ja nie.«

»Max und Moritz«, brummte ich. »Witzig. Und woher wusstest du, dass du uns jetzt gerade hier im Park findest?«

»WhatsApp.«

»Klar«, nickte ich und schenkte Adil einen zweifelnden Blick. Toll, dass man jederzeit von seinen Freunden gefunden werden konnte. Von seinen Feinden aber vermutlich auch. Da war es wohl einfach hilfreich, verschiedene Namen zu führen.

»An der Straße drüben steht mein Auto«, sagte Adil und nahm zuvorkommend Max-Moritz-Walids Rucksack an sich. »Komm, wir fahren zu unserer Wohnung.«

Sie wandten sich zum Gehen.

»Moment«, sagte ich verwirrt, »willst du ihn nicht den Brüdern vorstellen?«

»Muss nicht sein«, murmelte Adil, schulterte den Rucksack und stapfte davon.

Ich schaute zurück, wich den fragenden Gesichtern der Brüder aus und fing kurz Samiras Blick auf, bevor ich den beiden folgte.

Ich habe, ehrlich gesagt, bis heute nicht komplett begriffen, wie alles zusammenhing. Soweit ich damals verstand, führte Mert in Istanbul eine Art Rekrutierungsbüro für den Islamischen Staat.

Dort war Max-Moritz ein paar Wochen zuvor aufgekreuzt, bereit für den Kampf. Er stammte aus der Gegend von Nürnberg, hatte die Fachoberschule abgeschlossen und angefangen, Wirtschaftsinformatik zu studieren. Doch das sei ihm alles sinnlos vorgekommen, erzählte er uns. Er habe *Mein Kampf* gelesen und *Das Kapital* und die Bibel und schließlich den Qur'an, behauptete er. Und wie wir alle hatte er Hunderte von Videos gesehen – Bilal Philips, Pierre Vogel, Abu Tarek. Konversion. Alles schön und gut, aber immer noch zu soft für seinen Geschmack. Schließlich traf er einen, der einen kannte, der ihn online mit Mert bekannt machte. So setzte sich Max und Moritz gleich in den nächsten Flieger nach Istanbul. Aber Mert wollte ihn noch nicht in den Kampf schicken, sondern erst mal zurück nach Deutschland. Geld auftreiben. Und weitere Brüder gewinnen, bevor es immer schwieriger werden würde. Mert war schon über ein Jahr zuvor über die Istanbuler Niederlassung von Ibn Ibrahims Handelsfirma in Kontakt zu Leuten aus unserer Gemeinde gekommen. Ob Abu Tarek eigentlich davon wusste, blieb mir schleierhaft. Vielleicht *wollte* er es gar nicht wissen.

»Die Zeit läuft gegen uns«, erklärte Max und Moritz, als wir beim Tee in unserer Küche saßen. »Die Regierung arbeitet an einem Gesetz, um Leuten wie uns die Ausreise zu verbieten. Ich meine – die wollen uns die Pässe abnehmen und so.«

Adil und ich nickten wissend. Zwar gab es in unserer Wohnung weder Fernseher noch Radio, und Zeitung lasen wir auch nicht. Aber wir waren ja ständig online und bekamen auch so alles mit.

Er schaute uns eindringlich an, breitete die Hände aus und fragte: »Warum sich mit weniger zufriedengeben, Brüder, wenn man Hidschra nach Sham machen kann? Es ist das Größte, was ein Muslim im Moment tun kann.«

Adil wich seinem Blick aus. Ich nicht. Ich fragte: »Setzt du darauf, dass wir gleich unsere Sachen packen und mit dir kommen?«

»Nein.« Er lächelte. »Das muss man schon ein bisschen vorbereiten. Und ich möchte mich gern ein paar Tage hier in der Gegend umsehen. Weitere Brüder treffen.«

Er klang ganz wie ein Vertreter. Ein Handlungsreisender des Dschihad. Irgendetwas an ihm gefiel mir nicht. Ich wusste nicht, was es war, aber etwas reizte mich, ihn aus seiner Souveränität hervorzulocken.

»Was sagst du ihnen denn noch so, um sie zu überzeugen, Akhi?«, fragte ich. »Also abgesehen davon, dass es das Größte ist.«

»Oh, die vielen Früchte von Daulad al-Islamiya sind doch bekannt«, erwiderte er. »An erster Stelle steht natürlich das Paradies. Aber das Leben und Kämpfen im Kalifat bietet einen reichhaltigen Vorgeschmack darauf, und zwar in vielfacher Hinsicht. Ich meine – ihr kennt ja all die Filme.«

Adil blickte vor sich auf die Tischplatte und fummelte an einem Fingernagel herum.

»Den Mudschahid erwarten natürlich schwierige Prüfungen, harte Kämpfe, vielleicht auch Schmerzen und Leid, aber auch viele Annehmlichkeiten.« Er beugte sich vor und verfiel in einen vertraulichen Tonfall. »Sie haben die geilsten Häuser, die dicksten Karren und – unter uns gesagt – blutjunge Frauen.«

Ich blinzelte zu Adil hinüber. Er machte ein gequältes Gesicht.

»Du sprichst von Zina«, sagte ich scharf.

»Nicht für die Gläubigen im Bezug auf das, *was ihre rechte Hand an Sklavinnen besitzt*«, erwiderte Walid, »so sagt es Allah – subhanahu wa-ta'ala – in der Sura al-Ahzab. Ihr wisst, dass die Brüder Mädchen als Beute machen, und es ist halal. Also …« Er bekam einen verklärten Blick. »Ich hätte jedenfalls nichts gegen eine süße jesidische Sklavin einzuwenden.«

Ich fürchtete schon, er würde gleich zu sabbern anfangen. Doch er fuhr nüchterner fort: »Das sind, wie gesagt, Erleichterungen für die Mudschahidin in ihrem harten Kampf, aber es soll natürlich nicht als Motivation dienen. Es geht ja vielmehr darum, das Kalifat aufzurichten und der Welt den Frieden zu bringen.«

»Klar«, nickte ich.

»Jetzt muss ich aber los«, sagte Adil plötzlich und erhob sich.

Wohin, war einerlei. Ich verstand sein Unbehagen. Er rumorte im Flur, klimperte mit dem Schlüssel, die Tür klappte zu.

Moritz-Walid-Max sah mich fragend an.

»Spätschicht«, meinte ich achselzuckend.

Wahrhaftigkeit.

An diesem Abend lagen wir in meinem Zimmer Seite an Seite auf unseren Matratzen, Adil und ich, und es kam mir ein bisschen wie früher im Ferienlager vor. Und tatsächlich fühlte ich mich aufgekratzt und konnte nicht einschlafen.

»Voll der Poser, oder?«, flüsterte ich. »Walid. Oder Max oder Moritz oder wie immer wir die Speckbacke nennen sollen.«

»Damit überspielt er seine Angst«, meinte Adil. »Glaub ich jedenfalls. Irgendwie musst du dir doch Mut machen, wenn du in einen Krieg gehen willst. Dann überziehst du's halt ein bisschen.«

»Aber *du* hast keine Angst.«

»Nein. Vielleicht später, wenn es richtig ernst wird. Aber jetzt noch nicht.«

»Gut. Dann musst du wenigstens nicht so rumposen.«

Ich wartete auf eine Antwort. Aber es kam keine. Irgendwann schob ich nach: »Und mit so einem willst du tatsächlich losziehen?«

Wieder keine Antwort. Ich lauschte im Dunkeln auf seinen Atem und dachte schon, er sei eingeschlafen, da sagte er: »Mit ihm oder anderen, inschallah.« Er machte eine Pause. Dann flüsterte er: »Am liebsten mit dir, Akhi.«

»Ich weiß«, murmelte ich. »Nur … ich bin nicht überzeugt.

Klar, es gibt schon gute Gründe, nach Syrien zu gehen, aber eben auch haufenweise dagegen.«

»Vielleicht ist es gar nicht die Frage, warum du gehen solltest«, erwiderte Adil. »Sondern vielmehr … was dich hier noch hält.«

61. Tag

Subhan Allah – das ist alles sehr verwirrend. Weißt du, ich war doch hergekommen, um möglichst rasch über die Schwelle zum Paradies zu gehen. Und jetzt spüre ich plötzlich das Leben in mir. In jedem Muskel, in jeder Faser meines Körpers. Mann, Alter, übermorgen werde ich heiraten!

Ich gäbe alles dafür, wenn ihr bei mir sein könntet, Samira und du. Ihr beiden ~~wart~~ seid diejenigen in dieser Welt, die mir am meisten bedeuten. Okay, bis übermorgen. Denn dann heirate ich ja schließlich und meine Frau wird mir natürlich, inschallah, auch sehr viel bedeuten.

Übrigens – Max hatte nicht so viel Erfolg bei seinem Leasing-Projekt. Er kam ziemlich kleinlaut angedackelt. Ich wollte mich über ihn lustig machen und fragte, ob er keinen hochgekriegt hätte.

Er brummte nur: »Die war voll hässlich.«

Und ich wollte erwidern, dass das doch egal ist, wenn man es so nötig braucht wie er.

Da schob er schon nach: »Sie war höchstens dreizehn und hat die ganze Zeit geheult.« Und dann flüsterte er: »Sie war fast noch ein Kind! Ich habe nur [redacted] und danach hab ich sie einfach freigelassen. Ich meine ... vielleicht schafft sie's ja zurück zu ihren Leuten.«

»Maschallah, Akhi«, sagte ich und meinte es wirklich ernst. »Das wird Allah – subhanahu wa-ta'ala – dir anrechnen! Du weißt doch, Sklaven freizulassen ist ein gutes Werk im Qur'an.«

»Inschallah«, knurrte Max. »Dafür hab ich jetzt 'n Haufen Schulden am Arsch.«

10. März/19. Dschumada l-ula

Jeder einzelne Muskel meines Körpers tat weh, und das fühlte sich gut an. Die Maloche im Lager von Ibn Ibrahims Firma war so eine Sache, die man in früheren Zeiten als *ehrliche Arbeit* bezeichnet hätte. In anderen Kreisen würde man sagen, der Job sei vielleicht etwas *reduziert*. Das traf es doch ganz gut – ja, ich hatte mich selbst vollkommen reduziert. Hatte Uni und Job geschmissen, meine Freundin und alle Buddys abgeschossen, besaß nur noch eine Handvoll materieller Dinge und fühlte mich reich. Keiner dieser Leute fehlte mir. Nicht Liz noch Bartek und die Jungs, auch die Uni nicht oder Golski. Die Welt, in der sie lebten, war eitel, oberflächlich und falsch. Sie schien weit fort, während ich durch die tiefen Schluchten zwischen den endlosen Hochregalen lief und meinen Zettel abarbeitete, indem ich zentnerschwere Kisten und Kartons zusammensuchte. Das war physisch, schweißtreibend und man konnte die Gedanken ziehen lassen, denn intellektuell gefordert wurde man hier nicht. Wurde ich im Grunde nirgends mehr, außer bei meinen Telefonaten mit Samira. Mir fehlte das Reden mit ihr. *Sie* fehlte mir. Mehr als erlaubt.

Was mich hält, hatte Adil wissen wollen. War sie es, die mich hielt? Oder musste ich gerade ihretwegen mit ihm gehen?

62. Tag

Tja, Akhi, aus meiner morgigen Heirat wird erst mal nichts, wir mussten das Fest verschieben. Wir wollten sowieso nur ganz klein und bescheiden feiern, so wie du und Samira, und weil es Sunna ist und mitten im Krieg, wohl auch angemessen. Ich hatte mit Nasreddins Hilfe einen schönen Raum besorgt, wo wir hätten feiern können. Aber den Raum gibt es nicht mehr, und das Haus, zu dem er gehörte, existiert auch nicht mehr, weil wir heute wieder Besuch aus der Luft bekamen. Davon will ich dir erzählen bzw. von einer Begegnung, die ich danach hatte …

Der Angriff dauerte gar nicht lange. Ich war in der Stadt unterwegs, als es losging, und wollte schnell Schutz suchen. Ein breites Haus, etwas weiter die Straße hinab, strahlte in diesem Augenblick etwas Vertrauenswürdiges aus. Die meisten Menschen, die wie ich gerade auf dieser Straße unterwegs waren, rannten instinktiv darauf zu. Doch noch bevor ich schalten und mich in Bewegung setzen konnte, schlug eine Rakete dort ein. Es gab eine Druckwelle, die mich zu Boden warf, noch bevor ich selber hätte reagieren können. Das war alhamdulillah mein Glück! Glassplitter und Steinbrocken flogen durch die Luft.

Wenig später war der Angriff vorbei und von dem Haus blieben nur noch Trümmer. In denen es anscheinend Überlebende gab. Ich lief hin, um zu sehen, ob ich vielleicht helfen konnte. Im Eingangsbereich (oder jedenfalls dort, wo vor ein paar Minuten noch ein Eingangsbereich gewesen war) kniete ein Mann über einem verletzten Jungen und versuchte, dessen Wunden zu versorgen. Oder aber festzustellen, ob der

Junge überhaupt noch lebte. Denn als ich herankam, sah ich, dass er sich nicht mehr regte. Äußerlich schien er unverletzt, aber aus seinen Ohren sickerte Blut. Plötzlich drehte sich der Mann zu mir um, sah mich – oder vor allem das G36, das ich bei mir trug – und griff unter seine Jacke. Schon wollte ich das Gewehr auf ihn richten, doch er holte keine Waffe hervor, sondern ein zerknittertes Blatt Papier, das er mir zeigte, während er einen wütenden Wortschwall auf mich losließ, als wolle er mich ausschimpfen. Ich verstand weder, was er mir sagte, noch, was dieser Zettel sollte. Es war ein Text auf Arabisch mit mehreren Stempeln, wahrscheinlich so was wie eine amtliche Urkunde.

Ich versuchte in radebrechendem Englisch-Arabisch-Mix zu erklären, dass ich helfen wollte, nichts weiter. Schließlich unterbrach er mich und sagte: »Your accent sounds German to me.«

Ich nickte bloß und er faltete seinen Zettel wieder zusammen, steckte ihn weg und erhob sich.

»Wenn du helfen willst, dann komm mit«, sagte er.

»Aber was wird aus dem da?«, fragte ich und zeigte auf den Jungen.

»Nichts mehr zu machen. Vermutlich ist durch die Druckwelle seine Lunge geplatzt. Da hinten sind noch andere. Komm.«

Und so stapfte ich, anstatt mir neue Klamotten für meine Hochzeit zu kaufen, mit Abu Loay durch die Trümmer dieses Hauses auf der Suche nach Überlebenden. Unsere Namen hatten wir zwischendurch beiläufig ausgetauscht; ansonsten sprachen wir nicht viel, ich folgte bloß seinen knappen Kommandos. Wir zogen Verletzte aus den Trümmern, brachten sie in eine stabile Lage, legten notdüftige Verbände an, solange der Vorrat an Mullbinden aus seiner abgewetzten

Ledertasche reichte. Es schien ewig zu dauern, bis endlich Krankenwagen kamen und Sanitäter. Vermutlich hatte es etliche Treffer in der Stadt gegeben.

Als schließlich die Toten geborgen und die Verletzten auf dem Weg in die Krankenhäuser waren, ließen wir uns erschöpft auf der Bordsteinkante nieder.

Ich hatte gedacht, er sei Arzt, so ruhig und professionell war er vorgegangen. Doch Abu Loay war Apotheker. Er hatte in Marburg Pharmazie studiert und lange in Deutschland gearbeitet, bis er vor ein paar Jahren in seine Heimatstadt Raqqa zurückgekehrt war, um die Apotheke seines Onkels zu übernehmen.

»Was war das für ein Zettel, den du mir gezeigt hast?«, wollte ich wissen.

»Eine Bescheinigung«, erklärte er. »Dass ich eure Fortbildung mitgemacht habe. Ich sah bloß dein Gewehr und dachte, da wäre schon wieder so ein tapferer Krieger, der mich kontrollieren will.«

»Ich versteh nicht ganz.«

Da lachte er hohl. »Das Kalifat fand unsere Ausbildung unzureichend. Deshalb mussten wir alle einen Kurs besuchen, wo sie uns drei Dinge beibrachten: Erstens, wie man richtig fastet und die Gebetszeiten einhält. Zweitens, dass wir ab sofort nichts mehr an Frauen verkaufen dürfen, nur an deren Ehemänner oder männliche Verwandte. Und drittens, dass wir am besten gleich unsere Läden schließen und zur Waffe greifen sollten, denn jetzt sei nicht die Zeit zu heilen, sondern zu töten. Und einige haben das tatsächlich gemacht. Andere haben sich widersetzt; ihre Köpfe liegen neben ihren Körpern in der Erde. Ich gehöre zu denen, die für das eine wie für das andere zu feige sind. Ich bekam meine Bescheinigung und durfte weiter praktizieren.«

Wir schwiegen ein bisschen. Ich dachte über seine Geschichte nach und fragte schließlich: »Warum bist du nicht geflohen? Zurück nach Deutschland zum Beispiel? Wolltest du deinen Onkel nicht im Stich lassen oder so was?«

»Der ist schon lange tot«, sagte Abu Loay kopfschüttelnd. »Es ist eher wegen einiger Freunde. Die sind zwar auch schon tot, aber ich würde sie verraten, wenn ich wegginge. Sie wurden von Assads Geheimpolizei erschossen. Damals, als die ersten Demonstrationen gegen den Diktator begannen. Da sind wir hier nach dem Freitagsgebet friedlich auf die Straße gegangen, für Freiheit und Demokratie. Bis das Regime anfing zurückzuschlagen: erst mit Gummiknüppeln, dann mit Gewehren, schließlich mit Granaten und Raketen, mit Fassbomben und Giftgas. Manche von uns haben euch sogar für Befreier gehalten, als ihr schließlich hierhergekommen seid. Da wussten wir noch nicht, dass es tatsächlich noch schlimmer kommen kann, als es schon unter Assad war.«

»Aber wenn du und deine Freunde, wenn ihr gegen Assad seid« – ich versuchte, irgendeine Brücke zu bauen –, »dann stehen wir doch auf derselben Seite.«

Wieder lachte er, aber diesmal klang es fast, als würde er weinen.

»Nein, mein Junge, ganz bestimmt nicht.« Er stand auf und klopfte den Staub von seiner Hose. »Falls du mich nicht wegen meiner häretischen Worte erschießen willst, gehe ich jetzt. As salamu alaikum.« Dann blieb er aber plötzlich stehen, lächelte und sagte: »Danke für das Gespräch. Es war schön, nach langer Zeit mal wieder Deutsch mit jemandem zu reden. So eine wundervolle Sprache mit so herrlichen Wörtern.« Jetzt grinste er fast. »Weißt du, was mein Lieblingswort ist? Ein Wort, das es nur auf Deutsch gibt und das du unmöglich übersetzen kannst.« Er lachte auf und rief: »Backpfeifengesicht. Toll, oder?«

Kopfschüttelnd ging er weg und ich hörte noch eine Weile sein seltsames Lachen über den frischen Trümmern.

Backpfeifengesicht.

11. März/20. Dschumada l-ula

Eher beiläufig hatte ich mal im Internet gelesen, dass die Polizei mit *Gefährderansprachen* versuche, *ausreisewillige Islamisten* daran zu hindern, das Land Richtung Syrien oder Irąk zu verlassen. Das war natürlich so abstrakt für mich gewesen, dass ich es niemals auf Adil und mich bezogen hätte. Bis zu diesem Morgen, an dem zwei Beamte vor unserer Tür standen und mir ihre Dienstausweise entgegenstreckten. Polizeiobermeister Schwickert (Bezirksbeamter) trug Schnauzer, Kugelbauch und Uniform, Kriminalkommissar Hagenkord (BKA) war lang und dürr und in Zivil. Er machte gar nicht erst den Versuch, mir die Hand zu geben, als er sagte: »Herr Kuhn, nehme ich an? Wir möchten uns kurz mit Ihnen und Ihren beiden Mitbewohnern unterhalten. Dürfen wir eintreten?«

»Von mir aus«, brummte ich. »Kommen Sie rein. Aber ich habe nur einen Mitbewohner, nicht mehrere. Vielleicht verwechseln Sie uns?«

»Wollen wir uns in die Küche setzen?«, fragte Hagenkord und ließ sich, ohne meine Antwort abzuwarten, an unserem breiten Tisch nieder.

Adil kam aus seinem Zimmer und warf mir einen tadelnden Blick zu. Ich zuckte bloß mit den Achseln, dann setzten wir uns und ich betonte: »Wie gesagt, wir sind zu zweit.«

»Wohnt denn nicht zurzeit auch ein Herr Hildebrandt bei Ihnen?«, fragte Schwickert. »Moritz Hildebrandt?«

»Nie gehört«, sagte Adil.

Die Männer tauschten einen Blick, dann schob Hagenkord nach: »Er nennt sich auch Walid.«

»Ach, Walid«, machte Adil scheinheilig. »Der hat zwei Nächte hier geschlafen. Ist gestern früh weitergefahren.«

»Weiter? Wohin?«

»Keine Ahnung.«

»Und wo war er vorher gewesen? Bevor er hier zu Ihnen kam?«

»Weiß ich auch nicht.« Adil saß kerzengerade und erwiderte eiskalt den Blick des Kommissars.

»Und woher kannten Sie den Herrn Hildebrandt? Respektive Walid?«

»Gar nicht«, gab Adil stoisch zurück. »Wir haben ihn vorher nie gesehen.«

»Sie wollen uns also erzählen«, hakte der Schnauzbart ein, »dass Sie einen völlig Fremden für zwei Nächte beherbergt haben, von dem Sie weder wussten, woher er kam, noch, wohin er wollte; ja nicht mal, wie er eigentlich heißt?«

»Walid ist kein Fremder«, mischte ich mich ein. »Sondern ein Bruder. Das werden Sie nicht verstehen.« Mich beflügelte plötzlich wieder dieses Überlegenheitsgefühl wie nach meinen letzten Gesprächen mit Golski. »Ich war früher auch ein Kafir wie Sie und hätte niemals gewagt, einfach irgendwo zu klingeln und um einen Platz für die Nacht zu bitten. Hierzulande besucht man ja nicht mal seine besten Freunde, ohne sich zumindest vorher anzukündigen. Aber im Islam ist das anders. Man nennt so was *Gastfreundschaft*. Schon mal gehört?«

»Danke für die Belehrung, Herr Kuhn«, erwiderte Hagenkord und beugte seinen langen dünnen Körper weit über die Tischplatte, als er fortfuhr: »Man könnte das aber auch als Konspiration bezeichnen. Die Unterstützung einer terroristischen Vereinigung kann mit einer hohen Freiheitsstrafe geahndet werden.«

»Keine Ahnung, wovon Sie reden«, sagte Adil.

»Sie wissen ganz genau, wovon ich spreche«, entgegnete der Kommissar mit betont sachlicher Stimme und richtete sich wieder auf. »Sie haben uns vorhin noch nicht mal nach dem Anlass unseres Besuchs gefragt. Ich denke, Sie sind in keiner Weise überrascht. Wir verdächtigen Sie beide, dass Sie eine Ausreise vorbereiten mit dem Ziel, schwere Gewalttaten zu begehen. Sie wissen vielleicht, dass Ihnen in diesem Kontext der Reisepass entzogen werden kann. Schon mal gehört?«

»Aha«, machte ich.

»Ich habe gar keinen Reisepass«, sagte Adil.

»Wir haben verschiedene Mittel, Sie daran zu hindern, eine Karriere als Terroristen einzuschlagen«, erklärte Hagenkord und tauschte wieder einen Blick mit seinem Kollegen.

Daraufhin sagte Schwickert in kumpelhaftem Ton: »Jetzt mal im Ernst, Jungs. In den Videos vom IS sieht das vielleicht nach Abenteuer und Romantik aus. Aber in Wahrheit ist es eine Hölle aus Blut und Tränen. Ihr seid doch jung und intelligent – ihr habt gar keinen Grund, euer Leben wegzuschmeißen.«

Adil schluckte eine Antwort herunter, stand auf und ging in sein Zimmer. Dann kam er mit einem Packen Computerausdrucke zurück, die er auf dem Tisch ausbreitete. Es waren Formulare, teils auf Deutsch, teils auf Englisch und auf Türkisch, offenbar eine Art Antrag.

»Was soll das sein?«, fragte Schwickert.

»Ein Haufen Bürokratie«, sagte Adil. »Unterlagen für die Uni in Istanbul. Und für das Erasmus-Programm. Vielleicht sagt Ihnen das was.«

Er warf den Beamten einen herausfordernden Blick zu.

Hagenkord lachte trocken und fragte: »Herr Hafiz, Sie wollen ein Auslandssemester in der Türkei machen? Sie studieren doch gar nicht. Soweit wir wissen, haben Sie überhaupt keinen Schulabschluss.«

»Das ist für mich«, warf ich ein und hoffte, meine Überraschung gut genug verbergen zu können. Und meinen Zorn darüber, dass Adil es nicht für nötig gehalten hatte, mich über meinen geplanten Studienaufenthalt am Bosporus zu informieren.

»Genau«, bestätigte Adil. »Und ich werde Ya'qub begleiten und dort ein Auslandspraktikum machen.«

»Praktikum …«, wiederholte Schwickert und zog die Augenbrauen hoch.

»Bei einer Import-Export-Firma. Das können Sie gern alles überprüfen.«

»Vielleicht tun wir das«, sagte Hagenkord und erhob sich. »Das war aber nicht der Grund unseres Besuchs. Ich hoffe, wir konnten Ihnen deutlich machen, dass Sie sich hart am Rande schwerer Straftaten bewegen. Und dass wir Ihnen nicht tatenlos dabei zusehen werden. Bevor Sie das ignorieren, ziehen Sie bitte die Konsequenzen in Erwägung. Einen schönen Tag.«

Ich begleitete die Beamten zum Ausgang und sah ihnen nach, wie sie um den Treppenabsatz verschwanden. Erst als ich unten die Haustür zuschlagen hörte, schloss ich auch unsere Wohnungstür, dann knöpfte ich mir Adil vor.

»Ich hatte doch noch gar keine Zeit, das alles mit dir zu bereden, Akhi«, verteidigte er sich. »Ich hab es gestern Abend erst recherchiert, nachdem Walid aufgebrochen war.«

»Du tust so, als stünde irgendwo in Stein gemeißelt, dass ich auf jeden Fall mit dir nach Syrien komme.«

»Steht es ja auch«, rief er trotzig. »Inschallah ist das unser Weg.« Er fasste mich an der Schulter, als wolle er mich schütteln. »Jetzt oder nie, Akhi«, beschwor er mich. »Was wir gerade erlebt haben, war doch ein Zeichen, dass wir endlich losziehen müssen. Walid klappert noch zwei, drei Städte ab, dann geht er wieder nach Istanbul und wartet dort auf uns. Noch können wir fliegen, für die Türkei brauchen wir keinen Reisepass. Aber wenn sie das Gesetz ändern und uns die Personalausweise abnehmen, sind wir angeschissen.«

Ich schob ihn weg, ging ein paar Schritte im Flur hin und her und griff unwillkürlich nach meinem nagelneuen Portmonee, dessen Vorläufer ich damals zwischen Suff und Kotze eingebüßt hatte, weil … ja, weil Gott mir damit vielleicht tatsächlich etwas hatte sagen wollen, wie Adil es seinerzeit ausgedrückt hatte. Darin steckte mein ebenfalls nagelneuer Personalausweis, den mir der Staat freundlicherweise zur Verfügung gestellt hatte und den er nun am liebsten wieder einkassieren würde, wenn er könnte. In dem kleinen Fach dahinter steckten die beiden Hälften des zerrissenen Fotos von Liz und mir. Warum hatte ich es damals vom Boden aufgehoben und mitgenommen? Und noch immer nicht weggeworfen? Von welchen längst verrotteten Bindungen konnte ich mich unbewusst noch immer nicht endgültig lösen?

Neben Hausschlüssel, Hustenbonbons und allerlei Krempel stand auf diesem Bord auch noch die Dose mit dem schwarzen Lackspray. Stand da wie eine Trophäe oder ein Mahnmal oder was weiß ich. Ich legte das Portmonee zurück und ballte die Fäuste. An jenem Abend, umringt von Bürste und Kapuze und ihren Buddys, hätte ich gern zugeschlagen. Jetzt kam mir der Gedanke zwar beinahe absurd vor, doch meine Erinnerung an das Gefühl jenes Augenblicks war klar und deutlich; ich erinnerte mich an den Hass, an das Adrenalin. Hätte Adil mich in jenem Moment gefragt, ob ich mit nach Syrien käme, hätte ich vorbehaltlos Ja gesagt. Und plötzlich sehnte ich mich nach diesem Augenblick zurück, nach diesem Gefühl. Wären wir in einem Science-Fiction- oder Fantasyfilm, würde ich mithilfe eines magischen Artefakts in der Zeit zurückreisen zu jener Nacht. Ich nahm die Dose vom Regal und sagte zu Adil, der mich die ganze Zeit stumm beobachtet hatte: »Ich werde eine Entscheidung treffen. Heute Nacht. Allein. Morgen sage ich es dir.«

Er sah mich an, dachte nach, verstand und flüsterte: »Du machst das *homework assignment* von Tyler Durden?«

Ich nickte.

63. Tag

Mirza ist wieder aufgetaucht. Zumindest teilweise.

Sein Kopf steckt auf einem der eisernen Dornen am Zaun vor dem Hoteleingang.

Manche munkeln, er hätte versucht abzuhauen.

Kann ich mir nicht vorstellen.

Mirza, der aus Bosnien kam. Seine Mutter war als junges Mädchen damals bei Srebrenica knapp davongekommen, hat er mir mal erzählt. Mit dem nackten Leben. Wortwörtlich.

Deshalb hat er hier auch für ihre Ehre gekämpft.

Mirza war echt ein guter Kämpfer. Und ein guter Muslim.

Nasreddin behauptet, er wüsste von nix.

Ich glaube ihm nicht.

Ich glaube ihm kein Wort mehr.

Diesem Backpfeifengesicht.

11. März/20. Dschumada l-ula (später)

Tyler Durden: *This week each one of you has a homework assignment. You're gonna go out, you're gonna start a fight with a total stranger ... You're gonna start a fight and you're gonna lose.*
(Fight Club, 1999)

Allein stand ich im klammen Pissedunst der Unterführung und kam mir allmählich lächerlich vor, während ich darauf hoffte, die Hooligans würden auftauchen oder sonst halt irgendwer, der mir im Zweifel die Fresse blutig schlagen könnte, damit ich noch einmal den Hass spürte. Natürlich geschah nichts dergleichen. Ein Grüppchen von drei Leuten meines Alters hatte sich ängstlich an mir vorbeigedrückt, ein junges Pärchen sogar direkt kehrtgemacht.

Narrator: *Now this is not as easy as it sounds. Most people, normal people, do just about anything to avoid a fight.*

Und seit einer halben Stunde war mir niemand mehr begegnet. Das frische ALLAHU AKBAR-Tag zierte die Wände jener Unterführung, wo einst alles angefangen hatte. *Einst* – als sei das Jahre her. Und irgendwie ahnte ich auch schon, dass dort zwar längst nicht alles endete, aber vielleicht das Ende seinen Anfang nehmen sollte. Jedenfalls wusste ich, dass es kein Zufall war. Ich hörte Schritte und wandte mich um. Diesmal sah ich nicht als Erstes ihre Augen, sondern die roten Docs, die sie damals auch getragen hatte, und ein Fahrrad, das sie neben sich herschob. Nein, es war kein Zufall, dass ich auch diesmal wieder meine Graffiti fotografiert und gepostet hatte, genau wie auf meiner ersten Tour mit Adil; und natürlich war es auch kein Zufall, dass Samira den Ort sofort erkannte, die ranzigen Fliesen dieser klammen Wände. Aber konnte sie sicher sein, mich dort noch immer anzutreffen, nachdem sie das Foto gesehen, sich hastig angezogen und aufs Fahrrad geschwungen hatte? Konnte sie nicht. Sie konnte bloß sicher sein, dass es so sein *würde*, wenn es so sein *sollte*.

»Wir müssen reden«, sagte sie.

»Hier?«, entgegnete ich zweifelnd.

»Ich wohne nicht so weit von hier. Komm einfach mit.«

Schon wendete sie ihr Fahrrad.

»Das ist … warte doch!«

»Ja, haram«, sagte sie, »aber nicht, wenn es uns hilft, eine noch größere Sünde zu verhindern.«

»Ich weiß nicht …«

»Sollen wir uns lieber in eine Kneipe setzen?«

»Nee.« Ich gab mir einen Ruck. Verrückt, dass ich furchtlos genug gewesen wäre, mich zusammenschlagen zu lassen, aber plötzlich Schiss hatte, mit ihr zu gehen. Wie schnell sich das Leben drehen kann, dachte ich, als wir aus der Unterführung hervorkamen. Über uns funkelten die Sterne und ich erinnerte mich an den feinen Nieselregen von damals und daran, wie sehr ich hatte herausfinden wollen, wem diese Augen gehörten.

Samiras Wohnung war eigentlich gar keine Wohnung, sondern ein Mansardenzimmer unter dem steilen Dach eines Gründerzeithauses; ähnlich karg eingerichtet wie Adils und mein eigenes. Unter der Dachgaube war eine Arbeitsplatte angebracht, die wohl zugleich als Schreibtisch und Herd diente, hinter der Tür gab es ein kleines Waschbecken. Daneben stand eine Wäschetruhe, in einer Ecke waren ein paar Bücher aufgestapelt, an der Stirnwand lag eine breite Matratze mit mehreren Kissen und Decken – das einzig Gemütliche in diesem winzigen Zimmer, das wegen der spärlichen Möblierung fast weitläufig wirkte. Ich blieb im Türrahmen stehen und spürte mein Herz wie einen Stahlhammer von innen gegen meinen Brustkorb wummern, nicht nur von den vier Stockwerken, die wir heraufgestiegen waren. Es hämmerte einen klaren Rhythmus: haram-haram, haram-haram, haram-haram …

Samira holte einen Wasserkessel hervor und füllte ihn aus dem Hahn über dem kleinen Waschbecken. Dann setzte sie ihn auf die elektrische Kochplatte, die neben einem Laptop auf der Arbeitsplatte ruhte. Ich zog unschlüssig meine Schuhe aus.

»Komm endlich rein, Jakob«, sagte sie, ohne mich anzusehen. »Magst du einen Tee? Leg irgendein Kissen auf den Boden und setz dich.«

»Okay«, murmelte ich und musterte die breiten Kissen auf der Matratze, eines reicher bestickt und verziert als das andere, als schliefe dort eine Königin aus Tausendundeiner Nacht. Ich schloss die Tür hinter mir, und nachdem ich das fahle Treppenhauslicht ausgesperrt hatte, standen wir auf einmal im Dunkeln. Ich suchte erst gar nicht nach einem Lichtschalter im Innern des Zimmers, vielleicht hätte ich auch keinen gefunden. Stattdessen hockte ich mich auf den nackten Boden. Fast schüchtern glomm das Standby-Signal des Laptops vor sich hin, als könne man damit die ganze Welt außerhalb dieses Zimmers auf *schlafend* drücken. Mondlicht sickerte durch die kleinen Scheiben des Dachfensters und davor hantierte Samiras verschleierte Silhouette fahrig mit Geschirr, stapelte zwei Tassen aufeinander, stellte sie dann nebeneinander, dann hielt sie endlich inne und wandte sich zu mir. Ich spürte mehr, als dass ich sah, wie sie mich anblickte.

»Seltsam«, sagte sie leise. »Als ich hier einzog und zu studieren anfing, wusste ich noch nichts von Qur'an und Sunna und hatte natürlich – bitte versteh mich nicht falsch – auch mal so was wie

Herrenbesuch.« Sie lachte nervös. »Subhan Allah, wie das schon klingt. Na ... jedenfalls bist du seit langer, langer Zeit der erste Mann hier. Aber, hey, wir sind zwei erwachsene Menschen, die damit ganz normal umgehen können, keine Teenager mehr, nicht wahr?«

»Doch, ich schon«, erwiderte ich, was so ziemlich das Dämlichste war, das ich hatte sagen können. Aber es stimmte nun mal und außerdem löste es ein bisschen die Spannung, denn diesmal klang ihr Lachen echt.

»Worüber willst du reden?«, fragte ich. »Welche Sünde willst du verhindern?«

»Wo soll ich anfangen ...«, überlegte sie.

Natürlich wusste ich, was sie meinte und dass sie gleich von Adil und Syrien und dem IS reden würde. Aber das wollte ich nicht hören, ich war schon verwirrt genug. Deshalb versuchte ich, der ganzen Sache eine andere Richtung zu geben. Bevor sie ausholen konnte, schlug ich vor: »Lass uns doch zuerst auf die Frage zurückkommen, die ich dir neulich gestellt habe, bevor wir unterbrochen worden sind.«

»Du meinst, was die Frauen im Paradies erwartet?«

»Genau.«

Sie ließ von ihren Tassen ab und setzte sich zu mir. Das war okay. Solange wir am Reden blieben, wurde die Situation nicht brenzlig. Wir mussten einfach nur am Reden bleiben, dachte ich, über irgendwas völlig Unverfängliches. Nicht über Dschihad. Aber auch nicht über *uns.*

»Im edlen Qur'an sagt Allah sinngemäß: *Sie werden darin erhalten, was ihre Seele begehrt.* Was immer das sein mag.«

»Was immer das sein mag«, wiederholte ich und versuchte, ihre Augen zu erkennen. Ob sie wohl schon wissen mochte, was ihre Seele begehrte?

Sie wusste es. Vielleicht nicht für die Ewigkeit, aber für diesen

Augenblick. Und was sie begehrte, würde unser beider Seelen ziemlich außer Reichweite des Paradieses katapultieren. Leider begehrte ich es auch. Das Schweigen zwischen uns knisterte in meinen Ohren und ich musste jetzt dringend etwas ganz Belangloses sagen. Doch mir fiel nur eines ein und das sprach ich aus: »Ich wüsste wirklich gern, wie du ohne Schleier aussiehst.«

Ich biss mir auf die Zunge (haram-haram, haram-haram!) und hoffte inständig, dass sie mich auf der Stelle rauswerfen würde, aber sie beugte sich bloß zu mir vor und küsste mich. Ich küsste sie zurück, da fielen unsere Zungen übereinander her und ich wusste nicht, wohin mit meinen Händen. Denn eigentlich hätte ich gern in ihren Haaren gewühlt, und so griff ich zögernd nach dem Tuch, doch sie zuckte zurück und schob meine Hand weg. Wie gellendes Pfeifen schoss mir das Wort durch den Kopf: Zina! Ziiiiina! Aber das Pfeifen kam nicht aus meinem Kopf, sondern von der einsamen Herdplatte auf dem Schreibtisch und gehörte zu dem Wasserkessel. Ohne Hast stand Samira auf, schaltete die Herdplatte ab und ließ sich wieder auf den Boden nieder.

»Kein Mann hat mir den Hijab auferlegt«, flüsterte sie und löste eine Nadel an ihrem Hinterkopf. »Ich selbst habe das entschieden. Und deshalb wird kein Mann ihn mir abnehmen. Nur ich selbst.«

Auch über den Ohren und unter dem Kinn entfernte sie Nadeln und entwirrte das Tuch auf mir rätselhafte Art, wobei es im Mondlicht schwarzsilbern schimmernd dahinfloss, als würde von irgendwoher etwas ausgegossen, um sich zu verflüchtigen. Meine Finger fuhren durch ihr raspelkurzes schwarzes Haar, ihre über meinen Rücken. Sie zog mich auf die Matratze, wo wir zwischen den Kissen bodenlos versanken. Wir mussten jetzt aufhören! Sie roch nach Zigarettenrauch und Mandelöl, atmete flach, ihr Hals streckte sich unter meinen Küssen, und ich schob eine Hand unter ihre Tunika, tastete an der Kante ihres Beckenknochens entlang Richtung Taille, durch ein kleines Tal und wieder aufwärts, bis meine Finger an die unterste Rippe stießen, wanderte hinab, umkreiste den Bauchnabel. Wir mussten jetzt aufhören!

Sie zog sich aus und legte sich auf den Rücken, worauf meine Hände ihre Lenden erkundeten und meine Zähne ihre harten Brustwarzen, meine Nase ihre Leisten und meine Wangen den kaum fühlbaren Flaum, der ihren Bauch zwischen Nabel und Scham bedeckte, bis sie meinen Kopf mit beiden Händen fasste, die Beine spreizte und ich die Augen schloss und plötzlich wusste, dass auch diese Frau ein One-Way-Ticket war. Wir mussten aufhören!

Sie schob mir ihren Unterleib entgegen und bewegte sich hin und her, auf und ab mit unterdrücktem Keuchen, als würde all das nicht geschehen, solange kein Laut davon nach außen drang, bäumte sich plötzlich auf und zog mir Pullover und T-Shirt aus.

»Nicht!«, rief ich atemlos. »Das dürfen wir nicht.«

»Kann denn das hier …«, flüsterte sie, »so absolut falsch sein? So viel falscher als das Kämpfen und Töten, von dem ihr träumt?«

Ich wollte antworten, klappte aber bloß den Mund auf. Sie warf sich auf mich, küsste meinen Bauch, öffnete meinen Gürtel und zog mir die Jeans herunter. »Wieso habt ihr Typen angeblich keine Angst vor dem Märtyrertod, aber zugleich so extrem viel Angst vor dem Leben?«

Ja, verdammt, ich hatte Angst. Warum hatte sie keine? Sie zog meine Shorts herunter und fuhr mit ihren Fingernägeln an den Innenseiten meiner Beine langsam nach oben bis zum Damm, fasste meine Hoden und beugte sich vor, zog meine Vorhaut ganz nach unten und tippte mit der Zungenspitze fast unmerklich auf den Rand meiner Eichel. WIR MUSSTEN AUFHÖREN!

Wieso hatte sie keine Angst? Wieso hatte ich welche? Wieso konnte ich sie nicht von mir fortschieben, wieso grub ich stattdessen wieder meine Finger in ihr Haar, wieso brach sie mit allem, was sie mir beigebracht hatte, wieso nahm sie meinen Penis in den Mund, wieso fand ich das schön, wieso fühlte ich, was jeder dreckige Kafir auch fühlen würde, wieso brannte mein Körper wie im Fieber, wie im Feuer der Hölle … wir … mussten … aufhören … zu was wollte ich denn überhaupt Kraft haben, wenn nicht einmal dazu, diese Situation zu beenden? Und endlich stützte ich mich auf, ließ ihren Kopf los, drückte gegen ihre Stirn, bis sie schließlich verstand und von mir ablassen wollte, und im selben Augenblick kam ohne Vorwarnung mein Orgasmus. Ich wollte mich zusammenrollen, einigeln, es war mir plötzlich alles unglaublich peinlich, und sie starrte mich entgeistert, wütend, ratlos, ich weiß nicht wie an, der Mond stand jetzt genau vor ihrem Fenster und leuchtete auf ihr Gesicht und von ihrer Oberlippe hing ein zäher Faden meines Spermas. Sie wischte ihn mit dem Handrücken fort und streifte ihn an meinem Bein ab und ich griff nach meiner Shorts und rieb ihn damit weg, griff nach meinem T-Shirt, griff nach meinem Pullover, griff nach einer Decke, die ich über meinen Körper werfen wollte und über ihren, um sie und mich und uns zu bedecken und vor der Welt zu verstecken, die hier drin eigentlich gar nicht war, sondern bloß irgendwo draußen. Doch vor Allah kann man sich nicht verstecken.

»Besser, ich gehe jetzt wohl«, murmelte ich.

Sie atmete langsam aus.

»Wie du meinst«, sagte sie.

Ich kam wacklig auf die Beine und krallte die Hände in meine klammen Klamotten. Sie erhob sich ebenfalls und stand nackt vor mir. Sie schien sich nicht zu schämen.

»Es … tut mir so leid«, sagte ich.

»Sollte es nicht.«

»Oh, doch.«

Ich hielt meine Sachen vor mich und tastete hinter mir nach

der Türklinke, tappte ins Treppenhaus, zog die Tür zu, ohne Samira noch einmal anzusehen. Die Tür gegenüber führte wohl in ein Bad und ich zögerte, denn ich sollte mich waschen und musste außerdem pinkeln. Aber dann zog ich mich hastig an und taumelte die endlosen Stufen der vier Stockwerke durch das dunkle fremde Treppenhaus nach unten und auf die schlafende Straße hinaus, schlich im kalten Mondlicht heim wie ein geprügelter Hund. Ich war losgezogen, um meine Glaubensstärke zu testen und meinen Mut. Und wahrhaftig hatte Allah – subhanahu wa-ta'ala – mich auf die Probe gestellt. Überhaupt zum allerersten Mal hatte ER mich einer Prüfung unterzogen.

Und ich hatte versagt.

TEIL 3

Es gehört auch zur Barmherzigkeit Allahs, des Erhabenen, dass ein Diener, der gesündigt hat, seinen Herrn um Vergebung anflehen kann, und zwar im Reuegebet (Salat at-Taubah). Das Reuegebet besteht aus zwei Raka'at, so wie es im Hadith von Abu Bakr as-Siddiq überliefert wurde. Es ist dem Reuenden vorgeschrieben, dass er es alleine betet.

Ich kauerte auf dem Boden neben dem aufgeklappten Notebook und folgte den Anweisungen, die ich in einem Forum gefunden hatte. Ich warf mich nieder und atmete schwer in den weichen Teppich. In meinem Kopf waberten Angst, Enttäuschung, Ratlosigkeit – und immer noch ihr Geruch, ihr Geschmack, obwohl ich lange geduscht hatte. Wie hatte das geschehen können? Wieso zeigte Samira, die mich doch in die Welt des Glaubens überhaupt erst eingeführt hatte, kein Bedauern? Das Bild, wie sie nackt vor mir gestanden hatte, die Silhouette mit dem raspelkurzen Haar im Silberlicht, schien auf meiner Netzhaut eingebrannt, als stünde sie dort noch immer und warte darauf, dass ich mich besänne und zurückkäme. Warum schämte sie sich nicht?

Ich schämte mich doppelt. Alles kam mir zerstört vor, zerbrochen, das kunstvolle, zarte Geschenk meines neuen Glaubens, das der Erhabene mir gemacht hatte – ich war damit umgegangen wie als kleines Kind mit meiner neuen Eisenbahn; mit der hatte ich auch sorglos herumhantiert und mir nichts dabei gedacht, mal auszuprobieren, ob sie auch durch Wasser fahren kann. Kleine Kinder können achtlos sein, das ist in Ordnung. Aber ich war kein Kind mehr, ich hätte es besser wissen müssen. Ich setzte mich auf.

»Allahu akbar. Rabbi-gfir li, rabbi-gfir li, rabbi-gfir li!«

Mein Herr, verzeih mir!

Mein Herr, verzeih mir!

VERZEIH MIR!

Durch den Spalt unter meiner Tür sah ich Licht. Adil saß wohl in der Küche. Als ich das Gebet beendet hatte und hinüberging, hielt er mir schon ein Glas Tee entgegen und musterte besorgt mein Gesicht. Vermutlich vermisste er die Spuren eines Kampfes.

»Sorry, wenn ich dich durch mein Gebet geweckt habe«, sagte ich.

Die Küchenuhr zeigte kurz nach zwei.

»Nicht dein Gebet hat mich geweckt, sondern deine Duschorgie. Hast du einen umgebracht und musstest sein Blut abwaschen?«

»So ähnlich«, brummte ich und sah ihn lange an, bevor ich leise sagte: »Wir wollten ja ehrlich zueinander sein ... Ich habe Samira getroffen. Wir hätten beinahe – nun ja – es miteinander getrieben. Also ... es war ziemlich nah dran.«

Er sah mich an, als hätte ich ihm ins Gesicht gespuckt.

Ich flüsterte: »Ich habe Allah um Verzeihung gebeten.«

»Inschallah wird Er dein Gebet annehmen«, presste Adil hervor. »Aber Beten allein reicht nicht.«

»Nein, ich weiß. Es müssen gute Taten folgen.«

»Und du weißt auch, was das für Taten sind, die Allah – subhanahu wa-ta'ala – von dir erwartet.« Er stand auf und machte einen Schritt auf mich zu. »Du weißt, dass es im Grunde nur einen einzigen Weg für dich gibt, die Sünde der Zina unwiderruflich aus deinem Leben zu tilgen.«

Ich schluckte und schmeckte etwas wie Staub im Hals, den Wüstenstaub von Sham. Plötzlich war für mich alles klar. Und beinahe war ich erleichtert: Ich hatte mich entschieden.

Doch bevor ich noch selbst richtig begriff, welches Urteil da gerade zwischen uns gefallen war, setzte Adil nach: »Da wäre noch etwas, das du tun musst.« Er machte einen zweiten Schritt auf mich zu und sah plötzlich viel älter aus als sonst, als trüge er mit einem Mal eine unsichtbare Last oder Verantwortung. »Denn Samira hat mindestens so schwer gesündigt wie du. Schließlich bist du noch ganz neu im Islam, aber sie nicht. Ich habe dir ja erzählt, dass ich als Märtyrer meine Familie ins Paradies holen kann. Aber besser wäre natürlich, wenn nicht ihr Bruder das tut, sondern … ihr Mann.«

»Bitte?«

»Du weißt, wie du ihre Ehre wiederherstellen kannst und deine eigene. Und auch meine.« Er legte mir die Hand auf die Schulter. »Ya'qub, Akhi, heirate sie.«

13. März/22. Dschumada l-ula

Als ich vor fast einem halben Jahr, an jenem Tag im Herbst, zum ersten Mal die Moschee aufgesucht hatte, war ich unschlüssig vor dem Tor stehen geblieben und hatte vorsichtig nach Samira Ausschau gehalten. Heute kam ich mir wieder so vor. Obwohl ich inzwischen eindeutig dazugehörte, meine Dschellaba trug und gemeinsam mit Adil angekommen war, fühlte ich mich für einen Moment genauso fremd wie damals. Samira sah mich und fing kurz meinen Blick auf, aber ohne irgendeine Regung – nicht beleidigt noch verliebt, wütend oder traurig, sondern völlig neutral. Das tat weh.

»Was ist denn?«, fragte Adil, der mit mir stehen geblieben war und eigentlich schon ahnte, welches Problem ich hatte.

»Ich muss sie selber fragen«, antwortete ich. »Mann, Akhi, das bring ich sonst nicht.«

»Wir haben das alles besprochen«, sagte er knapp. »Nach dem Essen werde ich mit ihr reden. Und jetzt komm.«

Mit großen Schritten betrat er den Hof, um die Brüder zu begrüßen, und ich trottete hinterher.

Heiraten, Mann! Es wäre zwar »nur« eine islamische Hochzeit und keine vor dem Standesamt. Trotzdem war die Vorstellung in den Maßstäben meines früheren Lebens derart ungeheuerlich, dass es sich absolut tollkühn anfühlte. Das Verrückteste, das ich je gemacht hatte. Ich wollte es. Ich wollte *sie*. Und hatte nicht den leisesten Schimmer, wie sie auf solch einen wahnsinnigen Gedanken reagieren würde – mich auslachen, anschreien, fortschicken, vor Glück in Ohnmacht fallen? Für die Gemeinde hier war das Ganze zumindest nichts Ungewöhnliches, im Gegenteil; kaum eine Frau über zwanzig blieb hier lange unverheiratet. Auf jeden Fall wollte ich sehen, wie sie im ersten Moment darauf reagierte.

Und genau das sei eben einer der Gründe, warum ich ihr keinen *Antrag* machen sollte wie in einer amerikanischen Romantik-Komödie, hatte Adil gesagt, sondern ihm das überlassen solle. Heiraten sei eine viel zu ernste Angelegenheit, um sich dabei von Gefühlen beeinflussen zu lassen. Das hatte er sich natürlich nicht selbst überlegt, sondern von Abu Tarek gelernt, genau wie die Tatsache, dass er – immerhin ihr jüngerer Bruder – nun ihr *Wali*, ihr Heiratsvormund sei, denn der Vater bete nicht, sei folglich gar kein richtiger Muslim und komme nicht für diese Aufgabe infrage; irgendwelche Onkel seien auch nicht greifbar. Übrigens habe das alles nichts mit irgendeinem verquasten Patriarchat oder so zu tun, behauptete er noch. Schließlich gehe es nicht darum, den Willen der Männer durchzusetzen, sondern den Willen Allahs, und das könne eben ein Wali am besten garantieren.

Ich fühlte mich wegen meines nächtlichen Versagens und von meinem schlechten Gewissen dermaßen eingeschüchtert, dass ich dem Verfahren zugestimmt hatte. Aber innerlich überzeugt war ich davon nicht. Und jetzt, wo ich Samira zwei Tage danach zum ersten Mal wiedersah, wusste ich, dass ich mich unmöglich darauf einlassen konnte.

Wir betraten die Halle und ich spürte die ganze Zeit ihre Blicke im Rücken, konnte mich kaum auf die Predigt von Abu Tarek konzentrieren. Der sprach gerade wieder über den IS, denn auch heute waren zahlreiche neue Geschwister anwesend und die Frage schien vielen unter den Nägeln zu brennen. Abu Tarek erklärte sich dazu gewohnt wortreich und ebenso ausweichend wie immer. Bis er sich plötzlich unterbrach und überrascht einen Punkt im hinteren Teil des Raumes fixierte. Den Teil, wo die Schwestern saßen. Offenbar hatte sich eine der Frauen zu Wort gemeldet – eine absolute Seltenheit. Ich musste mich zwingen, weiterhin geradeaus zu blicken. Und eigentlich war klar, wer sich da gemeldet hatte.

»Du hast eine Frage, Ukhti?«

»Mehrere, Akhi«, rief Samira mit klarer Stimme. »Ist es nicht im Islam verboten, die Schari'a zu vereinfachen und die islamischen Wissenschaften zu missachten? Ist es nicht verboten, Unschuldige zu töten? Ist es nicht verboten, einen Angriffskrieg als Dschihad zu bezeichnen? Ist es nicht verboten, Frauen und Kinder zu misshandeln, Körperstrafen ohne ordentlichen Prozess zu verhängen, Recht zu sprechen, ohne überhaupt hinreichend klassisches Arabisch zu beherrschen und die Rechtsschulen zu kennen? Ist nicht seit langer Zeit die Sklaverei durch allgemeinen Konsens im Islam aufgehoben und verboten? Ist es nicht verboten, zu foltern und Tote zu entstellen und sich mit bösen Taten auf Gott – Er ist groß und erhaben – zu berufen? Ist es nicht eine schwere Sünde, ohne Konsens mit der ganzen Umma ein Kalifat zu behaupten? Ist es nicht …«

»Genug!« Abu Tarek hatte unwillig eine Hand erhoben, um ihr mit dieser Geste das Wort abzuschneiden. »Wohin soll das führen, Ukhti? Willst du mich belehren?«

Leises Gemurmel entstand um uns herum. Jetzt musste ich mich umwenden. Ich und alle Brüder, niemand hielt sich mehr zurück, wir alle verdrehten die Köpfe und sahen Samira an, die kerzengerade zwischen den sitzenden Schwestern stand und den Prediger unverwandt anblickte. Ich bewunderte ihren Mut und ihre Klugheit und hasste sie in diesem Augenblick zugleich dafür, dass sie meinen nächtlichen Entschluss zum Dschihad derart torpedierte. Als spräche sie in Wahrheit nur zu Adil und mir, nicht zu Abu Tarek und allen anderen hier im Saal.

»Das ist, inschallah, nicht meine Absicht«, erwiderte sie. »Ich frage nur, was dich hindert, klarzustellen, dass diese Mörder dort in Syrien und Irak keine muslimischen Brüder sind, sondern feige und ungebildete, notgeile Perverse?«

»Du hast da eben aus dem Brief der hundertzwanzig Gelehrten

zitiert, wenn ich mich nicht irre«, sagte Abu Tarek und räusperte sich. »Doch leicht findest du anderswo hundertzwanzig Gelehrte, die was anderes behaupten.«

»Wo denn?«, fragte sie forsch zurück. »Könntest du auch nur zehn ernst zu nehmende Theologen nennen, die den IS *nicht* verdammen?«

Da kniff er die Augen zusammen und zischte: »Jedenfalls könnte ich mindestens zweihundert Gelehrte nennen, die nicht so viel Geduld hätten, mit einer jungen Schwester über diese Dinge zu diskutieren. Da kannste getz mal drüber nachdenken.« Ein paar Lacher schienen ihm recht zu geben. »Oder willst du hier mit uns über Zina reden?«, fragte er scharf und räusperte sich abermals, bevor er nachschob: »Wenn du schon von Notgeilheit sprichst?«

»Nein.« Ihre Wangenknochen traten hart hervor, als presse sie die Zähne mit Gewalt aufeinander, um die passende Erwiderung herunterzuschlucken. »Ich denke, deine Worte stehen für sich, Akhi.«

Wie in Zeitlupe ließ sie sich nieder und Abu Tarek lächelte in die Runde und meinte: »Dann hätten wir das geklärt, inschallah, und können das Gebet beginnen.«

Ich stieß Adil an. Etwas zu fest vielleicht, denn er sah mich erschrocken an und presste eine Hand in die Seite.

»Du hast es ihm erzählt?«, zischte ich kaum hörbar. »Abu Tarek?«

»Ich musste seinen Rat einholen«, flüsterte Adil zurück. »Ob das Vorgehen, das ich vorgeschlagen habe, richtig ist.«

»Blödmann.«

Ein paar Köpfe drehten sich unwillig nach uns um und wir schwiegen. Das Gebet begann. Es half mir, die widerstreitenden Gefühle unter Kontrolle zu kriegen. Adil tat, was er für richtig hielt. Er tat es für Samira und mich. Und diese beiden – der Mann neben mir und die Frau irgendwo dort hinten in meinem Rücken – waren die letzten beiden Menschen, die mir noch richtig was bedeuteten. War es wirklich mein Weg, die eine zu heiraten und mit dem anderen in den Krieg zu ziehen? Wenn ich ans Kämpfen dachte, ans Töten und Sterben, zog etwas an meinem Magen, kribbelte an meinen Beinen hinab und fuhr prickelnd über meinen ganzen Rücken und in den Nacken wie ein hauchdünnes Rasiermesser, das alle winzigen Härchen hochfahren lässt, bevor es sie kappt. *Krieg* … wenn man in einem westlichen, wohlhabenden Land aufgewachsen ist, kommt einem das Wort so unwirklich vor. Genau wie *Heiraten*. Beides schien mir die ultimative Grenzerfahrung zu sein. War ich so weit, über diese Grenzen hinauszugehen? Vorige Nacht war ich mir sicher gewesen und Adil hatte sogar heute Morgen schon Flüge nach Istanbul herausgesucht, sicherheitshalber in einem Internetcafé. Samiras Rede brachte alles wieder durcheinander.

Konnte ich mich denn nicht einfach der Führung Allahs anvertrauen? Falls es Sein Wille war, dass ich in Syrien kämpfte und starb, würde es geschehen. Vielleicht wollte Er aber auch, dass ich dort wirklich am Aufbau einer neuen Welt mitarbeitete. Dass das Kalifat seine Grausamkeiten ablegt und zu einem wahrhaft sozialen, gerechten und freien Ort auf diesem Planeten wird, wo der Mensch nicht nach Hautfarbe oder Einkommen zählt, sondern einfach als Mensch, wie Allah ihn geschaffen hat? Oder ich sollte vielleicht noch auf dem Weg zum Flughafen von einem Auto überfahren werden und vorher die Sünde der Unzucht wiedergutgemacht haben … Ich musste all das gar nicht selber entscheiden. Es war doch seit Jahrtausenden längst für mich entschieden. Und was immer es war, ich würde es diesmal konsequent durchziehen. Dieser Gedanke wehte wie ein frischer Duft durch mein Gemüt und augenblicklich machte sich eine tiefe Ruhe in mir breit.

Dafür schien Adil nervös zu werden, als wir anschließend beim Essen saßen. Ich beobachtete meine (subhan Allah, konnte ich das so ausdrücken?) künftige Braut. Samira saß wie immer mitten unter den Schwestern und unterhielt sich nach allen Seiten. Ich holte mein Smartphone hervor.

Starke Rede vorhin, schrieb ich. *Tut mir leid, dass Abu Tarek dich so doof hat auflaufen lassen.*

Ich sah, wie sie, ohne ihr Gespräch zu unterbrechen, ihr Handy aus der Handtasche zog und es eine Weile in der Hand hielt, während sie weiterredete. Endlich warf sie einen Blick auf meine Nachricht, sah sich fast unmerklich nach mir um und zog eine Augenbraue hoch. Vielleicht fand sie mich kindisch. Trotzdem tippte sie etwas, so beiläufig wie möglich, während sie ihre Unterhaltung mit den Schwestern an ihrem Tisch wieder aufnahm.

Woher weiß er es?, schrieb sie zurück. *Das mit uns? Hast du geplaudert?*

Nein, aber dein Bruder, antwortete ich. *Ich ärgere mich selbst darüber.*

Sie registrierte, dass ich erneut geschrieben hatte, doch es dauerte eine Weile, bis sie die Nachricht las. Sie zuckte mit den Schultern und nur ich verstand, dass es mir galt.

Natürlich fielen wir niemandem auf. Wie überall war es auch hier bei uns in der Gemeinde üblich, dass die meisten Leute mehr oder weniger ständig an ihren Smartphones herumfummelten. Immerhin unterließen wir es während des Gebetes und der Predigt, aber jetzt beim Essen störte sich niemand daran. Samira schien einen Moment innezuhalten, dann legte sie das Gerät vor sich auf den Tisch, ohne dass sie noch einmal zurückgeschrieben hatte.

Ich holte tief Luft und blickte mich unwillkürlich um, ob mir niemand über die Schulter sah, dann schrieb ich: *Ich liebe dich und möchte, dass du meine Frau wirst.* Ich löschte die zweite

Hälfte und schrieb: *… und möchte dich heiraten.* Das löschte ich auch. Dann schrieb ich: *Samira, willst du meine Frau werden?*

»Oder etwa nicht, Akhi?«, rief Qasim quer über den Tisch. »Ya'qub?«

»Klar doch, Akhi«, antwortete ich ins Blaue hinein und versuchte, cool zu wirken. Zu meiner eigenen Überraschung sah ich, dass ich die Nachricht schon abgeschickt hatte. Hilfe!

»Hast du mir überhaupt zugehört?«, fragte Qasim.

Dawud, der neben Qasim saß, mutmaßte: »Bestimmt muss er wieder Fotos von irgendeiner nächtlichen Aktion hochladen.«

Die anderen lachten. Es war kein Spott, sondern Anerkennung. Ich war nicht nur einer von ihnen, ich hatte es mit Adil zusammen sogar zu einem gewissen Heldenstatus unter den Brüdern gebracht – jedenfalls unter denen unseres Alters. Samiras Augen schnellten zu ihrem Smartphone, ihre Hand griff danach, doch dann zog sie sie zurück, um stattdessen einer Schwester irgendeine Soße zu reichen. Zugleich sprach eine andere Schwester sie von der anderen Seite an und Samira wandte sich ihr lachend zu, wobei sie das Teil jetzt endlich in die Hand genommen hatte. Noch immer schaute sie nicht darauf, sondern hörte der Schwester zu, die wohl unglaublich lustige Dinge zum Besten gab, denn Samira lachte unentwegt. Irgendwann schüttelte sie wie verwundert den Kopf und winkte ab und die Schwester nickte dazu; offenbar war zu diesem Thema alles gesagt. Samira drehte sich ein wenig von ihr fort, warf einen Blick auf das Display – und erstarrte für eine Sekunde. Dann schob sie das Smartphone in die Tasche und erhob sich, bahnte sich, ohne sich nach mir umzusehen, einen Weg zwischen den Tischreihen hindurch Richtung Ausgang. Erwartete sie etwa, dass ich ihr nach draußen folgte? Nein, jetzt verstand ich. Sie verschwand auf der Toilette. Ich saß an meinem Tisch neben Adil und fühlte, dass meine Ohren rot wurden. Natürlich achtete niemand darauf. Trotzdem hätte ich mich am liebsten unter dem Tisch verkrochen. Oder ich hätte ebenfalls zum Klo gehen können, aber vielleicht würde das auffallen, dachte ich und blieb gebannt sitzen; froh, dass die Unterhaltung der Brüder an meinem Tisch auch ohne mich bestens zu funktionieren schien.

Ich zuckte richtig zusammen, als ihre Antwort kam. Keine Ahnung, was ich erwartet haben mochte – jedenfalls nicht das, was sie schrieb.

Nur zwei Buchstaben: *Ja.*

74. Tag

As salamu alaikum, Akhi. Viele Tage lang habe ich nicht in dein Buch geschrieben – wir hatten weitere Luftangriffe, dann die Hochzeitsvorbereitungen und die Hochzeit selbst, dann ein überstürzter Aufbruch. Erst jetzt finde ich endlich Zeit, es wieder in die Hand zu nehmen.

Wir sitzen in einem Kleinbus Richtung Südosten. Draußen zieht eine karge Landschaft vorbei, Felsen und verdorrtes braunes Gras, am Wegesrand sehen wir immer wieder Wracks von Autos und Lastern, die die Kriege und Aufstände der letzten zwölf, dreizehn Jahre hier zurückgelassen haben – ja, wir sind jetzt drüben in Iraq. Denn hier gibt es immer mehr schwere Gefechte. Das ist auch der Grund, warum ich aufbrechen musste, anstatt Flitterwochen zu machen. Du stutzt vielleicht über dieses Wort, aber das gibt es hier wirklich und es ist sogar richtig organisiert wie alles im Kalifat, damit ein Kämpfer und seine Braut ein wenig das Land kennenlernen können. Doch wie gesagt – das muss nun erst mal warten, denn hier in Iraq haben sich die Schiiten erhoben und mit ihnen ein paar korrupte sunnitische Clans, die von den Amis geschmiert wurden. Soweit ich das verstanden habe.

Aber halt – ich wollte dir eigentlich was ganz anderes berichten. Du darfst mir gratulieren, ich bin jetzt wie du ein verheirateter Mann. Das Fest war fast wie eures: improvisiert, bescheiden, aber würdevoll. Es erschien sogar ein Vertreter des Gouverneurs, der mir als Geschenk zwei Schlüssel aushändigte. Schlüssel? Ja, Schlüssel. Mann, halt dich fest, Akhi:

einer für meinen neuen BMW und einer für meine neue Wohnung! Ich fragte mich, ob die mich vielleicht verwechseln oder ob ich irgendwas Besonderes geleistet hätte, was mir selber gar nicht so bewusst gewesen ist. Aber anscheinend ist es allgemein üblich, dass der Islamische Staat seine Mudschahidin mit allem versorgt, was sie brauchen.

Wem die Wohnung vorher einmal gehört haben mag oder aber die Karre … keine Ahnung. Es blieb mir auch keine Zeit, darüber nachzudenken, denn ich konnte den Wagen nur ein einziges Mal fahren, nämlich von der Feier zu meinem neuen Zuhause. Und ich schlief auch bloß eine einzige Nacht in meiner neuen Wohnung, bevor ich mit den Brüdern fortmusste.

Meine Hochzeitsnacht.

Eigentlich gehört es sich nicht, davon zu erzählen. Aber es beschäftigt mich und es ist ja nur für deine Augen bestimmt. Um es mal kurz zusammenzufassen: Siham ist die absolute Granate im Bett. Wir haben es die ganze Nacht getrieben wie zwei ausgehungerte Raubtiere. Ich meine – wir waren ja wirklich ausgehungert, aber zumindest mir war das nicht so bewusst gewesen bis dahin.

Siham ist ganz anders, als ich sie mir vorgestellt hatte. Ich weiß gar nicht, wie ich das erklären soll … Sie kommt mir irgendwie ein bisschen – nun ja – vulgär vor. Meinen Schwanz nennt sie zum Beispiel »Kalaschnikow«! Später erzählte sie mir, dass es sie voll anmacht, mit ihrem AK-47 durch die Straßen von Raqqa zu patrouillieren und Frauen festzunehmen, die gegen irgendwelche Vorschriften verstoßen.

Ich hab sie ein bisschen nach ihrer Kindheit gefragt und was sie so gemacht hat in Berlin, bevor sie herkam. Viel hat sie nicht erzählt, aber es klang düster. Wenn Samira jetzt hier wäre, würde sie mir sicher einen psychologischen Vortrag darüber halten, über unbearbeitete Traumata und wie sie sich äußern …

Bescheuert, dass ich jetzt darüber nachdenke, was meine Schwester sagen würde, hm? Verrückt ist, dass ich mich seit der Nacht mit Siham so lebendig fühle wie seit langer Zeit nicht mehr. Diese Frau, die Wohnung, das Auto – Mann, Akhi, verstehst du? Ich habe plötzlich so was, was man in Deutschland eine »Existenz« nennen würde. Subhan Allah, vielleicht wird sie sogar schwanger von mir? Der Gedanke an den Tod bekommt jedenfalls Risse für mich. Und das ist nicht gut.

Das ist gar nicht gut.

Vielleicht hilft mir der Gedanke, dass meine Mutter auf mich wartet.

Ich hoffe, wir sind bald da.

14. März/23. Dschumada l-ula

Wie so oft nach dem Morgengebet saßen wir in unserer Küche, tranken Tee und schauten schweigend zu, wie der Morgenstern verblasste. Jedenfalls an Tagen, wo nicht dicke Wolken den Himmel bedeckten. Heute war so ein Tag. Der Horizont strahlte im eiskalten Glanz jener Zeit zwischen dem Anbruch der Dämmerung und dem eigentlichen Sonnenaufgang. Den Zauber solcher Augenblicke bewusst zu erleben gehört zu den großen Geschenken, die mir die Rechtleitung zum Islam bereitet hat.

Auch Adil hing seinen Gedanken nach und ein versonnenes Lächeln umspielte seinen Mund. Gestern Abend nach dem Essen hatte er seine Schwester zur Seite genommen und ihr zu ihrer vermeintlichen Überraschung von meiner Heiratsabsicht berichtet – und davon, dass er als ihr Wali dem zuzustimmen gedenke, sofern sie keine Einwände habe. Keine Ahnung, ob er sie richtig *gefragt* oder ihr das Ganze eher als eine schon beschlossene Sache verkauft hatte; jedenfalls freute er sich über Samiras *Einsicht*, wie er das nannte. Das, also diese *Einsicht*, blieb mir ein Rätsel. Nein, ich selbst blieb mir ein Rätsel. Warum musste ich mir all das so ungeheuer kompliziert ausmalen, wo es doch so einfach war? Zwei junge Menschen, die offenbar gut zusammenpassten – mit Allahs Hilfe würden sie zusammen glücklich werden. All die Vorbehalte in meinem Kopf waren doch bloß anerzogene westliche Unsitten, die nur dazu führten, dass es immer weniger intakte Familien gab und immer mehr Menschen, die einsam alt werden mussten, weil sie ihr Leben lang vermieden, sich irgendwie festzulegen. Angeblich sollte das was mit Freiheit zu tun haben. Aber wenn Freiheit am Ende in Verbitterung zerfloss, wie frei war man dann eigentlich? Siehe mein Vater. Nein, der Islam hatte all den westlichen Denkmüll von gut zweihundert Jahren sogenannter

Aufklärung aus meinem Kopf gespült und eine frische, wahrhaft freie Einfachheit hinterlassen.

Na ja, jedenfalls empfand ich das manchmal so. Und zwischendurch beschlich mich der Gedanke, dass die Welt eben doch nicht ganz so einfach sein konnte, wie ich sie mir vielleicht wünschte. Zum Beispiel jetzt, als Adils Lächeln von versonnen zu leicht verlegen wechselte, bevor er mich ansah und bemüht ernst sagte: »Akhi, wir müssen verhandeln. Du musst eine *Mahr* anbieten, eine Morgengabe für Samira.«

»Aha …«, antwortete ich gedehnt und nippte an meinem Tee. »Du willst mir sagen, dass ich sie dir … abkaufen muss?«

»Nein, natürlich nicht.« Jetzt schaute er verärgert. »Ich dachte, das weißt du. Die Mahr ist keine Mitgift, kein Brautgeld oder so was, was an die Familie der Braut übergeht. Die Mahr ist für die Braut selbst und gehört ihr ganz allein – du kaufst Samira quasi sich selbst ab. Eine finanzielle Absicherung, falls du sie eines Tages rauswirfst.« Er stand auf und holte seinen Laptop, wobei er weitersprach: »Natürlich kenne ich auch die Schauergeschichten über irgendwelche türkischen oder marokkanischen Väter, die die Mahr ihrer Tochter einstreichen und sich davon einen fetten Benz kaufen. Aber das ist nicht die Sunna des Propheten!« Er setzte sich wieder und klappte den Laptop auf.

»Einen Benz?«, fragte ich ungläubig. »An was für Summen denkst du, bitte? Am Ende kann ich mir deine Schwester gar nicht leisten.«

»Manche Gelehrte sagen, dass umgerechnet vierzigtausend Euro angemessen seien«, sagte Adil, überflog eine Website, die er aufgerufen hatte, und stellte fest: »Die meisten nennen drei Monatsgehälter. Netto.«

Ich lachte. »Na, da komme ich billig weg. Der Stundenlohn bei Ibn Ibrahim ist ja ziemlich überschaubar.«

»Das ist nicht witzig«, knurrte Adil.

»Doch, total«, erwiderte ich. »Und außerdem, ganz ehrlich, Mann: Ich würde mich bestimmt nie scheiden lassen. Die Scheidung meiner Eltern reicht mir vollkommen.«

»Darum geht es nicht«, erwiderte Adil und klappte den Laptop wieder zu. »Mir liegt vor allem daran, dass Samira versorgt ist, wenn wir, inschallah, nach Sham gehen. Und falls du … du weißt schon.«

75. Tag

Puh, heute haben wir richtig malocht. Gräben ausgehoben, Wälle aufgeschüttet, Sprengfallen angebracht. Du siehst – alles Maßnahmen, die nichts mehr mit Erobern zu tun haben, sondern mit Verteidigen. Wir sind ein bisschen in die Defensive geraten, wie es scheint …

Aber die Menschen in diesem Dorf hier, wo wir letzte Nacht ankamen, haben uns freundlich begrüßt. Na ja, zumindest mit Respekt. Ich meine … nach den Dingen, die ich in Raqqa erlebt habe, verstehe ich inzwischen, dass nicht alle Menschen ausschließlich glücklich sind, unter dem Kalifat zu leben, um es mal vorsichtig auszudrücken. Und dass die normalen Menschen oft Angst vor uns haben. Besonders vor ausländischen Kämpfern wie mir. Aber noch mehr Angst haben die Leute hier vor der Rache der Schiiten, falls die zurückkehren und das Dorf wieder einnehmen sollten.

Du weißt ja – bevor der IS kam, war es hier in Iraq an der Tagesordnung, dass Sunniten einfach so vor aller Augen von schiitischen Milizen in Autos gezerrt und verschleppt und ein paar Tage später halb tot wieder auf die Straße geworfen wurden – wenn sie Glück hatten. Als dann letztes Jahr unsere Brüder vom Islamischen Staat halb Iraq im Sturm erobert hatten, wurden sie hier als Befreier bejubelt. Und darum müssen wir die Leute hier jetzt beschützen, sonst wird die Rache der anderen grausam sein.

Ja, ich weiß, wir selber sind auch grausam. Es hat gar keinen Sinn, das gegeneinander aufzurechnen. Wenn du immer weiter drüber nachdenkst, beginnt sich irgendwann alles zu drehen, deshalb ist es gut, wenn du zwischendurch mal dein Hirn ausschalten kannst. Dann musst du dir zum Beispiel nicht solche Fragen stellen wie die, ob wir diesen Krieg theoretisch verlieren könnten. Max machte vorgestern so eine Andeutung zu mir. Und dass er ein schlechtes Gewissen habe. Wegen – na ja – bestimmter Dinge. Beknackt, oder? Ich meine, was ist denn das für eine Moral: Wenn wir siegen, ist alles okay, was wir getan haben; aber wenn wir verlieren, war es Sünde? Das ist doch nicht logisch!

Und außerdem, gerade jetzt, wo unser Kalifat unter Druck gerät, wo die Feinde vorrücken, da brauchen wir doch all unsere Kräfte.

18. März/27. Dschumada l-ula

Die Frau im grauen Businesskostüm saß mir auf der anderen Seite ihres Sparkassenberatertisches gegenüber und verglich argwöhnisch mein bärtiges Äußeres mit dem Babypopo-Gesicht in meinem Personalausweis. Dann legte sie den Ausweis neben die ausgebreiteten Unterlagen meiner Lebensversicherung. Die hatte ich letztes Jahr nach dem Abi abgeschlossen, ziemlich bescheiden; meine Mutter zahlte monatlich hundert Euro ein und ich selber fünfzig. Aber immerhin besaß ich so was.

»Haben Sie denn auch den Ausweis Ihrer Verlobten mitgebracht, Herr Kuhn?«

Ich schüttelte den Kopf.

»Nun … dann kann ich die Versicherung nicht auf die Dame übertragen, tut mir leid. Aber sie können Ihre Verlobte selbstverständlich als Begünstigte angeben.«

»Das heißt?«

»Dass im Todesfall die vereinbarte Summe an sie ausgezahlt wird.«

»Okay, das will ich. Schreiben Sie das bitte so um.«

»Gern«, sagte sie und musterte mich wieder eine Weile, bevor sie sich ihrem Computer zuwandte. Schrieb sie da vielleicht schon eine E-Mail ans Bundeskriminalamt? Vielleicht gab es ja eine Standardprozedur. Würde mich nicht wundern. Bärtiger Muslim ändert Lebensversicherung – wenn das kein starkes Indiz für Ich-weiß-nicht-was ist …

Ich schielte auf die Unterlagen und sagte: »Ich weiß gar nicht mehr, wen ich ursprünglich eingesetzt hatte.«

Die Sparkassenberaterin fuhr mit Augen und Zeigefinger über das Papier und sagte: »Eine Frau Sarah Kuhn.«

»Ach, richtig. Meine kleine Schwester.«

Sarah und Hannah gingen mir im Kopf herum, nachdem ich alles unterschrieben und mit säuberlich in Pappmappen geschobenen Ausfertigungen meiner Versicherungsunterlagen unterm Arm die Sparkassenfiliale verlassen hatte. Subhan Allah, müsste ich meine Schwestern nicht zu meiner Hochzeit einladen? Und meine Mutter und meinen Vater? Und Bartek und alle? Ich versuchte mir das bildlich vorzustellen, aber es ging einfach nicht. Ihre und meine Realität spielten zwar auf demselben Planeten, aber in vollkommen verschiedenen Universen. Dabei würden sie Samira bestimmt sogar mögen. Aber das bedeutete nichts. Und außerdem blieb keine Zeit mehr. Die Hochzeit sollte schon in weniger als zwei Wochen stattfinden, also noch vor Beginn der Osterferien. Denn Adil hatte die – zugegebenermaßen geniale – Idee gehabt, dass wir uns mitten im Osterreiseverkehr aus dem Staub machen sollten, um möglichst wenig aufzufallen. Wie würde meine Familie davon erfahren? Davon, dass ich geheiratet hatte. Dass ich das Land verlassen, »Hidschra gemacht« hatte, um in den Krieg zu ziehen.

Viele Brüder dort meldeten sich immer wieder mal per Facebook oder Twitter. Aber anders als noch vor ein paar Monaten, als ich bei Adil eingezogen war, verfolgten wir beide dieses ganze Zeug nicht mehr so intensiv. Auch unser Konsum von sogenannten »IS-Propaganda-Videos«, wie unsere westlichen Medien das nennen, hatte stark abgenommen. Wir waren dieser ganzen Poserei überdrüssig und wollten endlich echte, eigene Erfahrungen machen. Eigentlich, dachte ich und war unterdessen fast unbewusst vor dem Schaufenster eines Schreibwarenladens stehen geblieben, musste man wie in alten Zeiten Tagebuch führen. Nur du und das Papier, deine Gedanken allein für dich, ohne im Hinterkopf schon die Likes zu zählen. Unsinn – als ob man ehrlicher zu sich und anderen wäre, wenn man mit der Hand schrieb statt mit Tasten oder Fingerkuppentupfen auf Touchscreens. Trotzdem betrat ich kurz entschlossen den Laden, sah mich unter den Notizbüchern um, von denen es zwischen kitschig und edel, Kunst- oder Kalbsledereinband eine breite Spanne gab. Und plötzlich wehte mich die ungeheure Fülle der Möglichkeiten an: all diese Bücher mit ihren blütenweißen Seiten, all das Ungeschriebene. Von dem vieles auch ungeschrieben bleiben und niemals geschehen würde. Wer werden die Menschen sein, die einmal dieses oder jenes Buch kaufen? Was für Gedichte, Lebensbeichten oder Comic-Skizzen, Sexpraktiken oder Kochrezepte werden sie dem unberührten Papier anvertrauen? Bei Allah ist alles aufgeschrieben, seit Anbeginn der Zeit. Bloß uns erscheint es, als könne alles geschehen. Und auch das Gegenteil davon.

Ich kaufte eines der Bücher und nur Allah wusste in diesem Augenblick, ob ich jemals hineinschreiben würde.

76. Tag

Ramadan. Doch wir sollen nicht fasten.

Es fühlt sich blöd an, dass wir uns nehmen, was wir brauchen, während um uns herum sich alle den ganzen Tag unter der glühenden Sonne herumschleppen, ohne einen Bissen zu essen und ohne einen Tropfen zu trinken. Doch der Prophet (Segen und Frieden auf ihm) hat zu seinen Gefährten (Frieden auf ihnen) gesagt: »Ihr werdet euren Feinden am Morgen begegnen. Nicht zu fasten ist besser für eure Kraft.«

Dabei tun wir nichts weiter, als auf einen Angriff zu warten. Es ist zermürbend. Gerade habe ich noch mal meinen Eintrag von damals gelesen, als wir in dem namenlosen Dorf nach dem Einschlag der Drohne auf eine Attacke der Peschmerga gewartet hatten. Damals war ich vergleichsweise cool, weil für mich nur fraglich war, WIE ich sterben würde, aber nicht, OB. Jetzt ist das anders.

Vorhin hab ich mit Siham gesprochen. Nasreddin hat mir extra mein Smartphone zurückgegeben dafür, ohne dass ich ihn deswegen gefragt hätte. Weil er meinte, dass es mich stärkt und ermutigt, mit meiner Frau zu reden.

Und Siham hat ihr Bestes gegeben. Mir gesagt, wie sehr sie mich dafür bewundert, wie viele ich schon getötet hätte, und dass ich bestimmt noch viele mehr töten würde. Dass sie sich für mich freut, wenn ich einen ehrenvollen Tod finde und sie eines Tages ins Paradies holen werde. Das war für mich ein bisschen irritierend. Ich fürchte, es gibt noch viel mehr Reste von altem, westlichem Denken in mir, als ich mir eingestehen mag. Und wenn deine eigene Frau, mit der du immerhin eine sehr geile Nacht verbracht hast, dir aus freudigem Herzen den Tod wünscht, dann ... na ja.

29. März/8. Dschumada th-thaniya

Im Sahih Ibn Hibban ist überliefert, dass der Prophet gesagt habe: *Diejenige Hochzeit ist die beste, die am einfachsten gestaltet wird.*

Und so hielten wir es. Die Zeremonie, ja überhaupt der ganze Tag hatte ohnehin nichts mit dem gemein, was ich mir in meinem alten Leben unter einer Hochzeit vorgestellt hatte. Von wegen *Sie dürfen die Braut jetzt küssen* und so – wir waren nicht einmal im selben Raum, als wir gefragt wurden, ob wir den Rest des Lebens miteinander verbringen wollten. Und in gewisser Weise passte das natürlich gut zu unserer Beziehung, denn ich hatte meine Braut ja ohnehin nur ein paar Mal richtig gesehen. In dem Augenblick, als Adil in Samiras Namen die Heiratsurkunde unterschrieb, fühlte ich mich fast, als heiratete ich ihn und nicht sie. Ein bisschen war es ja tatsächlich so, denn damit besiegelte ich, wie mir schien, endgültig meine Absicht, mit ihm nach Syrien zu gehen. Als gäbe es nun kein Zurück mehr. Mir graute bloß vor dem Moment, in dem ich es Samira sagen musste.

Natürlich feierte ich anschließend nur mit den Brüdern, während Samira mit den Schwestern in einem anderen Raum eine parallele Party abhielt. Abu Tarek beglückwünschte mich überschwänglich, gab mir ungefragt tausend Tipps zum Eheleben und zur Kindererziehung und sagte: »Wie ich hörte, ziehst du erst mal bei Samira ein? Und dann sucht ihr euch gemeinsam eine neue Wohnung?« Er nickte zu Ibn Ibrahim hinüber. »Hab keine Scheu, dich an den Bruder zu wenden, er kann euch bestimmt dabei unterstützen.«

Entweder tat er bewusst scheinheilig oder er hatte tatsächlich keinen Schimmer davon, was Adil und ich planten. Ibn Ibrahim hingegen blinzelte mir verschwörerisch zu. Was man als Zustimmung zu Abu Tareks Worten verstehen konnte. Oder eben auch anders.

Ich war jedenfalls froh, als die Feier endlich vorüber war. Adil fuhr Samira und mich in seinem alten Volvo zu ihrer Wohnung. Schon wieder würde ich *vorübergehend* bei jemandem einziehen. Adil wünschte uns eine schöne Hochzeitsnacht, wobei er von einem Ohr zum anderen grinste.

Als wir endlich beieinanderlagen, fielen wir nicht übereinander her. Wir hatten diesmal keine Hast, sondern ließen uns fast aufreizend viel Zeit, denn für all das, was zwei Menschen miteinander tun können, stand uns nun der Rest des Lebens zur Verfügung. Oder zumindest eine knappe Woche, bevor Adil und ich nach Istanbul fliegen würden, um Walid-Max-Moritz, Mert und weitere Brüder zu treffen. Ich musste es ihr sagen!

Wir hatten uns ausgezogen, streichelten uns gegenseitig und quatschten einfach. Es war neu und zugleich so vertraut, als hätte diese Intimität zwischen uns schon immer bestanden, von meinem allerersten Anruf an. Als sei die Zärtlichkeit unserer Hände, Lippen und Zungen nur eine Fortsetzung der Berührungen zwischen unseren Stimmen, die wir ein halbes Jahr lang ausgetauscht hatten. Ich musste es ihr sagen.

»Wollen wir nicht ein paar Tage wegfahren?«, fragte Samira und lachte plötzlich. »Oh, jetzt schaust du aber entsetzt. Ich weiß, Flitterwochen, das klingt so nach westlichem Kitsch, aber es ist doch eigentlich eine gute Idee, oder? Ich meine – dass wir am Anfang unseres Zusammenseins ein paar Tage rauskommen aus dem Alltag, dass wir Zeit haben nur für uns beide und uns in Ruhe richtig kennenlernen können.«

»Ja, kennenlernen«, wiederholte ich ernst. »Es gibt da etwas, was ich dir erzählen muss.«

»Warte!« Sie stützte sich auf die Ellbogen. »Ich muss dir auch etwas gestehen.«

»Ich zuerst«, rief ich.

»Nein, ich zuerst.«

»Aber ich hab's zuerst gesagt«, protestierte ich.

»Hast du nicht. Ich wollte es dir nämlich neulich schon sagen. Weißt du nicht mehr? Als ich dich an dem Abend gesucht und mit zu mir genommen habe.«

»Richtig«, murmelte ich. Ich hatte tatsächlich komplett vergessen, dass es doch einen bestimmten Grund gegeben hatte – und nicht den, dass sie dringend mit mir Sex hatte haben wollen. Ich setzte mich auf und sagte: »Du hattest irgendwas von großer Sünde erzählt. Die du verhindern willst.«

Es war egal, denn sie wollte natürlich auf dasselbe Thema hinaus wie ich. Ich atmete tief ein und machte mich auf unseren ersten Ehekrach gefasst.

Auch sie setzte sich nun auf und sah mich eindringlich an.

»Mir ist klar, dass Adil nicht mehr lange wartet. Ich glaube, das war auch der Grund, warum es ihm plötzlich wichtig war, dass ich heirate. Als hätte er sein Testament gemacht, verstehst du?«

»Was soll das jetzt?«, fragte ich und wunderte mich selbst, wie barsch es plötzlich klang.

»Du weißt, was ich meine«, erwiderte sie ruhig. »Wahrscheinlich weißt du es besser als ich. Oder verbirgt Adil solche Sachen komplett vor dir?«

»Natürlich nicht«, sagte ich, beinahe empört.

»Na also. Und ich werde das verhindern.« Ihre blauen Augen funkelten plötzlich. »Ich werde verhindern, dass er nach Syrien geht und ein Kämpfer für diesen falschen Kalifen wird. Zur Not mit …«

»Mit was? Mit Gewalt?«

»Vor ein paar Wochen hat mich jemand angesprochen. Er fragte mich nach Adil und auch nach dir und nach diesem Typen, der neulich bei euch übernachtet hat. Und dann hat er mir Geld angeboten.«

»Bitte?«

»Natürlich hab ich ihn fortgeschickt. Subhan Allah, was für ein Arschloch. Dass er glaubt, mich kaufen zu können. Aber …« Sie bückte sich unter die Matratze, zog eine Visitenkarte hervor und zeigte sie mir. »Das hier hab ich aufgehoben.«

Kriminalkommissar Hagenkord, Bundeskriminalamt.

»Er wollte dich als V-Mann … wie sagt man das? Weibliche V-Männer, gibt es so was?«

Auf einmal schwirrte alles durcheinander – Grammatik und Gefühle, Hass und Hilflosigkeit.

»Er nannte es *V-Person*«, sagte sie schlicht. »Anscheinend gibt es für den Begriff keine weibliche Form. Man ist entweder ein Mann oder nichts. Ein Neutrum. Und soll ich dir was sagen? Davon hab ich eh die Nase voll.«

»Bitte?«, wiederholte ich fassungslos. Ich hatte damit gerechnet, dass sie mich anflehte, nicht nach Syrien zu gehen. Mit Tränen oder theologischen Argumenten, was weiß ich. Aber nicht, dass sie mir mit dem Verfassungsschutz drohte. Wobei es ihr ja anscheinend nur um Adil ging. Dass ich selbst im Begriff war, ein Gotteskrieger zu werden, kam ihr gar nicht in den Sinn!

Sie nahm meine Hände in ihre und sagte: »Manchmal, wenn ich bete und Richtung Qibla schaue, stelle ich mir vor, mein Blick würde durch die Wand gehen und durch die Mauern der anderen Häuser, über die Dächer der Stadt hinweg, über Wälder und Berge und Meere und Kontinente und sich an der Kaaba mit den Hunderten von Millionen anderer Blicke treffen, aus allen Himmelsrichtungen. Und wenn ich darüber nachdenke, über die Vielfalt der Umma, dann spüre ich, wie vermessen wir sind. Ich meine – nur Gott und der Prophet können darüber urteilen, was der *wahre* Islam ist und was nicht. Ist es nicht eine schreckliche Gotteslästerung, dass wir behaupten, nur wir würden den echten Islam leben und die anderen neunundneunzig Prozent der Muslime nicht?«

»Stopp mal«, rief ich und zog die Hände weg. »Wovon sprichst du jetzt? Hör auf, ständig das Thema zu wechseln.«

»Tu ich nicht. Es hängt doch alles mit allem zusammen. Das, was wir glauben. Die Art, wie wir leben. Die Konsequenzen, die wir daraus ziehen. Ich hab es nicht nötig, mich von Abu Tarek vorführen zu lassen, nur weil ich eine Frau bin. Das ist nicht islamisch. Umm Ammarah war eine Gefährtin des Propheten und verteidigte ihn mit dem Schwert gegen die Mekkaner. Zaynab Fatima bint 'Abbas war Dichterin und Rechtsgelehrte, sie predigte vor siebenhundert Jahren in Kairo und Damaskus. Malala Yousafzai hat den Friedensnobelpreis bekommen. Sie ist jünger als ich und trotzdem ein Vorbild. *Das* soll mein Islam sein.« Sie griff wieder nach meinen Händen. »Lange habe ich das nicht sehen wollen. Erst du hast mir die Augen geöffnet.«

»Bitte?«, rief ich zum dritten Mal und wollte schon wieder meine Hände wegziehen, doch diesmal hielt sie mich fest.

»Ja, genau du. Erinnerst du dich, wie du mir erklärt hast, warum du nicht an die Hölle glaubst? Ohne irgendein tieferes Verständnis des Islam hast du aus deinem Herzen heraus über die Liebe und das Erbarmen Allahs gesprochen – und da wurde mir klar, dass ich den Qur'an noch einmal neu lesen muss.«

Jetzt riss ich mich doch los, sprang auf und blickte kalt auf sie herab.

»Das hättest du mir damals sagen sollen. Inzwischen kann ich mir nämlich die Hölle ziemlich gut vorstellen. Und ich werde nicht zulassen, dass du dort landest. Oder wir beide.«

»Was heißt das?«

»Adil geht in den Dschihad. Und ich gehe mit.«

Endlich hatte ich es ausgesprochen! Zum allerersten Mal. Und es klang unerwartet dämlich in meinen Ohren. In ihren aber klang es offensichtlich glaubhaft, denn sie riss vor Entsetzen Mund und Augen auf.

Ich bückte mich nach der Visitenkarte von Hagenkord und warf sie Samira in den Schoß.

»Sag dem Kerl einen schönen Gruß von mir, wenn du ihn anrufst.«

Sie hob die Karte auf und sah mich an. Tränen füllten ihre Augen.

»Wenn du mir keine Wahl lässt ...«, flüsterte sie.

»Du würdest das echt tun, ja?«

»Ja.«

»Du würdest Adil und mich in den Knast bringen? Deinen eigenen Bruder und deinen Mann.«

»Besser Mann und Bruder im Knast, als Witwe und Einzelkind zu sein. Und außerdem ...« Sie sprang auf und wischte die Tränen weg, zog die Nase hoch und sah mich scharf an. »Außerdem geht es mir nicht nur um euch beide und um euer Leben. Sondern um all die unschuldigen Menschen, die ihr töten würdet, bevor ihr selber sterbt. Und es geht mir um den Islam, den Leute wie ihr in den Dreck zieht.«

»Leute wie wir«, wiederholte ich. »Was weißt du denn schon über mich? Nichts. Du kennst mich doch gar nicht. Warum hast du eigentlich sofort dieser verrückten Turbohochzeit zugestimmt? All das nur, um ... ja, was? Mich vor Adil zu warnen? Mich seinem Einfluss zu entziehen? Uns am Ende diesem Dreckskafir Hagenkord auszuliefern, diesem Gestapo-Mann?«

»Nein«, sagte sie nur und schluckte.

Ich wartete, dass sie weiterspräche, aber das tat sie nicht. Wollte sich weder erklären noch ihre Liebe beteuern, mich nicht anschreien und auch nicht anflehen. Sie tat nichts, das mir die Pflicht abgenommen hätte, selbstständig mit dieser Situation umzugehen. Sondern stand einfach bloß vor mir, *bloß* im Sinne von nackt, verletzlich, und genau wie neulich sah sie mir zu, wie ich meine Klamotten zusammensuchte und schon die Hand auf die Türklinke legte, ein groteskes Déjà-vu.

»Wo willst du hin?«

Nach Hause, lag mir auf der Zunge.

»Weiß nicht«, sagte ich.

Aktenzeichen 2 BJs 498/15; 30.03., 00:09 Uhr. Der Beschuldigte K. verlässt das Objekt und wirkt zunächst unentschieden. Beginnt dann in westlicher Richtung zu rennen und verfällt später in einen leichten Trab. Bewegt sich Richtung Innenstadt.

Gehetzt lief ich durch die Nacht. Es war kalt und sternenklar, das Laufen tat gut und ich durfte nicht stehen bleiben, weil sonst die Gedanken kämen. Ich fühlte mich betrogen und belogen, verraten und verkauft, ich rannte. Natürlich wusste ich, dass das Bullshit war. Denn alles, was Samira gesagt hatte, sah ich doch eigentlich auch so. Oder hatte es so gesehen, bevor Adil mich mit dieser Kalifatscheiße zugedröhnt hatte. Ach, noch mal Bullshit! Das hatte er doch gar nicht. Ich hatte mich selber zugedröhnt mit Sehnsüchten und Hoffnungen, wollte zum allerersten Mal eine richtig große Sache richtig konsequent durchziehen. Wo ich schon nicht nach Afrika gegangen war … ich rannte. Das Juridicum tauchte vor mir auf, blieb zurück, sah mir bräsig nach, wie ich weiterlief, quer über die Hofgartenwiese, auf der ich neulich gebetet hatte. Und wo ich einmal auf einer der vielen Parkbänke gesessen und Samira angerufen, ihr von meinem Auszug bei Liz berichtet und erklärt hatte, warum ich nicht an die Hölle glauben mochte. Auf dieser Wiese, wo eine Generation zuvor Hunderttausende für den Frieden demonstriert hatten. Plötzlich sah ich sie wieder hier stehen, mitten in der Nacht auf dieser taufeuchten Wiese, aber nicht in Jeans und Parka, mit Palituch und Transparenten voller Parolen drauf; ich sah sie alt und bürgerlich, in Anzug und Krawatte, ernst und ergraut, mit Aktentaschen in den Händen. Vielleicht trugen sie drunter manchmal heimlich noch ein altes, ausgewaschenes Che-Guevara-T-Shirt, aber wie sie mir so zusahen, mussten sie doch einsehen, dass sie alle versagt hatten. Dass *ich* heute der neue Che war, jung und viril, fast denselben Zottelbart, ein Revolutionär auf dem Weg nach Syrien oder nach Hause, um sich vor alldem zu verstecken, ich wusste es nicht, wusste gar nichts mehr. Ich rannte. Keine Ahnung, wie spät es war, jedenfalls brannte in Vickys Zimmer noch Licht, es ging zur Straße raus. Liz' und mein altes zeigten zur Rückseite, und plötzlich hätte ich gern gewusst, ob sie alleine schlief oder nicht und wer jetzt neben ihr wohnte. Oder an wen Ibn Ibrahim unsere Wohnung demnächst weitervermieten würde, wenn Adil und ich in Syrien wären – oder Adil tot und ich zu Hause. *Zu Hause,* was immer das sein sollte. Ich rannte.

Aktenzeichen 2 BJs 498/15; 00:43 Uhr. Der Beschuldigte K. betritt sein eigenes Wohnhaus.

Fast lautlos schlich ich die Treppen hoch, tappte auf Zehenspitzen in die dunkle Wohnung und nahm Adils Autoschlüssel vom Wandbord.

Irgendwo auf meinem Handy gab es noch Musik von Body Count und das Bluetooth-Radio in Adils altem Volvo verband sich dankbar mit meinem Gerät, ganz froh, nicht immer bloß Rezitationen abspielen zu müssen. Riffs krachten aus den Boxen, Double-Bass-Schläge hämmerten gegen meinen Kopf. Tat das gut, Mann, so fucking gut!

They did everything they could do to take us out. But like any good monster that just made us stronger. Ich klickte immer lauter, bis mir fast die Ohren wegflogen. *Cause they know we stand for three things: Truth, justice and fuck the american way!* Es war haram, es war geil, ich schaltete es wieder aus.

Woran glaubte ich eigentlich noch?

Besser:

Wem?

Aktenzeichen 2 BJs 498/15; 01:21 Uhr. K. wechselt von Bundesautobahn 3 auf BAB 1 in Richtung Wuppertal/Dortmund.

»Mann, Jacko!« Barteks Stimme überschlug sich. »Dass du mich anrufst! Was treibst du? Wie geht's dir? Wo steckst du überhaupt?«

»Vor deiner Haustür. Bist du da? Kannst du runterkommen?«

»Natürlich bin ich da, Mann, wo soll ich denn sonst sein als im Bett? Morgen ist Montag, falls dir das noch was sagt. Da gehen manche Leute arbeiten.«

Oben im dritten Stock rasselte ein Rollladen und ein entgeisterter Bartek glotzte auf mich und meine islamische Erscheinung herab. Er hielt sein Smartphone am Ohr und rief: »Bleib, wo du bist, ich bin gleich unten bei dir.«

Keine zwei Minuten später flog die Haustür auf und er schoss heraus, breitete die Arme aus, hielt inne, bis ich mir einen Ruck gab, dann drückten wir uns aneinander.

»Junge, du siehst scheiße aus«, rief er, »aber das ist mir so was von egal. Was ist los? Machst du Schluss mit deinen Islamisten? Steigst du aus?«

»Nein. Vielleicht doch. Mann, keine Ahnung, echt nicht. Ich … ach, ich erzähl dir einfach mal alles, vielleicht weiß ich es dann am Ende.«

»Oder ich.«

»Oder du. Wo wollen wir hingehen?«

»Wo wir immer hingehen«, sagte er.

Kurz darauf hockten wir auf einer schmalen Mauer vor der Vierundzwanzig-Stunden-Tanke und öffneten zischend unser Dosenbier. Meines schmeckte wie Pisse.

»Ich hab seit drei Monaten keinen Alkohol mehr getrunken«, brummte ich. »Jetzt kommt es mir vor, als wären es drei Jahre. Oder dreißig.«

Bartek stürzte seine Dose halb auf ex, ließ einen respektablen Rülpser hören und brummte: »Erzähl mal lieber von Anfang an.«

Das tat ich. Erzählte von Samiras wundervoller Stimme und Abu Tareks eingängigen Botschaften. Von Adils Freundschaft und den verlockenden Früchten von Daulad al-Islamiya, von Himmel und Hölle, Gott und den Menschen und kam mir vor, als erzählte ich das alles nicht ihm, Bartek, dessen Stirn immer mehr Sorgenfalten oder Falten des Nichtverstehens warf, sondern mir selbst.

Doch auf einmal starrte er mich mit aufgerissenen Augen an und rief: »Warte – kapier ich das richtig? Das hier, Mann, ist deine Hochzeitsnacht?«

Ich nickte und er schüttelte den Kopf.

»Das geht nicht«, meinte er, »was immer da alles scheiße sein mag bei deinen Salafistenfreunden, aber du kannst doch nicht in deiner eigenen Hochzeitsnacht einfach abhauen, um mit deinem alten Kumpel an der Tanke zu sitzen.«

»Doch, siehst du ja. Außerdem … fühlt es sich gerade richtig an.«

»Wenn das so ist – dann steigst du also aus?«

»Ich … hm. Pass auf, ich frag dich was. Was fällt dir zum 11. September 2001 ein?«

»Witzbold. Die Anschläge in New York natürlich. *Nine/Eleven.* Soll das eine Fangfrage sein?«

»Nee. Und du hast natürlich recht. Dreitausend Leute starben in den Trümmern des World Trade Centers durch den Anschlag von al-Qaida. Und jetzt sag mir bitte, was dir zum 13. Juli 1995 einfällt.«

»Puh ... mal überlegen. Keine Ahnung – doch, warte mal. Klar, war da nicht Fußball-WM?«

»Nein, da begann das Massaker von Srebrenica in Bosnien. Während der Jugoslawienkriege. Achttausend muslimische Männer und Jungen wurden abgeschlachtet. Mitten in Europa. Mitten in den Neunzigerjahren. Unter den Augen der ganzen Welt. Während UN-Soldaten tatenlos danebenstanden. Und bis heute spricht hier niemand davon. Niemand hier erinnert sich daran. Weil das ja nur ein paar dreckige Muslime waren, keine Nadelstreifenschlipsträger wie im WTC in New York, für die wir jedes Jahr am elften Neunten etliche Gedenksendungen im Fernsehen anglotzen müssen, obwohl es gut sein kann, dass irgendwo auf der Welt ein paar Kinder weniger verhungern müssen, seit eine Handvoll Investmentbanker in den Türmen verreckt ist. Zwei Türme, Mann, verstehst du? Wie bei Herr der Ringe. Ach ...«

Ich schüttelte unwillig den Kopf, denn plötzlich schien es mir Zeitverschwendung.

Bartek sah mich ängstlich an, als sei ich gerade dabei, mich in einen Zombie zu verwandeln.

»Erinnerst du dich, wie wir Deutsch bei Siebert hatten?«, fragte ich. »An dieses kranke Theaterstück, das wir lesen mussten? Wo es um diese Physiker geht? Wie hieß das noch mal ...«

»*Die Physiker?*«

»Ja – richtig. Guter Name dafür.« Ich musste lachen. »Na, jedenfalls ist mir ein einziger Satz daraus hängen geblieben. Und der geht so: *Was einmal gedacht wurde, kann nicht mehr zurückgenommen werden.*«

»Junge, ich kann dir kein bisschen folgen«, stöhnte Bartek. »Hör auf, ständig das Thema zu wechseln.«

»Tu ich nicht. Es hängt einfach alles mit allem zusammen.« Ich griff nach seiner Schulter. »Adil, der Typ, von dem ich dir erzählt habe, der sagt immer, dass der Islam ein One-Way-Ticket ist. Und ich dachte, das wäre so gemeint, dass man eben in die Hölle kommt, wenn man vom Glauben wieder abfällt. Beziehungsweise, dass man in arabischen Ländern sogar getötet wird, wenn man dem Islam den Rücken kehrt. Aber darum geht es gar nicht. Sondern darum, dass du das, was du einmal verstanden und erkannt hast, was du einmal erspürt und gefühlt hast … dass du das niemals mehr rückgängig machen kannst. Weil es für immer einen Platz in deiner Seele hat.« *Es*, dachte ich. Allah. Samira. Adil. »Selbst wenn ich wollte«, schob ich nach und erhob mich. »Denn *ihr wollt nicht, außer dass Allah will, der Herr aller Schöpfung.* Wa Allahu a'lam.«

Bartek machte beinah genauso ein unglückliches Gesicht wie Samira vorhin. Alle Hoffnung war daraus gewichen. Hoffnung, ich käme zurück – nicht unbedingt zurück nach Dortmund, aber in die Welt, aus der wir uns kannten. Ihm war klar geworden, dass das einfach nicht ging. Und mir auch. Ich streckte ihm die Hand hin und zog ihn auf die Beine.

»Komm schon, ich bring dich nach Hause.«

»Und du?« Es klang, als schniefte er ein bisschen. Aber er stand tapfer auf und drückte meine Hand fest an sich. »Wohin gehst du?«

»Auch nach Hause«, sagte ich.

»Wo immer das ist«, murmelte er. »Aber du gehst nicht nach Syrien, klar? Sonst hol ich dich persönlich zurück. Und wenn ich dafür ein Flugzeug entführen muss.«

»Ich weiß. Aber keine Sorge. Mir kommt gerade eine sehr viel bessere Idee. Und wenn das, inschallah, funktioniert, schicke ich dir 'ne Postkarte.«

Aktenzeichen 2 BJs 498/15; 03:17 Uhr. Der Beschuldigte K. und die unbekannte zweite Person (männlich, ca. 18–20 Jahre alt) trennen sich wieder. Die Lichtverhältnisse lassen keinen Schluss darüber zu, ob etwa Gegenstände ausgetauscht wurden. Die unbekannte Person geht zurück ins Haus, der Beschuldigte K. besteigt wieder das Kfz.

Es gibt ja keine Zufälle. Als der Himmel langsam von Schwarz zu Blau zu wechseln begann, als die Sterne einer nach dem anderen verblasst waren bis auf den Morgenstern, der einsam, eisig und edel über dem Horizont stand, flog am Rand der Autobahn ein Schild vorüber, das auf den nächsten Rastplatz hinwies. Nicht irgendeiner, sondern der, auf dem Adil an jenem Morgen gebetet hatte. Ich hielt an, stieg aus und sog die Luft ein. Es war so bitterkalt wie damals, aber die Luft schmeckte anders. Nicht mehr nach Herbst und Gärung, Frost und Dunkelheit. Ich schmeckte Frühling und Neubeginn. Dabei besaß ich noch nicht einmal einen Schlüssel zu Samiras kleiner Wohnung. Aber wenn ich Glück hatte, wartete sie auf mich. Bevor ich wieder ins Auto stieg, zückte ich mein Portmonee. Ich holte die beiden Hälften des Fotos von Liz und mir heraus und warf sie in den Wind. Dann fuhr ich – heim.

Aktenzeichen 2 BJs 498/15, 05:22 Uhr. Der Beschuldigte K. betritt wieder das Objekt, in dem die Wohnung der Schwester des Beschuldigten H. liegt. Keine weiteren Vorkommnisse. Anlass und Zweck der Fahrt nach Dortmund sind vorerst nicht zu ermitteln.

83. Tag

Kämpfen und Töten ist wie Schwimmen oder Fahrradfahren – hast du's einmal gelernt, dann verlernst du's niemals wieder. Jedenfalls nicht während so eines »Urlaubs«.

Seit einer Woche sind wir jetzt hier in Iraq unterwegs und es kommt mir vor, als hätte ich nie was anderes gemacht. Das Dorf, wo wir waren, als ich vor einer Woche meinen letzten Eintrag hier ins Buch gemacht habe, das haben wir erst erfolgreich verteidigt und sind dann weitergezogen, danach wurde es aber doch erobert und wir mussten umkehren und es zurückerobern, was uns aber nicht gelungen ist, denn bevor wir es einnehmen konnten, wurden wir fortgerufen und kämpften woanders weiter. Ich habe leider den Überblick verloren. Aber den hat anscheinend niemand so richtig.

Manche sagen, wir würden vorrücken und könnten bald auf Bagdad zustoßen, während andere behaupten, wir seien eigentlich auf dem Rückzug und könnten uns schon glücklich schätzen, bis zum Winter noch Mossul zu halten.

Letzteres flüstert man natürlich nur. Aber die Stimmung wird schlechter. Einige Brüder reagieren gereizt, werden immer aggressiver und grausamer. Andere lassen sich verunsichern. Max zum Beispiel. Ich glaube, er überlegt inzwischen sogar abzuhauen. Vielleicht will er, dass ich mit ihm komme, aber er traut sich nicht, es offen zu sagen. Gestern raunte er irgendwas von wegen, ob man nicht einen Plan B haben müsste und so. Ich hab ihn aber ignoriert. Du weißt ja, dass ich keinen Plan B habe.

Und ich meine – selbst wenn hier einer abhauen will: Wohin soll man gehen und wie? Als Ausländer hast du schnell verkackt und gerätst zwischen die Fronten. Und müsstest am Ende noch Allah dafür danken, wenn dich die Schiiten massakrieren, bevor deine eigenen Leute dich wieder einfangen …

Wobei ich auch wieder mal gar nicht sicher bin, gegen wen wir da eigentlich in den letzten Tagen alles gekämpft haben – schiitische Milizen, irakische Armee, angeblich auch Spezialeinheiten aus dem Iran. Seit ich im Krieg bin, hab ich auf viele, viele verschiedene Leute geschossen – bloß war kein einziger wirklich Ungläubiger darunter. Nur Leute, die wir Abtrünnige nennen und die sich selber als Muslime bezeichnen würden. Das gilt selbst für die Iraner … wenn es tatsächlich welche waren.

Ich glaube eigentlich nicht, dass in den Reihen der iranischen Quds-Brigaden Frauen kämpfen. Wir haben aber welche gefangen genommen. Vielleicht Kurdinnen, die sind ja inzwischen berüchtigt. Vielleicht sind sie auch nur Zivilistinnen und waren auf der Flucht (vor uns oder vor den anderen oder allen) und hatten das Pech, den Brüdern in die Hände zu fallen. Es ist ehrlich gesagt total scheiße, die halbe Nacht lang ihre Schreie hören zu müssen …

Ich habe vorhin mit Siham telefoniert und ihr davon erzählt. Sie fragte (und ich dachte erst, die will mich verarschen!), warum ich mir denn nicht auch eine von den Gefangenen »nehmen« würde.

Und ich sagte, na, weil ich doch halt frisch mit ihr verheiratet wäre. Und es mich außerdem nicht anmacht, Frauen gegen ihren Willen zu »nehmen«. Da lachte sie mich aus und meinte, ich würde mich ja anhören wie ein Kafir. Und was ich denn für ein Mudschahid wäre, wenn ich mir nicht die Beute greifen würde, die mir zusteht. Ich meine – ist die pervers oder was? ~~Wenn ich ein richtiger Mann wäre, sagte sie, würde ich jetzt zu einem der Mädchen gehen und es ihr aber mal so richtig~~ Scheiß was drauf, Akhi. Das ist es echt nicht wert, hier aufgeschrieben zu werden!

Ich hatte während der Tage in Raqqa von diesem Mann geschrieben, den sie vom Hochhaus geworfen hatten. Der verfolgt mich immer noch. Aber ich spüre, wie der Aufprall näher kommt.

30. März/9. Dschumada th-thaniya

Und es gehört zu Seinen Zeichen, dass Er euch von eurem Wesen Partnerwesen erschuf, damit ihr bei ihnen Geborgenheit findet. Und Er hat Liebe und Barmherzigkeit zwischen euch gemacht.
(Sure Ar-Rum, Vers 21)

Samiras Zimmer roch nach dem Rauch vieler Zigaretten, aber das störte mich nicht. Es war warm neben der kleinen alten Elektroheizung, warm zwischen all den Kissen unter all den Decken, warm an ihrer weichen Haut. Sie war nicht böse über meine Flucht ein paar Stunden zuvor, jedenfalls nicht sehr. Als hätte sie so was in der Art beinahe erwartet. Und nicht im Mindesten daran gezweifelt, dass ich zurückkommen würde. Sie schob sich auf mich und drückte ihr Becken so gegen meines, dass mein Penis in ihre Scheide glitt.

»Warte, warte, warte«, flüsterte ich hektisch, »wir haben nicht über … sollten wir nicht ein Kondom benutzen? Ich meine … ähm, Kondome sind doch halal, oder? Zumindest in der Ehe.«

Sie schaute mich belustigt an, während sie sich mit den Händen auf meiner Brust abstützte und ihren Beckenboden anspannte.

»Willst du etwa keine Kinder?«

»Doch, bestimmt – irgendwann mal. Aber jetzt? Hey, ich werde im Mai erst neunzehn.«

»Na gut, dann halt nicht«, grinste sie, ohne von mir abzulassen. Sie beugte sich vor zu meinem Gesicht und sagte: »Ich kenne meinen Zyklus ganz gut. Sollte ich diese Woche schwanger werden, wäre das so was wie ein göttliches Wunder.«

»Okay«, murmelte ich.

»Vertraust du mir nicht, Liebster?«

»Doch.«

»Verrückt.« Sie richtete sich wieder auf. »Vor Kurzem noch warst du bereit zu töten oder zu sterben oder beides. Aber neues Leben zu zeugen, das erschreckt dich.«

»So was Ähnliches hast du schon mal zu mir gesagt. Aber ich werde nicht töten. Und sterben auch nicht. Jedenfalls nicht in den nächsten Jahren. Oder Jahrzehnten. Ich gehe nicht nach Syrien.«

»Nein.«

Sie begann, ihr Becken kreisend auf meinem zu bewegen.

»Und Adil wird auch nicht gehen«, setzte ich hinzu.

»Ich weiß«, nickte sie.

»Du wirst ihn nicht in den Knast bringen«, sagte ich. »*Ich* werde ihn aufhalten. Aber mit anderen Mitteln.«

»Du willst mit ihm *reden*?« Samira hielt inne. »Denkst du, das hätte ich nicht schon längst getan? Es hat keinen Sinn. Er ist besessen davon, unsere Mutter aus dem Höllenfeuer zu holen. Es gibt etliche Verse, die durchaus Zweifel daran erwecken, dass alle Nicht-Muslime automatisch in die Hölle kommen. Aber ihn interessiert das gar nicht, er ist komplett vernagelt. Was willst du ihm schon sagen? Ihn hält überhaupt nichts mehr hier.«

»Kann sein.« Ich begann, mein Becken gegen ihres zu drücken. »Die Frage ist nicht, ob er nach Syrien geht oder hierbleibt. Sondern wohin er stattdessen geht.«

»Ach.«

»Ja. Er will doch unbedingt ins Paradies.« Ich presste meine Hände auf ihren Po und drückte mich an sie. »Wir bringen ihn hin.«

»Bitte? Was hast du vor?«

»Eine paradoxe Intervention. Klappt immer.«

»Ich versteh kein Wort.«

»Du weißt, wie er sich das Paradies vorstellt?«

»Er hat mal was von … warte! Du willst mit Adil nach Irland?«

schickt hatte. Die ich, wie du gesagt hast, niemals um Verzeihung gebeten habe. Alle lachten mich aus! Ich kriegte auf einmal richtig Panik, ich griff nach meiner Waffe, ihr Lachen kam mir auf einmal viel bedrohlicher vor als alle feindlichen Panzer und Drohnen. Ohne die Hose wieder hochzuziehen, richtete ich das Gewehr auf sie und knallte sie ab. Ihr Blut spritzte auf meine nackten Beine. Im selben Moment fühlte ich den Aufprall.

~~Mein~~
~~Ich konnte nicht~~
~~Wenn ich gewu~~
Scheiße alles.

Was tun wir den Leuten an, wenn da dieses Mädchen liegt, als hätte sie nur auf mich gewartet? Auf irgendwen, den sie mit voller Absicht so weit provozieren kann, dass er sie erschießt? Weil nämlich der Tod das Allergnädigste ist, was ein Mensch, der in unsere Hände gerät, überhaupt noch vom Leben erhoffen kann?

Mann, ich weiß nicht mal, wie sie hieß.

Ihre Augen sahen echt wie Bernstein aus.

Morgen wird wieder eine Schlacht sein. Das soll meine Stunde werden.

Akhi, sie können dich nicht ewig einsperren, denn du hast doch gar nichts getan. Sie werden dich gehen lassen und du wirst, inschallah, mit Samira zusammen sein. Ihr werdet euch lieben und gemeinsam alt werden; und vielleicht werdet ihr euren Kindern von ihrem Onkel Adil erzählen, der so dumm gewesen ist. Und der euch trotzdem liebt.

Leb wohl, bis wir uns alle, inschallah, in Dschanna wiedersehen, eines sehr fernen Tages.

As salamu alaikum wa rahmatullahi wa barakatuh!

31. März/10. Dschumada th-thaniya

»Übermorgen?« Ich glotzte auf die ausgedruckten Online-Tickets auf dem Küchentisch unserer (also eigentlich nur noch Adils) Wohnung. »Wieso schon übermorgen? Und wieso bitte« – ich nahm einen der Ausdrucke in die Hand – »willst du ab Frankfurt fliegen statt Köln/Bonn? Über Kiew? Mit Ukraine International Airlines? Du hattest doch für Sonntag was bei Germanwings gebucht.«

»Genau.« Adil nickte zufrieden. »Und das weiß bestimmt auch unser Stalker Hagenkord. Deshalb hat Mert diese Flüge für uns klargemacht. Ich weiß – das kommt jetzt kurzfristig. Und ich hoffe, du hattest immerhin eine tolle Hochzeitsnacht.« Er grinste.

»Adil, ich ... hm ... hör zu, Adil. Ich komme nicht mit.«

Das Grinsen fiel aus seinem Gesicht.

»Und du wirst auch nicht fliegen«, fuhr ich fort. »Das ist alles eine große Sünde. Niemandem wird damit geholfen. Nicht der weltweiten Umma, nicht den Menschen in Syrien. Nicht den gefolterten Kindern. Und nicht deiner Mutter.«

Entsetzt wich Adil vor mir zurück, als hätte er Angst vor einer Ansteckung. »A'udhu billahi minasch-Schaitan-ir-Radschim!«, schrie er. »Ich suche Schutz bei Allah vor dem verfluchten Schaitan!«

»Hey!« Ich hatte auch geschrien. »Ich bin nicht der Schaitan, ich bin Jakob, dein Freund! Ya'qub, dein Bruder! Den du vor vier Monaten aus der Scheiße gezogen und vor zwei Tagen zu deinem Schwager gemacht hast. Und der dir sagt, dass du haargenau dem Schaitan auf den Leim gehst, wenn du der schwarzen Fahne dieses falschen Kalifen folgst!«

»Das sind gar nicht deine Worte, sondern Samiras«, entgegnete er. »Sie hat dich umgedreht!«

»Bullshit, Mann. Du weißt, dass ich die ganze Kalifatsnummer von Anfang an nicht gut fand. Okay, es hat mich auch fasziniert – und eigentlich war ich so weit, da hinzugehen. Vor allem weil … ach, scheiß was drauf. Ich bin gerade noch rechtzeitig zur Vernunft gekommen, Akhi. Und du kannst das auch.«

»Nee, Akhi.« Sein Blick war plötzlich völlig leer. »Meine Vernunft tickt anders als deine. Und das weißt du. Du nennst es Sünde, aber für Allah zu sterben, kann niemals Sünde sein.«

»Denk an all diese Videos, die wir gesehen haben!«, beschwor ich ihn. »Wir haben uns das wie Snuffmovies reingezogen. Als wär's 'ne bekackte Mutprobe für zwei Fünfzehnjährige in der hintersten Schulhofecke. Aber jetzt willst du da mitten rein. Wo sie dir den Kopf absäbeln, wenn du an 'ner Kippe ziehst. Wo sie Schwule von den Hochhäusern werfen, weil sie schwul sind.«

»Na und?«, blaffte er. »Wenn sie's verdient haben.«

»Bullshit. Wo steht das im Qur'an? Und wenn es tausendmal haram wäre, einem anderen Mann den Schwanz zu lutschen, dann ist es trotzdem noch zehntausendmal schlimmer, ihn deswegen von einem Hochhaus zu stürzen. Und das sind keine Jugendsünden der Revolution, wie du das genannt hast. So was wächst sich nicht aus. Angeblich haben das dreiundreißig auch welche gedacht, dass sich das noch auswächst. Das mit Hitler und den Nazis.«

Adil schnappte nach Luft, lief rot an, kontrollierte sich, kam langsam runter und sagte fast tonlos: »Sobald in einer Diskussion einer mit Hitler um die Ecke kommt, sollte man das Thema beenden. Alte Internet-Weisheit.« Fast ruhig nahm er eines der Flugtickets, zerriss es, wie einst Liz unser Foto zerrissen hatte, und warf es auf den Boden. Was ein sinnloses Symbol war, solange man so ein Ticket immer wieder neu ausdrucken kann.

»Warum packst du nicht einfach deine Sachen, die noch in deinem Zimmer sind, und verziehst dich?«, fragte er schließlich.

85. Tag

Subhan Allah ... zu sterben ist anscheinend viel schwieriger, als man sich das so vorstellt.

Ich war immerhin noch nie so nah dran wie jetzt.

Da war diese Granate, sie landete direkt vor Max' Füßen.

Ich wusste, sie war für mich bestimmt. Ich stieß ihn zur Seite und war bereit für Dschanna.

Aber ich habe das räudige Ding überschätzt.

Jetzt sitze ich wieder im Lager. Wobei man das vielleicht nicht wirklich als »sitzen« bezeichnen kann, denn ich hab keine Beine mehr.

Dabei tut es verrückterweise kaum weh. Sie sagen, das käme vom Schock. Aber sie haben mich auch mit irgendwelchen Drogen vollgepumpt.

Nasreddin sagte, ich hätte zwei Möglichkeiten. Ich könnte zurück nach Raqqa, zu Siham, gesund werden, mir Prothesen machen lassen und einen Job in der Verwaltung anfangen. Mit allen gebührenden Ehren. Ich meine: Die Brüder hier singen am Lagerfeuer schon Heldenlieder über mich. Adil Hafiz al-Alamani, der sich für seinen Bruder geopfert hat ...

Die andere Option wäre, die Sache hier konsequent zu Ende zu bringen. Auch Krüppel könnten noch nützlich sein, hat mir Nasreddin erklärt. Und dafür hab ich mich entschieden. So werden sie mir morgen einen Sprengstoffgürtel umbinden und mich damit irgendwo absetzen, wo ich dem Feind als scheinbar leichte Beute in die Hand fallen soll.

Alles, was ich dann noch tun muss, ist, einen kleinen Knopf zu drücken. Kinderspiel, meint Nasreddin. Da kann man nichts falsch machen. Das würden auch Achtjährige locker hinkriegen. (Und jeder hier weiß, dass er das nicht theoretisch meint …)

Morgen also.

2. April/12. Dschumada th-thaniya

Nach dem Fadschr-Gebet hatte ich mich wie vereinbart auf den Weg gemacht, während das Blau des Morgengrauens einem zaghaften Orange Platz machte. Ich hatte ein mulmiges Gefühl, als ich ein letztes Mal die Straße entlanglief, in der ich für ein knappes halbes Jahr zu Hause gewesen war. Wo fast spießermäßig die Rollläden unserer Wohnung herabgelassen waren und der Volvo vorschriftsmäßig in einer Parklücke unweit der Haustür stand.

Niemand öffnete auf mein Klingeln.

Mit pochendem Herzen nestelte ich meinen Hausschlüssel hervor, stürmte die Treppen nach oben und platzte in die Wohnung. All seine Sachen waren verschwunden. Adil hatte sogar den Kühlschrank abgetaut. Nur der Schlüssel für den Volvo lag noch auf dem Wandbord im Flur.

Auf dem Weg nach draußen zog ich das Handy aus der Hosentasche und wählte seine Nummer. Kein Signal, keine Mailbox mehr, bloß *not available*. Samira. *Ruf mich zwischendurch an, wo ihr seid und ob alles klappt.* Ich tippte auf ihre Nummer und dann den Anruf gleich wieder weg, sprang ins Auto und warf das Handy auf den Beifahrersitz. Daneben landete ein kleiner Rucksack mit etwas Proviant. Tee in einer Thermosflasche war auch dabei. Es war ziemlich einfach gewesen, K.-o.-Tropfen aufzutreiben. Im Internet findet man schließlich alles. Ich fragte mich bloß, ob Hagenkord und diese Leute das vielleicht auch mitgekriegt hatten und welche Schlüsse sie daraus zogen. Aber das war im Moment völlig irrelevant, denn ich musste Adil finden. Erst auf der Autobahn fiel mir ein, dass sie ihn vielleicht schon festgenommen hatten. Dass er vielleicht gar nicht ohne mich aufgebrochen war, sondern längst schon in irgendeinem fensterlosen Raum vernommen wurde. Aber nein – die Wohnung war offenbar ganz in Ruhe verlassen worden, sorgsam und planvoll, als ob jemand für längere Zeit in Urlaub führe. Wieder versuchte ich ihn anzurufen. Noch immer *not available*. Ich drückte aufs Gas. Der Volvo war alt, hatte aber einen starken Motor. Gründonnerstag – der Reiseverkehr zum Osterwochenende würde erst am Nachmittag einsetzen. Jetzt flog ich unter der orangen Morgendämmerung über die A3 nach Süden, den Zugvögeln entgegen, die gerade nach Hause kamen. Subhan Allah, was für bescheuerte Gedanken einem durch den Kopf gehen. Adil musste mich durchschaut haben. Aber mir blieb noch die Chance, ihn am Flughafen abzufangen. Ich musste ihn bloß finden und irgendwie dazu kriegen, mit mir ins Auto zu steigen. Heute Abend könnten wir schon in Wales auf der Fähre nach Irland einchecken. Und morgen früh wären wir da, auf der grünen Insel, dem Abglanz seines Paradieses. Ich hatte die Route herausgesucht; zwar ohne irgendetwas zu buchen, mir aber Autobahnen, Fähren, Hotels eingeprägt und fühlte mich gut vorbereitet. Samira und ich hatten Sachen gepackt und verabredet, dass ich sie abholen käme, sobald Adil eingeschlafen war. Bloß saß der jetzt nicht neben mir, sondern schlurfte vermutlich irgendwo über die endlosen Gänge zwischen dem ICE-Bahnhof und jenem riesigen Kosmos des Rhein-Main-Flughafens, wo ich mich als Kind mal fast verlaufen hatte und wo man niemanden auf gut Glück fand. Ich musste den Check-in von Ukraine International finden und mit etwas Glück vor ihm da sein. Hätte ich das verdammte Ticket wenigstens dabei, könnte ich durchs Gate und er würde mir beim Boarding nicht entkommen. So aber schien alles auf Messers Schneide zu stehen. Dass er im selben Augenblick in seinem Bus saß, auf dem Weg von Sofia zur bulgarisch-türkischen Grenze, wäre mir niemals eingefallen. Ich rief ihn wieder an. *Not available.* Ich versuchte, schon mal nach dem richtigen Terminal zu googeln, aber man soll ja nicht am Steuer eines Wagens mit dem Smartphone herumfummeln, schon gar nicht bei Tempo hundertachtzig. Es hatte keinen Sinn, ich musste mich auf die Straße konzentrieren und zuckte zusammen, als das Gerät in meiner Hand zu brummen anfing. Samira rief an. Ich legte das Handy weg. Es brummte weiter. Ich musste drangehen, denn andernfalls war sie imstande, sofort bei Hagenkord anzurufen.

»Wie läuft's bei euch?«, fragte sie. »Schläft er schon?«

»Ähm …«

»Was!«

»Er ist nicht im Auto. Und sein Handy ist aus. Er … warte bitte und hör mir zu, bevor du irgendwas unternimmst.« Und so redete ich auf sie ein. Flehte sie geradezu an, mir noch diese Chance zu lassen, ihn am Flughafen zu finden. »Er kommt nicht in dieses Flugzeug«, beschwor ich sie, »zur Not schlag ich ihn k.o.« Unwillkürlich musste ich an die Begegnung mit den Hools denken. Natürlich hatte Adil sein Messer nicht im Handgepäck, aber auch ohne seine Waffe war ich ihm körperlich hoffnungslos unterlegen. Ich brauchte einen guten Trick, um ihn wieder heraus- und ins Auto zu locken. Und mir blieb eine geschätzte halbe Stunde Zeit für einen guten Plan C. »Samira«, sagte ich. »Kannst du mal im Internet nachschauen, in welchem Terminal der Abflug von UIA ist? Und wo man da parken kann?«

»Von mir aus«, sagte sie unwillig.

»Und leg nicht auf«, rief ich und ging in eine scharfe Kurve, klemmte das Handy zwischen Ohr und Schulter ein, um einen Gang herunterschalten zu können. »Hey, bist du noch dran?«

»Natürlich. Also … Terminal 2, Bereich D, Ebene 2. Hier steht auch eine Telefonnummer. Ich könnte anrufen, unter einem Vorwand, vielleicht können die ihm was sagen, das ihn warten lässt?«

»Super Idee.« Ich schoss aus der Kurve, schaltete wieder hoch, bretterte in eine Baustelle, nahm notgedrungen Gas weg. Jetzt

Meine Gedanken sind klar und ruhig wie ein Bergsee. Ich war noch nie in den Bergen, aber so stell ich's mir vor. Ich könnte da jetzt hinfahren, denn heute ist der Tag, an dem sie mich rauslassen. Ich kann überall hinfahren. In die Berge oder nach Irland.

Ich habe Adils Tagebuch viermal gelesen.

Das erste Mal hastig.

Das zweite Mal traurig.

Beim dritten Mal wütend.

Zum Schluss ganz leer.

Ein Drittel des Buches umfasst seine Geschichte, bevor sie mit Max' Eintrag endet. Zwei Drittel des Buches sind noch frei.

Unbeschriebene Seiten.

Möglichkeiten.

Ich zucke zusammen, als der Schlüssel rasselnd von außen ins Schloss der Zellentür gestoßen wird. Anklopfen ist hier einfach nicht üblich. Daran hab ich mich in all der Zeit nicht gewöhnen können. Brauche ich jetzt auch nicht mehr. Ich erhebe mich.

Wenig später trage ich wieder meine eigenen Klamotten auf der Haut und auf dem Rücken einen kleinen Rucksack. Darin kaum mehr als eine leere Thermosflasche. Und ein Notizbuch. Die Ampel neben der Sicherheitstür springt von Rot auf Grün, es summt. Es summt für fünf Sekunden. So lange hab ich Zeit, die Tür aufzudrücken und hindurchzuschreiten in den Rest meines Lebens.

Samira trägt dieselben roten Docs wie bei unserer allerersten Begegnung. Aber statt des strengen Schleiers von damals hat sie heute ein helles Tuch um den Kopf gebunden. Es flattert im heißen Spätsommerwind und ein paar schwarze Haarspitzen schauen neugierig hervor. Sie sind länger geworden. Viel länger, glaube ich sogar, denn seltsamerweise wird mir jetzt erst klar, dass ich beinahe fünf Monate meines Lebens im Knast verbracht habe. So lange haben sie gebraucht, um einzusehen, dass ich kein Mitglied des *Islamischen Staates* bin – und auch niemals war. Höchstens beinahe.

Als hilfreich erwies sich für meine Verteidigung, dass Moritz/Walid/Max nur für zwei Nächte bei uns geschlafen hat. Das reicht wohl nicht aus, um als *dritte Person* durchzugehen. Aber für eine anständige Terrorzelle muss man von Gesetzes wegen zu dritt sein. Zwei können anscheinend keine Zelle bilden.

Zwei können sich ansehen, küssen, umarmen, lange aneinander festhalten. Ich atme Samiras Duft.

Wir sprechen gar nicht, während wir zum Parkplatz gehen. Dort steht der Volvo mit dem belgischen Kennzeichen. Der geräumige Kofferraum und die Rückbank sind angefüllt mit allem, was wir beiden überhaupt besitzen.

»Wie geht es den anderen?«, frage ich. »Abu Tarek und allen?«

»Keine Ahnung«, sagt sie und hält mir die Beifahrertür auf. »Ich bin nicht mehr dabei.«

Ich steige ein. Sie umrundet den Wagen, lässt sich auf dem Fahrersitz nieder und sieht mich an.

»Wohin möchtest du nun?«, fragt sie.

»Weiß nicht.« Ich zucke mit den Achseln. »Steht nicht eh alles seit Jahrtausenden aufgeschrieben?«

»Klar«, lächelt sie. »Trotzdem müssen wir selber entscheiden. Wie wär's für den Anfang mit Irland?«

»Das wäre wirklich ein guter Anfang«, nicke ich. »Inschallah.«

»Wann auch immer ihr die schwarzen Fahnen seht, bleibt auf euren Sitzen und bewegt weder eure Hände noch Füße. Danach werdet ihr eine kraftlose unbedeutende Schar sehen. Ihre Herzen werden wie Eisenstücke sein. Sie werden die Herrschaft haben. Sie werden weder einen Vertrag noch ein Abkommen einhalten. Sie werden zur Wahrheit aufrufen, doch sie werden nicht die Leute der Wahrheit sein. […] Dieser Zustand wird anhalten, bis sie untereinander streiten. Danach wird Gott die Wahrheit hervorbringen durch wen auch immer Er will.«

Ali ibn Abi Talib, Schwiegersohn des Propheten und vierter Kalif (nach Überlieferung von Nu'aim ibn Hammad)

Glossar

Akhi: (Glaubens-)Bruder
al-Fatiha: 1. Sure des Koran, zugleich Anfang des rituellen Gebets
Alhamduhillah: Gott sei Dank!
Allahu akbar!: Gott ist groß!
al-Sham: Szene-Bezeichnung für Syrien
al-Wala wa'l-bara: Loyalität und Lossagung (Ideologie des Dschihadismus)
As salamu alaikum (wa rahmatullahi wa barakatuh): Friede sei auf dir (und Gottes Erbarmen und Segen)
Asr: Gebet vor Sonnenuntergang
Bai'a: Treueeid
Bismillahi rahmani rahim: Im Namen des barmherzigen Gottes
Da'wa: »Ruf zum Islam«; Verbreitung des Glaubens
Dar al-Kufr: Land der Ungläubigen (der »Westen«)
Daulad Al-Islamiya: Eigenbezeichnung des sog. IS
Dschahannam: Hölle
Dschanna: Paradies
Dschellaba: Ein langes Gewand
Dschihad: Grundsätzlich: Anstrengung (im Glauben), auch: (bewaffneter) Kampf (eigentlich zur Verteidigung)
Du'a: Bittgebet
Fadschr: Gebet vor Sonnenaufgang
Fatwa: Eine Art religiöses Rechtsgutachten
Fitna: Kann sowohl Versuchung oder Prüfung als auch Spaltung oder Verwirrung bedeuten
Hadithe: Überlieferte Berichte zu Taten und Aussagen Mohammeds
hala: Dinge/Handlungen, die nach islamischem Recht erlaubt sind
haram: Dinge/Handlungen, die nach islamischem Recht verboten sind
Hidschra: Eigentlich die Auswanderung Mohammeds von Mekka nach Medina, hier Szene-Ausdruck für die Teilnahme am IS

Hijab: Schleier

Huri/s: Paradiesmädchen

Imam: Religiöser Lehrer, Vorbeter oder Oberhaupt einer Gemeinde

Inschallah: So Gott will/hoffentlich

Ischa': Nachtgebet

Kafir/Kuffar: Ungläubige (Einzahl/Mehrzahl)

Maghrib: Gebet nach Sonnenuntergang

makruh: Dinge/Handlungen, die nicht verboten aber verpönt sind

Maschallah!: Ausruf der Bewunderung – sinngemäß: Wow! Toll!

Mudschahid/Mudschahidin: Eigentlich jemand, der sich für den Glauben einsetzt. Im Dschihadismus Selbstbezeichnung von Kämpfern oder Terroristen (Einzahl/Mehrzahl)

Murtad/Murtaddin: Abtrünnige (Einzahl/Mehrzahl)

Niqab: Gesichtsschleier

Peschmerga: Kurdische Streitkräfte

Qibla: Die Richtung des Gebets nach Mekka

Qur'an: Koran, die heilige Schrift des Islam

Salafisten/Salafismus/Salafiyya: Ultra-konservative Strömung des Islam, die sich nach eigenen Angaben auf die frühesten Muslime bezieht

Salam aleikum: Begrüßung: Friede sei mit dir!

Schahada: Das islamische Glaubensbekenntnis

Shaitan: Teufel

Subhan Allah!: Ausruf des Erstaunens – sinngemäß: OMG!

Subhanahu wa-ta'ala: Vollkommen und erhaben ist er (Nachsatz bei der Nennung Gottes, Abkürzung: swt)

Sunna: Ungefähr: sich an der Lebensweise Mohammeds orientieren

Takbir: Bedeutet ungefähr: »Allahu akbar« sagen

Ukhti: (Glaubens-)Schwester

Wa Allahu a'lam: Und Gott weiß es am besten

Wali: Kann einen Vormund bezeichnen oder einen Anführer

Yallah, yallah: Los, Beeilung!

Zina: Der Begriff kennzeichnet Geschlechtsverkehr zwischen Menschen, die nicht verheiratet sind, als Sünde